U0733295

亲近经典丛书编委会

主　编

顾之川　李安泰

副主编

顾振彪　聂鸿飞　李运富　程　翔　李卫东　郭　蓓　赵　虎

编　委

（以姓氏笔画为序）

丁　丁　冯爱珍　李云龙　李天道　刘永康　刘　华　刘和程　阮翠莲

严华银　张鹏举　金传富　苗金德　郑晓龙　荣维东

贾　玲　靳　彤　詹素芳　翟小宁

亲近经典

QINJIN JINGDIAN CONGSHU 丛书

教育部语文新课标推荐书目

名师导读
美绘版

中国现当代诗歌精选

ZHONGGUO XIANDANGDAI SHIGE JINGXUAN

曹万生　靳　彤/编著

云南出版集团公司
云南教育出版社

图书在版编目（CIP）数据

中国现当代诗歌精选/曹万生，靳彤编著.—昆明：云南教育
出版社，2009.12（2011.7 重印）

（亲近经典丛书/顾之川，李安泰主编）

ISBN 978-7-5415-4351-7

Ⅰ.①中… Ⅱ.①曹… ②靳… Ⅲ.①诗歌—作品集—中国—
当代 Ⅳ.①I227

中国版本图书馆CIP数据核字（2010）第061099号

出 版 人/李安泰

责任编辑/赵 虎 江 丽

责任校对/陈 颖 易晴霞 顾 蕾 张志红

整体设计/陈 柳 向 炜 高 伟

责任印制/张 旸 赵宏斌 兰恩威

亲近经典丛书
QINJIN JINGDIAN CONGSHU

中国现当代诗歌精选
ZHONGGUO XIANDANGDAI SHIGE JINGXUAN

（名师导读美绘版）

曹万生 靳 彤/编著

达志影像/图片提供

云南出版集团公司/云南教育出版社出版

（650034—昆明市环城西路609号）

www.yneph.com

全国新华书店经销

深圳市精彩印联合印务有限公司印装

开本：720毫米×1010毫米 1/16 印张：19 字数：330000

2009年12月第1版 2011年7月第2次印刷

ISBN 978-7-5415-4351-7

定价：25.00元

敬告作者

本书中使用的部分文字、图片，由于著作权人的姓名和地址不详，未能及时支付稿酬，
在此我们深表歉意。敬请著作权人尽快与我们联系，以便支付为您预留的稿酬。

联系电话：（010）64177542

推荐阅读本丛书专家学者简介

温儒敏 北京大学中文系教授，博士生导师，北京大学语文教育研究所所长，人教版高中语文新课标教材执行主编，中国现代文学研究会会长。

刘国正（刘征） 当代著名语文教育家、诗人、杂文家，人民教育出版社原副总编辑，中国教育学会中学语文教学专业委员会顾问。

于漪 当代著名语文教育家，中国教育学会中学语文教学专业委员会顾问。

顾振彪 人民教育出版社编审，教育部语文课程标准研制组成员。

张定远 人民教育出版社编审，中国教育学会中学语文教学专业委员会顾问。

崔峦 人民教育出版社编审，人教版小学语文教材主编，中国教育学会小学语文教学专业委员会理事长。

刘锡庆 北京师范大学文学院教授，博士生导师，中国写作学会顾问，教育部中小学语文教材审查委员。

魏书生 当代著名教育改革家，全国教育科学规划领导小组成员，中国教育学会中学语文教学专业委员会副理事长。

余映潮 著名语文特级教师，中国教育学会中学语文教学专业委员会学术委员会副主任。

阅读导航

旨在帮您快速掌握作家生平、写作背景、内容大要等作品信息，有效提高阅读效率，针对每部名著而提炼的阅读方法和技巧是本丛书的独有设计。包括"作家小传"、"写作背景"、"作品介绍"、"艺术特色"、"读法指导"等栏目。

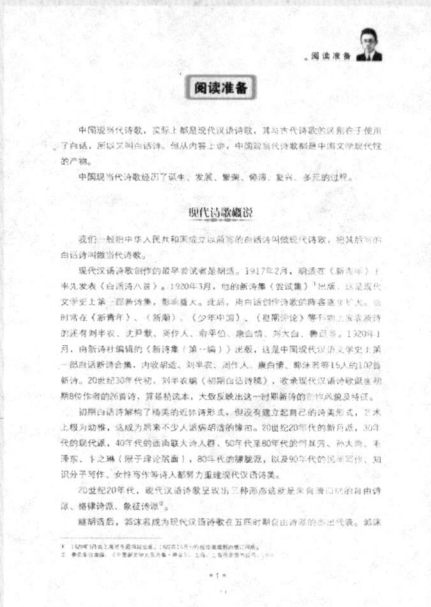

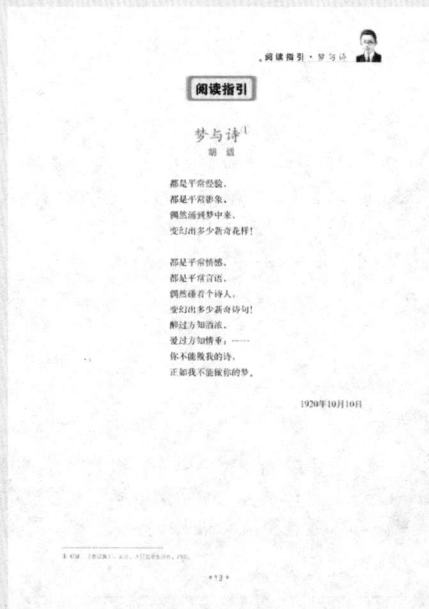

一流名师全程为您解读，围绕新课标，紧扣中高考，角度新颖，见解独到，能快速提升阅读能力。包括"精彩旁批"、"要点评析"、"思考探究"、"知识链接"等栏目。

荟萃中外名家精彩赏析、同龄感悟、至理哲言、名人轶事等资料，充分延伸阅读范围。包括"名家赏析"、"同龄感悟"、"作家语录"、"作家故事"、"相关网站"等栏目。

为您撰写读书报告、读后感提供独特、新颖的角度和论题，轻松启迪您的写作思路。

序

在我们身处其中的这个泛娱乐化时代，读书似乎成了一种奢侈的追求。成年人忙于学习考证，忙于工作生活，忙于灯红酒绿；中小学生忙于功课作业，忙于考试补习，忙于网络游戏。生存竞争的压力中，多的是急促匆匆的脚步；快餐文化的挟裹下，有的是娱乐至死的狂欢。而需要充足时间，从容心境，细细咀嚼、慢慢品味的文化经典与文学名著，或被束之高阁，成为被人们遗忘的"典藏"，或被割裂阐释，成为当今娱乐文化的一部分。正应了马克·吐温那句颇具调侃意味的话："所谓名著，就是大家都认为应该读而都没有读的东西。"但是，无论是时代文化氛围的变化，还是没有时间，没有心情，经典难懂等，都不是我们远离经典的理由。没有文化传承的社会发展，是无根之树，无源之水。无论是文化的传承，还是创造我们时代的新文化，都需要经典的滋养。在这样的背景下，云南教育出版社组织开发这套亲近经典丛书，其意义就显得非常重要了。

在当今这个信息爆炸的时代，铺天盖地而来的信息，往往令人无所适从。比如出版市场，虽表面看来，出版物不胜枚举，繁荣异常，其实是泥沙俱下，鱼龙混杂，开卷未必有益。因此，利用有限的时间阅读经典，无疑是一种明智选择。这里有神奇动人的童话寓言，有令人神往的神话传说，有幽默风趣的人物故事，也有好玩可乐的世间百态。借助这些经典，我们既可以跟着汤姆·索亚去历险，可以乘"宇宙飞船"遨游太空，可以随孙悟空上天入地，可以与古圣先贤促膝晤谈，也可以在古今中外思想大师的引领下，饱览人类世界的精神宝藏，领略深刻与睿智，品味崇高与激情，从而获得精神的愉悦与人格的提升。此种乐趣，唯有读者方可享受。

作为一套学生课外读物，这套丛书既收入了中小学语文学习中所涉及的传统经典作品，也有一些新的，包括哲学、历史、科技、艺术等门类的经典作品。内容上与课堂学习相结合，通俗易懂、形式活泼，具有"亲和力"，不让课外阅读成为学生的负担，以扩大学生的阅读视野，拓展其知识面，拉近读者与经典的距离，使经典变得亲切、亲和，成为大家须臾不离的朋友。那么，这些"朋友"具有什么样的特征呢？

一是针对性。这套丛书按照小学、初中、高中三个学段各自不同的学习要求，安排相关内容。适当增加课内教科书和语文读本上所没有，而又比较重要的内容。二是趣味性。编写者充分考虑了大多数读者的年龄特点、心理特征和阅读基础，以他们喜闻乐见的形式解说经典，文心与文字兼美，知识与趣味并重，情趣盎然，胜意无限，以激发阅读兴趣。三是实用性。既考虑到中考、高考对学生语文阅读鉴赏、表达交流能力的要求，同时又注重文化内涵的滋养，使之具有浓厚的文化意味和书卷气息。

阅读这套课外读物，不像读教科书，没必要正襟危坐，也不需要整块时间。精研细品亦可，浮光掠影亦可；挑灯夜读亦可，见缝插针亦可；"书读百遍其意自见"亦可，"好读书不求甚解"亦可。即使随便翻翻，也定会有所收获。我相信，聪明的读者朋友一定会从中找到自己喜欢的东西。

顾之川

2009年4月16日于京东大运河畔两不厌斋

目录

亲近经典 丛书
QINJIN JINGDIAN CONGSHU

目录

QINJIN JINGDIAN CONGSHU 丛书
亲近经典

目录

目录

阅读准备

中国现当代诗歌，实际上都是现代汉语诗歌，其与古代诗歌的区别在于使用了白话，所以又叫白话诗。但从内容上讲，中国现当代诗歌都是中国文学现代性的产物。

中国现当代诗歌经历了诞生、发展、繁荣、停滞、复兴、多元的过程。

现代诗歌概说

我们一般把中华人民共和国成立以前写的白话诗叫做现代诗歌，把其后写的白话诗叫做当代诗歌。

现代汉语诗歌创作的最早尝试者是胡适。1917年2月，胡适在《新青年》上率先发表《白话诗八首》。1920年3月，他的新诗集《尝试集》[①]出版，这是现代文学史上第一部新诗集，影响重大。此后，用白话创作诗歌的阵容逐步扩大。当时常在《新青年》、《新潮》、《少年中国》、《星期评论》等刊物上发表新诗的还有刘半农、沈尹默、周作人、俞平伯、康白情、刘大白、鲁迅等。1920年1月，由新诗社编辑的《新诗集（第一编）》出版，这是中国现代汉语文学史上第一部白话新诗合集，内收胡适、刘半农、周作人、康白情、郭沫若等15人的102首新诗。20世纪30年代初，刘半农编《初期白话诗稿》，收录现代汉语诗歌诞生初期8位作者的26首诗，算是精选本，大致反映出这一时期新诗的创作风貌及特征。

初期白话诗解构了精美的近体诗形式，但没有建立起自己的诗美形式，艺术上极为幼稚，这成为后来不少人诟病胡适的缘由。20世纪20年代的新月派，30年代的现代派，40年代的西南联大诗人群，50年代至80年代的何其芳、孙大雨、毛泽东、卞之琳（限于理论层面），80年代的朦胧派，以及90年代的民间写作、知识分子写作、女性写作等诗人都努力重建现代汉语诗美。

20世纪20年代，现代汉语诗歌呈现出三种形态这就是朱自清归纳的自由诗派、格律诗派、象征诗派[②]。

继胡适后，郭沫若成为现代汉语诗歌在五四时期自由诗派的杰出代表。郭沫

---

① 1920年3月由上海亚东图书馆出版。1922年10月刊行经作者增删的增订四版。
② 参见朱自清编：《中国新文学大系诗集·导言》，上海，上海良友图书公司，1935。

若先后出版了《女神》（1921）、《星空》（1923）、《瓶》（1927）、《恢复》（1928）、《前茅》（1928）等诗集。他的诗依托泛神论①，把自然与人、主体与客体融成一体，崇尚自我，崇尚个性，把自我、民族、祖国连成一体，借凤凰自焚诅咒旧世界的毁灭，借凤凰再生讴歌泛神论理想的大欢乐，把个性鼓吹到极致，这都体现了五四的时代精神。郭沫若讲究"雄浑"与"冲淡"两种风格②，自由散淡与整饬起伏两种形式并存，但有的诗过于外露率直，少含蓄朦胧，犯了诗家大忌。

文学研究会诸诗人的自由体诗、冰心的小诗、湖畔诗社的爱情诗、浅草-沉钟社的诗歌、初期政治抒情诗等，与初期白话诗、创造社的诗一起，共同构成自由体诗的一脉，这一脉不是内容的一律，而是形式的共趋。

与此相左，闻一多、徐志摩及其新月派掀起了新诗格律化运动，他们以《晨报副刊》上的《诗镌》为阵地，提倡新诗格律化。

闻一多、徐志摩是格律诗派的"双子星座"。闻一多耿介刚烈，激情似火，爱恨分明，富有爱国激情的《红烛》与充满现实批判的《死水》代表着他诗歌创作的两个时期。徐志摩从1921年开始创作新诗，著有诗集《志摩的诗》（1925）、《翡冷翠的一夜》（1927）、《猛虎集》（1931）、《云游》（1932）等。徐志摩的诗是一曲追求资产阶级自由、民主、博爱，追求爱与美的交响乐。《志摩的诗》是徐志摩诗的理想期。从剑桥归来的徐志摩对英美式的自由、平等、博爱社会充满理想，诗歌中洋溢着乐观浪漫的情怀，充满了对中国未来及美好爱情的向往。《翡冷翠的一夜》是徐志摩诗的浪漫期。诗人有了新爱，爱情诗成为主流。《猛虎集》、《云游》是徐志摩诗的消沉期。徐志摩是新诗诞生以来诗歌艺术的集大成者，他的诗缘于情不滥情，重音韵不拘泥，节奏明快不做作，用比喻生新奇，意象活不生造，真情自然，妙喻连珠，字字生活，剔透珠玑。徐志摩把现代汉语诗歌推到20世纪20年代诗歌艺术的高峰，是现代汉语诗歌史上最优秀的诗人之一。

与此同时，诗坛上兴起一股从法兰西吹来的象征诗风，以李金发为代表的象征派崛起。李金发出版了三本诗集，即《微雨》（1925）、《为幸福而歌》（1926）、《食客与凶年》（1927）。李金发的诗强调象征，意象怪异，本体朦胧，时称"诗怪"。他的诗集出版后，争论蜂起，胡适说是"猜不透的笨

① 郭沫若的个性化理解源于斯宾诺莎泛神论、庄子主体与客体一体论、王阳明心学相融的一种哲学。在郭沫若看来，泛神论的主张是：神即自然，神即自我，神在一切自然现象中，所有的自然现象与自我都是神，主客体一体，你我他一体。
② 语出司空图《诗品》。

迷"①，苏雪林说是"行文朦胧恍惚"，"观念联络的奇特"②，刘梦苇说他要表现的是"对于生命欲揶揄的神秘及悲哀的美丽"③。以上论点自从朱自清在《中国新文学大系·诗集·导言》里引用后成为经典。李金发的诗与当时中国诗坛的诗的不同之处在于其现代主义思想倾向与象征派手法的运用。与李金发同时期的象征派诗人有穆木天、王独清、姚蓬子等。

李金发的诗表现了以丑为美的现代主义倾向。他的诗表现人生、命运的悲哀，歌唱死亡、爱情，其中《弃妇》是典型的绝唱，《有感》歌唱死亡，是"恶之花"价值观的另一种体现。李金发通过象征体的另一种写实，借以表达心中所感与心中之情，所感与情感并不直抒，这就让诗回到模糊，《弃妇》就是典范之作。

现代汉语诗歌发展到20世纪30年代，有三条线承传：一是以戴望舒为首的现代派对以李金发为代表的象征派的继承与发展，二是理想主义的变形，三是20年代写实派的余绪。但后两种诗影响已经式微。

1932年5月至1934年11月，《现代》④杂志刊发了戴望舒等88位诗人的诗作，形成了一个以戴望舒为领袖的现代派。1936年，戴望舒约集卞之琳、孙大雨、梁宗岱、冯至编辑了大型诗刊《新诗》（1936年10月至1937年7月）⑤，5位主编成为现代派五大领袖。《新诗》的问世标志着现代派已进入成熟阶段，它将现代派诗潮推向了高潮。

与20世纪20年代的象征派不同的是，30年代的现代派有鲜明的流派特征，即价值论的病态美和艺术论的朦胧美。病态美分感伤与忧郁、孤独与迷茫、异化与丑恶三组范畴，朦胧美有意象繁复、广泛象征、知性追求三种形态。

戴望舒著有诗集《我的记忆》（1929）、《望舒草》（1933）、《望舒诗稿》（1937）、《灾难的岁月》（1937）等。戴望舒的诗歌广泛借鉴了西方颓废派、象征派、意象派、超现实主义等众多流派的诗艺，同时吸收晚唐诗的情调，有"雨巷诗人"之称。戴望舒的《雨巷》受法国象征派诗人魏尔兰影响，是他早期诗歌的代表作。《我的记忆》用纯粹的现代口语写现代人的情绪，体现了他转向法国象征诗人果尔蒙、耶麦的倾向。《灾难的岁月》是他后期的作品。

① 胡适：《谈谈"胡适之体"的诗》，载《自由评论》，1936（12）。
② 苏雪林：《论李金发的诗》，载《现代》，第3卷第2期，1933（6）。
③ 《晨报副刊》，1925年2月12日。
④ 施蛰存（3卷以后又加上杜衡）主编的刊物，1932年5月1日至1934年11月1日，共出6卷1期。1935年3月1日复刊到1935年5月1日，出6卷第2~4期，由汪馥泉主编。这3期已改为社会政治刊物，不刊诗作，故不予讨论。
⑤ 由卞之琳、孙大雨、梁宗岱、冯至、戴望舒主编，1936年10月10日创刊于上海，1937年7月10日终刊，共出2卷4期。

卞之琳是现代派后期的代表诗人，著有诗集《三秋草》（1933）、《鱼目集》（1935）、《汉园集》（1936，与人合集）、《慰劳信集》（1940）、《十年诗草》（1942）、《雕虫纪历》（1979）等。卞诗与西方现代主义关系最为密切，早先受波德莱尔、魏尔兰的影响，后受艾略特的影响较深。

何其芳是现代派的重要诗人，著有诗集《汉园集》（1936，与人合集）、《预言》（1945）、《夜歌》（1945）、《夜歌和白天的歌》（1952）。他前期的诗作曾受传统诗词与西方象征派的影响，"也多少受过一点20年代英美现代派主将托·斯·艾略特的影响，那又是稍后一点"[1]。

20世纪30年代还有两种诗歌，一是以臧克家的诗为代表的生活刻绘诗，还有一种是以殷夫的诗为代表的革命浪漫诗。

1937年7月以后，现代汉语诗歌分为艾青与七月派的诗、西南联大诗人群的诗、解放区民歌体诗与国统区讽刺诗三大块。

艾青与七月派的诗歌是抗战初期影响最大的诗歌，由此现代汉语诗歌自由体诗进入第二个高峰期。

艾青先后出版了诗集《大堰河》（1936）、《北方》（1939）、《旷野》（1940）和《火把》（1940）。早期的《大堰河——我的保姆》是艾青的成名作，他在赞美乳母、劳苦人民与诅咒生父母、不公正世界的复杂情绪中抒发了自己的乡土情结，唱出对"这不公道的世界的诅咒"。抗战爆发后，艾青的乡土情结与爱国激情并存，先后写出了"北方组诗"与"太阳组诗"，体现了对祖国深沉的爱与对未来光明的热望。他的诗体现出现代汉语诗的散文美。

七月派是围绕胡风主编的《七月》、《希望》杂志，以及《七月诗丛》、《七月文丛》等系列丛书，在艾青等人的影响下形成的一个现实主义诗歌流派，田间、鲁藜、绿原、冀汸、阿垅、孙钿、天蓝、邹荻帆、杜谷、牛汉、化铁、彭燕郊、方然、贺敬之等都是这个流派的重要诗人。七月派强调诗歌的战斗精神与诗人的社会职责，深入生活，发掘既包含诗人强烈主观感情，又具有深厚社会历史内涵的艺术世界，在抗战时期的诗坛上产生了广泛影响，促进了现实主义新诗艺术的进步。七月派诗人中，阿垅的诗较有特色。

20世纪40年代，西南联大诗人群的诗歌创作追求现代性体验，并通过《诗创造》和《中国新诗》等刊物汇聚了更多风格相近的同道，像曹辛之、陈敬容、唐湜、唐祈、辛笛、郑敏、穆旦、杜运燮、袁可嘉等，加上西南联大的老诗人冯

① 卞之琳：《何其芳晚年译诗》，见《人与诗：忆旧说新》，96页，北京，生活·读书·新知三联书店，1984。

至，显示出鲜明的现代主义特色。他们的诗集与《诗创造》、《中国新诗》丛刊一起，把西南联大诗人群的现代性探索转化成全国性的潮流，集中展示了中国现代主义新诗在40年代的总体成就。

西南联大诗人群与西方现代主义保持了密切联系，叶芝、艾略特、里尔克、奥登、燕卜逊等西方现代主义诗人都是他们借鉴、学习的对象。他们从强调现实、象征和玄学的综合诗学观念出发，对当时诗坛流行的政治感伤倾向提出了批评。他们的诗歌创作始终与抗战时期的现实生活紧密关联，克服了20世纪30年代现代派诗歌回避现实的弱点，在对内在生命体验的强调和重视中，通过对自我的严厉审视和追问，在形而上的层面展开了对生命意义及价值的思考。冯至和穆旦的诗歌创作代表了西南联大诗人群的艺术成就。

冯至1942年写的《十四行集》延续了其早期诗歌追问个体生命真实意义的基本主题，在宇宙万物亲密关联的生存伦理观念中发现个体生命之真实意义的日常生活状态，从而回答了诗人自己的困惑，为个人真实性的问题提供了一种新的理解。

穆旦焦灼地置疑个体生命的真实性，充分展示了自我的分裂和冲突，以及这种分裂和冲突背后的社会、历史内涵。穆旦又是传统文学感觉与传达方式最猛烈、最深刻的叛逆者，他提倡"机智和感情溶合在一起"的"新的抒情"[1]，语言具有肉感的力量。

郑敏受冯至和里尔克影响较大，诗风凝重静穆，善于通过坚实、具体的意象和画面表达深沉的哲理、内涵。

来自解放区的文人诗人擅长的抒情方式受到压抑，农民诗人的叙事诗成为时尚，代表作品是诗人李季的《王贵与李香香》。国统区的讽刺诗呈现繁荣景象，臧克家、袁水拍、绿原、邹荻帆、白薇等人在20世纪40年代后期都曾创作了不少政治讽刺诗。

当代诗歌概说

从20世纪50年代到70年代末期，现代汉语诗歌进入颂歌时代，以郭小川、贺敬之的诗作为代表。贺敬之的《放声歌唱》、《雷锋之歌》和郭小川的《向困难进军》、《致青年公民》、《甘蔗林——青纱帐》一时广为传颂。与殷夫类似的

---

[1] 穆旦：《〈慰劳信集〉——从〈鱼目集〉说起》，载《大公报·综合》（香港版），1940年4月28日。

是，由于信仰的真诚及体验的个性化，他们的政治抒情诗具有强烈的感染力。郭小川的独特之处在于，他把思考的疑问、困惑一起搬进了诗中，写下了《望星空》、《一个和八个》、《深深的山谷》、《白雪的赞歌》等诗作，在今天来说仍然具有思想的力量。这一时期，闻捷的《复仇的火焰》也是有名的叙事长诗。

贺敬之与郭小川的诗将苏联诗人玛雅柯夫斯基的楼梯式与中国民歌信天游和中国古代的赋分别结合，在形式上有所新创，是对现代汉语诗性新构的一种努力。

现代汉语诗歌的复兴是在20世纪70年代后期。复兴的先声体现在60年代末期的诗人食指和文化大革命时期白洋淀诗人群的青年代表诗人在价值论上的非主流写作，这些诗由清醒的政治批判到鲜明的人道主义追求，构成朦胧诗的思想倾向。早期诗人杜运燮《鸽哨》重拾40年代西南联大诗人群集象征、玄学、雕塑于一体的诗学主张，构成朦胧诗的艺术风貌①。

1978年底，同人文学刊物《今天》②在北京创刊。后来朦胧派的一些主要诗人的成名作、代表作都曾在这份非纯粹性诗刊上登载过，如北岛、顾城、舒婷、江河、杨炼等。谢冕、孙绍振、徐敬亚三人写的三篇带有"崛起"字眼的文章，后来常被合称为"三个崛起"③，成为新时期诗歌的基本诗学理论。

北岛《宣告》一诗中的两行诗"在没有英雄的年代里！我只想做一个人"几乎可以概括朦胧诗的基本情感和意识。"由神的膜拜转向人的讴歌，这就是'崛起的诗群'的思想美学价值所在"，朦胧诗派诗人的启蒙主义意味是新时期文学对五四新文化传统的一次修复和继承。

朦胧诗在当代中国文学封闭已久出现断裂的背景下，又一次复活和"修复"了中国现代主义文学的传统，使此后的当代文学开始发生深刻的历史嬗变。以语言为突破口，朦胧诗派诗人开始寻求建立诗歌"自己的世界"，这意味着中国新诗真正由传统向现代转换。

舒婷著有诗集《双桅船》、《会唱歌的鸢尾花》和散文集《心烟》等。舒婷的诗作坚信对理想、未来的追求和歌颂，呼唤对"人"的关切与对"爱"的呼唤。

北岛诗歌的突出特征是以批判意识和忧患意识为抒情内核的冷色调，突出表

① 章明：《令人气闷的"朦胧"》，载《诗刊》，1980（8）。
② 由北岛、芒克创办。该刊在中国内地共出了9期，另出了3期交流资料。
③ 谢冕：《在新的崛起面前》，载《光明日报》，1980年5月7日。孙绍振：《新的美学原则在崛起》，载《诗刊》，1981（3）。徐敬亚：《崛起的诗群——评我国诗歌的现代倾向》，载《当代文艺思潮》，1983。

达一个孤独的觉醒者对苟且生活、混乱、迷惘年代的怀疑和坚决的拒绝。

顾城的诗或观照历史、人生，委婉地表达他对时代的反思，或最具探索倾向。

食指是最具影响力，同时也是最具现代色彩的诗人，其代表作是《这是四点零八分的北京》。

第三代诗人是以朦胧诗反叛者的角色登上诗坛的，呈现出反理性、反崇高、反英雄倾向，重视流派与理论建设，在创作上具有高度的语言意识。他们用日常的、口语化的语言代替人工"陌生化"的知性语言，看重语言自身的繁殖力量。

1984年以后的几年里，四川"新生代"的诗歌实验活动最为活跃，有整体主义、新传统主义、非非主义、莽汉主义等不同的诗派。

与朦胧诗、第三代诗不同的是最后一个浪漫派诗人海子和女性诗人翟永明的诗。海子的诗以大地、麦子、庄稼、月光等一切自然意象构筑起通往神性的途径，从而跨越历史与现实、中西与古今，呈现出一片高远、深邃、独特的神性天空。翟永明的诗则以融入理性的感性笔触，写了女性的黑夜意识并向白天转化。

20世纪90年代至今，现代汉语诗歌进入诗的内在分裂与沉潜时期。

20世纪90年代，诗坛出现了若干事件："新乡土诗"热潮；"非非"派重组；先锋诗坛由矛盾到分裂，导致90年代先锋诗界真正分裂，即"知识分子写作"与"民间写作"之争；诗的网络写作与流行歌词的商业热潮。

21世纪的新诗仍是以先锋诗歌的出场为其最重要的表征。与此同时，人们也开始理性地反观先锋诗歌。21世纪的诗人更需要新诗，并将其当做自己精神和生命的一部分，他们有的边工作边写诗。无论从数量还是从质量上讲，新诗在21世纪达到了前所未有的高度。

台湾当代新诗始于20世纪50年代诗界的现代主义运动。这场运动由大陆二三十年代的象征派、现代派和台湾早期的现代派思潮两股余脉混合而成，一直持续到60年代中期。在此期间，由纪弦组织、郑愁予和羊令野等参加的现代诗社，由覃子豪、余光中等人发起的蓝星诗社，由洛夫和痖弦组织的创世纪诗社，是台湾现代派新诗的三大台柱，大大促进了台湾现代主义诗歌的发展。

海外华人的诗歌创作经历了从文言旧诗到白话新诗的过渡，分为欧美诗人群、漂泊诗人群、东南亚诗人群三类，叶维廉、非马、北岛、杨炼是其中的活跃者。

读法指导

现代汉语好诗是一种借助语言的音乐性、意象的形象性、象征的多义性、逻辑的想象性等，综合构建的语言艺术形式，朦胧感成为诗的主要审美特征。

现代汉语诗歌阅读起来难易不等。写实的诗少有象征、想象、逻辑等，意思明白好懂。象征诗、意象诗、现代诗阅读起来相对较难，因为这些诗的内容都有朦胧、多义性，都有"诗无达诂"的特征。这样说来，最好懂的是写实派的诗，其次是浪漫派的诗，最难懂的是现代派的诗。下面，我们就分别阐述写实诗、浪漫诗、现代诗三种诗歌的阅读方法。

一、如何阅读写实诗

读写实派的诗，关键是抓住诗里的情感与形象。如本书所选的胡适的《希望》一诗。首节写"我"带来兰花草，种下希望。"我"把兰花草种在"小园中"，盼望她把美丽的花朵绽放。第二节开始写"我"期待兰花草开花的焦急心情，"一日望三回"。眼瞅着百花开了一茬又一茬，花期已过，可兰花草连"苞也无一个"，好不令人沮丧。第三节写"我"仍怀抱希望，在秋天即将来临的时候，把兰花草小心翼翼地"移"进温暖的屋里，并把它"供"了起来，"我"没有放弃花开的希望。这个意思是直白的，一看就明白。当然，也有人说这首诗是寄托，言西方文明能开在东方国度，作为欣赏的再创造，这种阐释也未尝不可。这种诗在艺术上比较好掌握，比如这首诗，全诗共三节，每节行数、每行字数都大体一致，每节押韵，同时每节换韵，语言清新朴实，形同说话。

二、如何阅读浪漫诗

读浪漫派的诗，要懂得诗的情感。不少浪漫派诗都是以第一人称直接抒情，或借助神话传说，如郭沫若的《凤凰涅槃》、《天狗》，或直接写"我"，如闻一多的《静夜》。无论是否借助其他意象，由于诗的情感都是直接抒发而来，所以容易读懂。

我们来看看《天狗》这首诗。这首诗借用"天狗吞日"、"天狗吞月"的民间传说，以奇异的想象和超凡的象征塑造了一个具有强烈的叛逆精神和狂放的个性追求的"天狗"形象，突现了"天狗"气吞日月、雄视宇宙、顶天立地、光芒四射的雄奇造型，喷发出五四时期文学独具的澎湃激情和吹涨自我的个性主义的主题。第一节极写"天狗"宏大的气魄。诗人通过奇特的想象，描画了"天狗"气吞日月星辰的磅礴气势，淋漓酣畅地表现了"天狗"横扫旧宇宙的破坏精神。

第二节写"天狗"获取无穷能量创造新宇宙、新人生，它吸收宇宙间一切的光源，融汇了"全宇宙底Energy底总量"，成为宇宙的主宰。这完全可视为对五四时期那种大胆毁灭一切、创造一切的果敢、决断精神的生动写照。第三节中，"天狗"终于暴烈地行动起来，它"飞奔"、"狂叫"、"燃烧"，并且无情地"剥"、"食"、"吸"、"啮"自己的肉体，毁灭自己旧的形骸，进而渗入自己的精神细胞，在内在本质上更敏锐、更自觉地把握自我意识。最后，以"我便是我呀！/我的我要爆了！"收束全篇，将"天狗"终于舍弃一切，希冀在爆裂中求得自我新生的革新精神，以奇异的光彩描画出来，从而使整首诗在主题意向上统一到郭沫若式的"涅槃"精神的基调中。《天狗》在艺术上具有想象新奇，气势磅礴，旋律激越等特点，这些特点又都统一在诗歌奇峭雄劲，富有力度的风格上。诗体形式上，全诗通篇以"我"字领句，从头至尾，构成连珠式排比，层层推进，步步强化，有效加强了语言气势，渲染了抒情氛围。加之诗句简短，节奏急促，韵律铿锵，具有一种夺人心魄的雄壮气势。

还有一种浪漫派的诗，多用一些隐喻，这就让情感的表现带有一种类似于象征多义性的表现，如徐志摩的《再别康桥》，这种复杂意象可能的借喻意义是需要加以琢磨的。

我们来看看《再别康桥》的隐喻。整首诗都用康桥来隐喻诗人的理想、爱情。徐志摩诗的自由、民主、博爱的社会理想、人生理想有一个变化延伸的轨迹，《再别康桥》恰是对这一情感历程的一个回顾与诗化，把早期的理想用后期幻灭的方式进行追悼。诗的主体部分由乐生悲地写出了他从1922年首别康桥到1928年再别康桥其间6年来理想涌动、幻灭的历程。诗上片的第二、第三节借康河的"金柳"、"艳影"、"青荇"、"柔波"，极美地描摹了初到康桥时理想社会的境界："河畔的金柳"美得像"夕阳中的新娘"，康河"波光里的艳影"在"心头荡漾"，"水底"下"软泥上的青荇"在"油油的""招摇"，面对自由、平等、博爱的启蒙圣地康河的"柔波"，"我"甘愿做一条"水草"。诗人所说的康桥显然已经超越了母校的概念。诗下片的第四、第五、第六节写出了理想破灭成梦，再到寻梦、梦醒、幻灭的情感历程。回想回国数年的打拼，"我"睹物思旧，物是梦非，"榆荫下的""潭"已"不是清泉"，而变成了"天上虹"，因为细细一看，"揉碎在浮藻间"的只是上片所写的"彩虹似的梦"。诗人似乎不甘心就这样理想破灭，他要"撑一支长篙""向青草更青处""寻梦"。"满载一船星辉，/在星辉斑斓里放歌"，但可能吗？"但我不能放歌，/悄悄是别离的笙箫；/夏虫也为我沉默，/沉默是今晚的康桥！”这是类似于戴望舒寻梦幻灭，寻幻梦而不得的更深刻的幻灭。“悄悄”与“沉默”成为诗下片理想破灭的情感旋律，写出了梦醒后的觉悟：自由、平等、博爱在当时的中国只能是幻梦且一定会破灭。首尾两节的重复与变异很好地深化了这种情感变化。诗的首尾两节与戴望舒《雨巷》首尾两节的句式、诗美意义是一样的，都是借句式的相似来呼应情感，以对应情感的变异并深化主题，写出更深的幻灭。首节四行的主旋律是“轻轻的”，1920年10月来剑桥到1922年8月离别回国，诗人的眼、自我意识都被启蒙革新，他怀着“我有我的方向”的理想主义情绪归来，欢快、轻盈的情绪成为主旋律。尾节四行句式一样，但变“轻轻的”为“悄悄的”，深化了下片梦破以后及寻梦不得的幻灭感。1922年学成归国时“轻轻的招手，/作别西天的云彩”的欢快变成了1928年10月再次离别时“挥一挥衣袖，/不带走一片云彩”的悲哀，为什么“不带走”？因为已经带不走了，也不用带走了；因为6年前作别的“云彩”已经成为了幻梦，这云彩在中国没法生根，“不带走”表明了诗人的决绝与绝望。巨大的悲哀袭来，“不带走一片云彩”这再别康桥圣地的绝唱，成为悼别自由、平等、博爱的社会理想与人生理想的挽歌。

在徐志摩看来，社会理想、人生理想与个人的爱情是一而二二而一的，是互相融合、互相渗透的。换言之，美、爱与自由，在他看来是一体的。他是用感性在理解理性，用爱情在理解社会。事实上，再别康桥也有对爱情幻灭的哀悼，从某种角度上也可以说是一首爱情的悼歌；也有对母校的怀念，对母校的热爱、崇拜与告别的惆怅、悲哀，情溢诗外，但徐志摩的母校不是一般意义的母校，这份怀恋与幻灭包含了母校也超越了母校。全诗复调鲜明，交响共鸣，多方面深化了“再别康桥”的主题。《再别康桥》在音乐美与意境美上特点更是鲜明。全诗共七节，每节四行，奇行顶头，偶行退格，首尾呼应，整饬而活泼。押ABCDECA的韵，几乎每节随意换韵，情感旋律自然流畅，抑扬顿挫，恰成和谐。在清浅的词语中寓以炽热浓情，把爱的热烈和幻的苦寂之情与康河特定的柳、波、荇、草、潭、藻、星、虫、云织成一幅美锦，经纬有机，深浅无痕，离情因康桥美景而浓得化不开，康桥美景因离情浓烈而流传千古。这首诗被公认为是现代汉语诗歌中的精品。

三、如何阅读现代诗

不好懂的现代诗，是我们欣赏诗的难点与重点部分。

以李金发为代表的象征派、以卞之琳为代表的现代派、以冯至为代表的西南联大诗人群那里，诗成了一种难懂的艺术形式。这个难懂，主要在诗的多义性。

李金发的象征诗，重在对诗的象征本体的理解。一般来说，好的象征诗，象征本体是明确的，从诗的语言层面上讲是没有歧义的，歧义在象征本体的理解上。象征本体由于有多种可能的含义，因而导致了诗歌理解的多义性。上文已经说过了他的弃妇形象的多种理解，一般都认为，他的弃妇形象不止是弃妇，或为人生的写照，或是希望之为虚妄的意思，这都体现了李金发诗歌内容的多义性。

最不好懂的可能是以卞之琳为代表的现代派及与之相应的西南联大诗人群的诗。由于艾略特知性诗学概念的输入，现代汉语诗的诗学面貌发生了根本变化。诗的知性，更重要的是诗的想象逻辑的理解成为难点，攻不破这一难点，就难以读懂现代诗，因此，有人把卞之琳称为现代的李商隐。卞之琳、冯至、穆旦的诗是这类诗的代表。理解这类诗需要多读，读懂诗的字面意思后，再加以想象才能理解完全。在这里，我们体会到，诗歌艺术欣赏是一种灵魂的探险，除了需要才情，还需要人生阅历。

在这里，我们以卞之琳的诗为例加以说明。

卞之琳的《断章》仅两节四行："你站在桥上看风景，/看风景人在楼上看你。//明月装饰了你的窗子，/你装饰了别人的梦。"诗句平白如话，写的也只是眼前常见的景物，但内涵却极其丰富。形式的单纯质朴与内涵的繁复在这首诗里矛盾而又统一地结合在了一起。初读这首诗，诗中的意象"桥"、"楼"、"明月"、"风景"很容易诱发人的想象：一个风和日丽的日子，"你站在桥上看风景"，小桥、流水、白帆、鸥鹭让你如痴如醉，浑然忘我，这时"你"无意中又成了岸边楼上"看风景人"眼中的另一道风景了。这道风景深深地吸引和打动了楼上"看风景人"，以至在夜深人静时，"看风景人"还在梦中深情地重温着另一风景中的"你"，"你"已成了别人梦中的风景了。仅从这一层次来看，这首诗呈现的画面就已经气韵流动，高妙优美。但再读之下，却发现可以咀嚼出层层叠叠的意味来，远非这幅画面所能概括。《断章》内涵的厚重从它一出现就引来了无尽的索解。李健吾当年认为这首诗的诗眼在"装饰"二字上，暗示了人生不过是相互装饰，其中蕴涵着无可奈何的情怀。卞之琳本人强调全诗的意思是在"相对"上，桥上的人把周围一切活动当风景来看，而楼上的人也把桥上的人当做风景的一部分来观赏，这是相对；明月的月光装饰了"你"的窗户，而"你"的形象又进入他人梦中装饰了他人的梦，这也是相对。明白了这种相对关系，人就不应该再有怨尤。这种情怀和李健吾的解释可谓截然相反。对《断章》的解释可谓仁者见仁，智者见者，有研究者认为全诗解读的关键在代词"你"上。诗中的四个"你"是不是同一个人？如果不是，彼此间又是什么关系？如果把第一、第二行的"你"换做"他"，第三、第四行的"你"换做"她"，这种思路的最佳解读法就是将其读做情诗，诗中的"她"在明月的装饰中使看风景的"他"魂牵梦萦，在晚上沉入相思梦中。也有人可能会从中体悟出事物之间的普遍联系，即你中有我，我中有你，彼此息息相关，互为依存。人与风景、风景与风景、人与人，其间主客体的关系是可以转化与互换的。在宇宙万物乃至整个人生历程中，一切都是相对的，一切又都是互相关联的。因为诗中蕴涵的这种主客体相对性，让整首诗有了一种交相投射、层层递增的情趣。

《断章》结构匀称，诗人在语言的安排上巧妙地运用了中国古典诗歌中"互文对举"的手法，不仅完善了诗句间的起承转合与诗节间的上下勾连，而且也浓化了外在的形式与内在的旨趣间相辅相成的关系，使内容与形式水乳交融，相得益彰。这首诗在常见的小图景中包藏了深邃的哲理沉思，可谓小诗不小，断章不断，令人浮想联翩，回味无穷。《断章》的魅力在于东方诗歌的亲切人情味和西方现代诗深邃的人生玄思的统一，即东方诗单纯、明净的意境与西方现代诗厚重哲理意味的统一。整首诗读来流畅、清新、情韵婉转，同时又让人体味到思想层次的重重叠叠，由有限伸展到无限，短短的四行诗里蕴涵了无穷的情思，是新诗史上少见的艺术精品。

如果我们懂了《断章》的读法，其他知性诗的阅读就少了许多的障碍。在读这种诗时，不仅注重形象、意象、象征、比喻等常见的手法，还更要注重思想的跳跃与主体的置换。要突破诗句给人的拘束，对诗人留下的空白加以充分想象，这样，诗就成了一种你的再创造了。①

---

① 为了便于理解的统一，"读法指导"部分引用了本书个别篇章的解说，在此一并说明。

阅读指引

梦与诗①

胡 适

都是平常经验，
都是平常影象，
偶然涌到梦中来，
变幻出多少新奇花样！

都是平常情感，
都是平常言语，
偶然碰着个诗人，
变幻出多少新奇诗句！
醉过方知酒浓，
爱过方知情重：——
你不能做我的诗，
正如我不能做你的梦。

1920年10月10日

---

① 胡适：《尝试集》，北京，人民文学出版社，2000。

作家小传

胡适（1891—1962），原名胡洪骍，字适之，安徽绩溪人，五四新文化运动发起人之一，早年留学美国哥伦比亚大学获哲学博士学位，历任北京大学教授、北京大学校长、中央研究院院士等职，在历史、哲学、文学等方面均有建树，因积极倡导并实践白话新诗而广受关注，著有《尝试集》等。

胡适的诗歌既有格谨律严的旧体诗词，也有明白晓畅的白话新诗。他的旧体诗词集中写作于1907年至~1916年十年间，或抒发火热的少年抱负，或倾诉传统士人的感伤，风格质朴平实。真正让胡适蜚声文坛的是他的白话诗理论和白话诗

胡适

创作。从文学进化论出发，胡适认为白话新诗取代律诗成为新文学之重要一翼是历史的必然，他深信"不但打破五言七言的诗体，并且推翻词调曲谱的种种束缚；不拘格律，不拘平仄，不拘长短；有什么题目，作什么诗；诗该怎样作，就怎样作"①的新诗将会是中国诗歌"第四次的诗体大解放"。②他认为新诗应当摒弃传统诗歌中的滥调套语，采用生动活泼的现代白话，"作诗如同说话"③，这样作出的诗才具有鲜活的生命力。为了彻底打破在形式上束缚诗歌发展的传统桎梏，胡适主张"诗须废律"④，"作诗不为古人成法所拘"⑤。此外，他还认为诗人需有独特而真挚的生命体验，不做"无病之呻吟"。这些理论为当时尚在从旧体诗藩篱中艰难突围的白话新诗指明了方向。在创作上，胡适也笔耕不辍，出版了中国现代汉语文学史上的第一部新诗集《尝试集》。不仅如此，胡适还热衷于白话诗实验，他曾尝试用西方诗歌惯用的三句转韵体、骚体译西洋诗，以白话作律诗等，可谓花样翻新，用心良苦。

尽管胡适的努力显得有些"提倡有心，创作无力"，且某些诗歌存在直白有余、诗味不足的缺憾，尽管在他所开创的白话诗歌创作道路上，许多人比他

---

① 吴奔星：《胡适诗话》，214页，成都，四川文艺出版社，1991。
② 同上，216页。
③ 同上，68页。
④ 同上，12页。
⑤ 同上，161页。

走得更远、攀得更高，但是对于任何一个企图回到中国现代诗歌发生史现场的人来说，"胡适"是一个无论如何都无法回避的名字。

要点评析

《梦与诗》是一首旨在说理的白话新诗，谈诗歌创作与诗人生活体验之间的关系。谈梦是楔子，言诗才是目的。

第一节说梦之根本。梦根植于那司空见惯的"平常经验"与"平常影象"里。它们因了某种机缘的巧合，就那么"偶然涌到"梦中来，幻出万千飞红。第二节话诗之本源，与第一节对举。那情感是平常的，每个人都或曾体验；那言语也是平常的，每个人都或曾诉说。但倘若有一个际遇，它逢着一个有缘的诗人，物事便也能闪烁诗的灵光。第三节收束全诗，点明题旨。你有你的经历，我有我的体会。你不能代我去体会，我也不能替你去经历。我的诗需要我来作，而你的梦也要由你来织。我织不了你的梦，你也作不成我的诗。

尽管胡适说"我们极不赞成诗的规则"[1]，其实他心里何尝就没有规则。《梦与诗》共三节，每节四行，第一、第二节均采用固定句式结构诗行，构成诗节之间规范的排比，现出整饬的诗形美。第三节撇开第一、第二节的句式，采用对仗，规整又不失变化。末尾回环顶针，造出一种流动美。

胡适说过，白话新诗"押韵是音节上最不重要的一件事。至于句中的平仄，也不重要"[2]，然而纵观全诗却节节押韵又节节换韵，读来朗朗上口，易于记诵。这若不是胡适"妙手偶得之"，便是其苦心经营的结果。胡适还说，虽然白话新诗不必拘泥于旧体诗所遵循的那些平仄套式，但是用字的音节之和谐却不容忽视。《梦与诗》基本上由二字尺、三字尺组成，并辅以四字尺，这符合现代汉语的自然音节，加之留意平、上、去、入四声的合理搭配，诗歌的音韵更是抑扬顿挫。

胡适有一个叫张子高的朋友称赞胡适的诗文"足当雅洁二字"，胡适答道："殊未必然，吾诗清顺达意而已。"[3]胡适的话也许谦虚，然而用"清顺

---

[1] 吴奔星：《胡适诗话》，190页，成都，四川文艺出版社，1991。
[2] 同上，220页。
[3] 同上，3页。

达意"来概括这首诗的语言特色怕是比较妥当的。

胡先骕曾经这样评价胡适的《尝试集》："胡君之《尝试集》，死文字也，死文学也。"[①]平心而论，《尝试集》中的确有一些诗是"死文字，死文学"，然而我们可以断言，《梦与诗》至少是不会"速朽"、"速死"的。

思考探究

试将《梦与诗》和周作人、康白情同时期的白话新诗加以比较，自选角度谈谈其异同。

知识链接

八事

"八事"即"一曰，须言之有物。二曰，不模仿古人。三曰，须讲求文化。四曰，不作无病之呻吟。五曰，务去滥调套语。六曰，不用典。七曰，不讲对仗。八曰，不避俗字俗语。"[②]这是胡适于1917年提出来的，是他关于文学改良思想的一次集中阐述。"八事"说反映了新文学运动倡导者的革新诉求，对中国现代汉语文学的发展具有深远影响。

《尝试集》

胡适的《尝试集》是中国现代文学史上的第一部白话诗集，1920年由上海亚东图书馆出版，这部诗集共三编。第一编大多脱胎于旧诗词，第二、第三编体现了胡适白话诗创作的实绩，在语言、格律等方面对旧诗词有较大突破。

---

① 胡适：《尝试集·四版自序》，北京，人民文学出版社，2001。
② 胡适：《文学改良刍议》，载《新青年》第2卷第5期，1917年1月1日。

希　望①

胡　适

我从山中来，带得兰花草②，
种在小园中，希望开花好。

一日望三回，望到花时过；
急坏种花人，苞也无一个！

眼见秋天到，移花供在家；
明年春风回，祝汝满盆花！

1921年10月4日

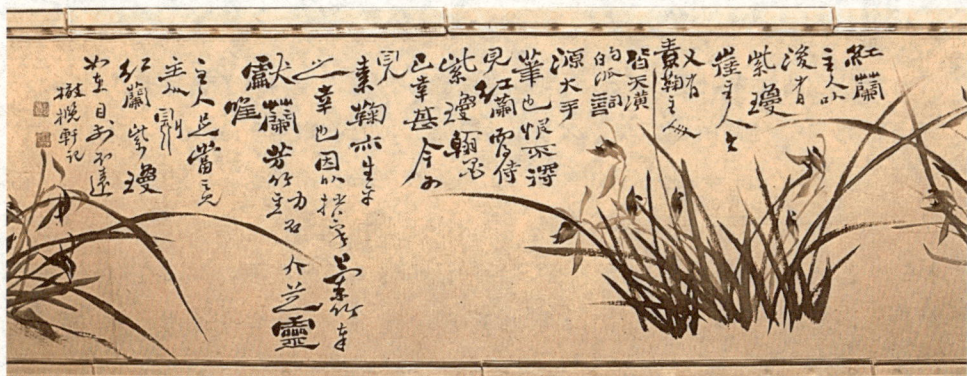

兰花竹石图卷（局部），清乾隆二十七年（1762），郑燮绘。上海市博物馆古代绘画藏品。

要点评析

　　据说1921年夏天胡适到西山去，友人熊秉三夫妇送他一盆兰花草，他欢
天喜地地带回家，读书写作之余精心照看，但直到秋天，也没有开出花来，遂
作叙事抒情诗《希望》以寄怀。该诗以"种花—盼花开而不得—祝愿明年花开

---

① 胡适：《尝试集》，北京，人民文学出版社，2000。
② 兰花草：别名竹叶草、鸭跖草，鸭跖草科、鸭跖草属，一年生草本，茎多分枝，下部匍匐，节上生根。

好"为线索，将种花人满怀希望继而焦急、沮丧再到珍视、呵护希望的曲折心迹娓娓道来。

首节写"我"带来兰花草，种下希望。第二节写"我"期待花开的焦急心情，"一日望三回"。眼看百花开开落落，花期也过，可兰花草连"苞也无一个"，好不令人沮丧。第三节写"我"仍怀抱希望，在秋天即将来临的时候，把兰花草小心翼翼地"移"进温暖的屋里，"供"了起来，"我"没有放弃花开的希望。

整首诗都在写花，但意在花外。1917年自美学成归国的胡适正踌躇满志地要把从异国带回来的西方资产阶级理想的"兰花草"移栽到中国古老的土地上。在新文化运动的滔天浊浪中，他悉心培育并呵护着自己的"兰花草"，但现实却越来越偏离他当初预想的轨道，他感到沮丧和迷茫——西方资产阶级式的理想在中国到底有些水土不服，"兰花草"没有开花，更不可能散发芬芳。不过胡适毕竟又是乐观的，也许脚下本是一方"兰花草"成长、开花的土壤，只是适宜的时节未到。那该是一个属于兰花草的春天，也是胡适理想绽放的春天。他相信这一天必会来到。

款款心曲耐人咀嚼，诗形美也值得称道。首先，全诗三节，每节四句，每句五字，具有整饬的建筑美。其次，每节二、四句分别押ao、o、a韵，既易于诵读，又避免了一韵到底的单调。此外，在每一行诗的音节上也能做到平、上、去的合理搭配，显得自然流畅。再次，这首诗在语言上延续了胡适平实质朴的一贯风格。最后，作为一个尝试用白话创作的诗坛先驱，胡适在他的现代白话新诗里仍不经意间流露出旧体诗的痕迹，末节最后一句中不用"你"而用"汝"便是明证。

总之，《希望》是一首明快、质朴、清新又深情的白话新诗，值得一读。

思考探究

下面是根据《希望》改编后的流行歌曲《兰花草》的歌词，读一读，然后谈谈你更喜欢哪一首，为什么？

兰花草

我从山中来　带着兰花草
种在小园中　希望花开早
一日看三回　看得花时过
兰花却依然　苞也无一个
转眼秋天到　移兰入暖房
朝朝频顾惜　夜夜不相忘
期待春花开　能将夙愿偿
满庭花处处　飘来许多香

窗　外①

康白情

窗外的闲月
　　紧恋着窗内密也似的相思。
相思都恼了，
　　她还涎着脸儿在墙上相窥。

回头月也恼了，
　　一抽身就没了。
月倒没了；
　　相思倒觉着舍不得了。

2月9日，北京

作家小传

　　康白情(1896—1958)，四川省安岳县人，后改名洪章。五四运动时就读于北京大学，其间开始新诗创作。1920年9月赴美留学，为时不到半年，思想变化很大，此后就很少写作新诗了。其主要作品为诗集《草儿》，1922年3月由上海亚东图书馆出版，其中共收诗篇125首，后重编为《草儿在前》和《河上集》。

　　康白情是《新潮》的重要诗人之一，也是五四新诗坛上很有影响力的诗人。他主张剪裁时代的东西来表现个人的冲动，他的诗集《草儿》真实记录了五四运动中慷慨激越的青年学生的种种情感。《草儿》是继胡适的《尝试集》、郭沫若的《女神》之后，与俞平伯的《冬夜》同时出版的一本五四时期有广泛影响的新诗集，其中的很多诗篇都是"随兴写声"的"见志"之作，充满了创造的精神，体现出鲜明的艺术个性。

　　康白情以表现人生、张扬个性、改造社会为目的，以冲破旧诗藩篱的散文化、口语化句式为特征，借景抒情，善用色彩。他的诗结构样式变化无穷，行

---

① 朱自清编：《中国新文学大系·诗集》，上海，上海良友图书公司，1935。

的长短、字的多少完全随心所欲，一任感情驱遣。他曾大胆声称"宇宙间底事物，无一样不是我们底诗料"①。诗料的无限拓宽，使得诗在他笔下呈现为一个鲜活的世界。

康白情追求新诗的"真"，强调文艺的客观性。他的"真"多强调的是客观的、自然的成分，要求"客观的"、"绝对的"为"主观的"服务，因而其诗"以写景胜"。

在朱自清看来，新诗创作之初与胡适的诗歌主张"同调"的只有康白情一人，这充分肯定了康白情的诗歌主张在五四新诗史上的开创意义。胡适也曾指出康白情的创作精神和解放旧体诗的成绩在新诗运动最初四年"影响最大"，说他是"无意于创造而创造了，无心于解放而解放的成绩最大"。②俞平伯也肯定康白情的新诗"都是作者底自我和一切物观界——自然和人生——同化而成的"诗作，"所隐藏着的是整个儿的人性"。③

要点评析

《窗外》选自诗集《草儿》，写于1919年2月9日。诗中"相思"与"闲月"各有各的烦恼。第一节写"闲月"紧恋"相思"，"相思"不得酣眠，好梦难成，所以"相思"恼了。第二节写"月"生气了，转身消逝，"相思"反倒依依难舍了。诗人以一种童话般的意境，描绘了一段跌宕起伏的"月"与"相思"之恋，给抽象的爱情以亲切具体的感性外衣，实在又空灵，并以拟人化的矛盾构思把诗渲染得诗趣盎然。

在第一节中，诗人以一个"闲"字写月，又是窗外的"闲月"偏偏照着窗内，一反以往月忧伤、阴郁的形象，将月略带调皮的个性、风度点染出来。"闲月"紧恋着的"相思"，一种主观的情感被诗人客观化了，而"这相思从何而来，到何处去，是一种怎样的思念"是诗人留给读者广阔的想象空间。

诗的内容虽然比较简单，但构思却相当精巧。在全诗短短八句中，诗人把复杂丰富的情感有层次而富于戏剧性地表达出来，写得妙趣横生。在看似生

---

① 康白情：《新诗底我见》，载《少年中国》第1卷第9期，1920年3月。
② 胡适：《康白情的〈草儿〉》，见《草儿》，上海，上海亚东图书馆，1922。
③ 俞平伯：《草儿·序》，见《草儿》，上海，上海亚东图书馆，1922。

动、缠绵的恋曲里，诗人同时也表达了相思的痛苦，而且是思念越多，痛苦越深，剪不断，理还乱。在诗的第二节中，诗人连续用四个"了"，不仅把"闲月"羞恼的情绪和略带顽皮的个性细腻地表达出来，使诗的结构更加精巧，而且增强了诗句的节奏感。这充分体现了康白情提出新诗应当注重顺耳、爽口、易唱功能的主张，为刚刚起步的新诗提供了语言上的典范。

古往今来借月写相思的诗屡见不鲜，但能以新诗的形式将相思写得如此生动、洗练而又不乏深刻的却不多见，尤其是在新诗草创时期。《窗外》不愧为新诗在这一主题上的杰出代表，也是康白情要求"客观的"、"绝对的"为"主观的"服务的创作思想的杰出体现。

思考探究

1. 古来借月写相思的诗屡见不鲜，试从所学过的有关望月相思的古诗中选择一首与《窗外》进行比较，从而体会《窗外》一诗表达的细腻、形式的自由、节奏的自然以及语言的活泼。

2. 阅读康白情的诗集《草儿》，试分析其在艺术表现上的特点，体会康白情在白话新诗表现形式上的探索。

知识链接

新潮社和《新潮》

新潮社是五四运动前夕在青年学生中颇有影响的进步学生团体之一，成立于1918年11月19日，发起人和主要领导人有博斯年、罗家伦等。新潮社曾得到过蔡元培、陈独秀、胡适等人物质方面的支持。五四运动后，其绝大多数成员转向右倾。

《新潮》是新潮社于1919年1月1日组织创办的杂志，它以"批评的精神，科学的文义，革新的文词"为理念，是除了《新青年》之外的另一份提倡新文化运动的富有号召力的杂志。

和平的春里①

康白情

遍江北底野色都绿了。

柳也绿了。

麦子也绿了。

细草也绿了。

水也绿了。

鸭尾巴也绿了。

茅屋盖上也绿了。

穷人底饿眼儿也绿了。

和平的春里远燃着几团野火。

1920年4月4日，津浦铁路车上

---

① 朱自清编：《中国新文学大系·诗集》，上海，上海良友图书公司，1935。

凤凰涅槃[1]
（一名"菲尼克司的科美体。"[2]）
郭沫若

　　天方国[3]古有神鸟名"菲尼克司"（Phoenix），满五百岁后，集香木自焚，复从死灰中更生，鲜美异常，不再死。

　　按此鸟殆即中国所谓凤凰：雄为凤，雌为凰。《孔演图》[4]云："凤凰火精，生丹穴。"[5]《广雅》[6]云："凤凰……雄鸣曰即即，雌鸣曰足足。"

序　曲

除夕将近的空中，
飞来飞去的一对凤凰，
唱着哀哀的歌声飞去，
衔着枝枝的香木飞来，
飞来在丹穴山上。

山右有枯槁了的梧桐，
山左有消歇了的醴泉，
山前有浩茫茫的大海，
山后有阴莽莽的平原，
山上是寒风凛冽的冰天。

天色昏黄了，
香木集高了，
凤已飞倦了，

---

① 郭沫若：《女神》，上海，泰东图书局，1921。涅槃是佛教语，梵文Nirvana，指佛教徒修炼功德圆满，或称圆寂，意即超脱现实，死其幻身，本性不生不灭。这里喻凤凰的再生。
② 一名"菲尼克司的科美体。"：菲尼克司，即 Phoenix，阿拉伯语中的不死鸟，五百年自焚，灰中再生。科美体，即Comedy，喜剧。
③ 天方国：中国古代称中东一带的阿拉伯国家为天方或天房。
④ 《孔演图》：应作《演孔图》，东汉纬书名，原本已佚，有辑本传世。
⑤ 清代马国翰《玉函山房辑佚书》所辑《春秋纬·演孔图》："凤，火之精也，生丹穴。"丹穴，山名。《山海经·南山经》："丹穴之山，上多金玉。……有鸟焉，其状如鸡，五彩而文，名曰凤凰。"
⑥ 《广雅》：训诂书，三国时魏人张揖撰著。本诗所引见《广雅·释鸟》。

凰已飞倦了，
他们的死期将近了。

凤啄香木，
一星星的火点迸飞。
凰扇火星，
一缕缕的香烟上腾。

凤又啄，
凰又扇，
山上的香烟弥散，
山上的火光弥满。

夜色已深了，
香木已燃了，
凤已啄倦了，
凰已扇倦了，
他们的死期已近了！

啊啊！
哀哀的凤凰！
凤起舞，低昂！
凰唱歌，悲壮！
凤又舞，
凰又唱，
一群的凡鸟，
自天外飞来观葬。

凤　歌

即即！即即！即即！
即即！即即！即即！

茫茫的宇宙，冷酷如铁！

茫茫的宇宙，黑暗如漆！

茫茫的宇宙，腥秽如血！

宇宙呀，宇宙，

你为什么存在？

你自从哪儿来？

你坐在哪儿在？

你是个有限大的空球？

你是个无限大的整块？

你若是有限大的空球，

那拥抱着你的空间

他从哪儿来？

你的外边还有些什么存在？

你若是无限大的整块，

这被你拥抱着的空间

他从哪儿来？

你的当中为什么又有生命存在？

你到底还是个有生命的交流？

你到底还是个无生命的机械？

昂头我问天，

天徒矜高①，莫有点儿知识。

低头我问地，

地已死了，莫有点儿呼吸。

伸头我问海，

海正扬声而鸣唈②。

啊啊！

---

① 天徒矜高：天徒然装得自尊自大。徒，徒然地。矜，自尊自大，自夸。
② 鸣唈（yì）：形容水声悲凄，又作"呜咽"。

生在这样个阴秽的世界当中，
便是把金钢石的宝刀也会生锈！
宇宙呀，宇宙，
我要努力地把你诅咒：
你脓血污秽着的屠场呀！
你悲哀充塞着的囚牢呀！
你群鬼叫号着的坟墓呀！
你群魔跳梁着的地狱呀！
你到底为什么存在？

我们飞向西方，
西方同是一座屠场。
我们飞向东方，
东方同是一座囚牢。
我们飞向南方，
南方同是一座坟墓。
我们飞向北方，
北方同是一座地狱。
我们生在这样个世界当中，
只好学着海洋哀哭。

凰　歌

足足！足足！足足！
足足！足足！足足！
五百年来的眼泪倾泻如瀑。
五百年来的眼泪淋漓如烛。
流不尽的眼泪，
洗不净的污浊，
浇不熄的情炎[①]，
荡不去的羞辱，

① 情炎：同"情焰"。

我们这缥缈的浮生
到底要向哪儿安宿？

啊啊！
我们这缥缈的浮生
好象那大海里的孤舟。
左也是溟漫②，
右也是溟漫，
前不见灯台，
后不见海岸，
帆已破，
樯已断，
楫已飘流，
柁已腐烂，
倦了的舟子只是在舟中呻唤，
怒了的海涛还是在海中泛滥。

啊啊！
我们这缥缈的浮生
好象这黑夜里的酣梦。
前也是睡眠，
后也是睡眠，
来得如飘风，
去得如轻烟，
来如风，
去如烟，
眠在后，
睡在前，
我们只是这睡眠当中的
一刹那的风烟。

---

① 溟(huàn)漫：模糊不可辨识。

啊啊！

有什么意思？

有什么意思？

痴！痴！痴！

只剩些悲哀，烦恼，寂寥，衰败，

环绕着我们活动着的死尸，

贯串着我们活动着的死尸。

啊啊！

我们年青时候的新鲜哪儿去了？

我们年青时候的甘美哪儿去了？

我们年青时候的光华哪儿去了？

我们年青时候的欢爱哪儿去了？

去了！去了！去了！

一切都已去了，

一切都要去了。

我们也要去了，

你们也要去了，

悲哀呀！烦恼呀！寂寥呀！衰败呀！

凤凰同歌

啊啊！

火光熊熊了。

香气蓬蓬了。

时期已到了。

死期已到了。

身外的一切，

身内的一切，

一切的一切！

请了！请了！

群鸟歌

岩 鹰

　　哈哈，凤凰！凤凰！

　　你们枉为这禽中的灵长！

　　你们死了吗？你们死了吗？

　　从今后该我为空界的霸王！

孔 雀

　　哈哈，凤凰！凤凰！

　　你们枉为这禽中的灵长！

　　你们死了吗？你们死了吗？

　　从今后请看我花翎上的威光！

鸱 枭①

　　哈哈，凤凰！凤凰！

　　你们枉为这禽中的灵长！

　　你们死了吗？你们死了吗？

　　哦！是哪儿来的鼠肉的馨香？

家 鸽

　　哈哈，凤凰！凤凰！

　　你们枉为这禽中的灵长！

　　你们死了吗？你们死了吗？

　　从今后请看我们驯良百姓的安康！

鹦 鹉

　　哈哈，凤凰！凤凰！

　　你们枉为这禽中的灵长！

　　你们死了吗？你们死了吗？

　　从今后请听我们雄辩家的主张！

白 鹤

　　哈哈，凤凰！凤凰！

　　你们枉为这禽中的灵长！

---

① 鸱（chī）枭：鸟，头大，嘴短而弯曲，吃昆虫、老鼠等。种类多，如猫头鹰。

你们死了吗？你们死了吗？
从今后请看我们高蹈派①的徜徉！

凤凰更生歌

鸡　鸣

昕潮②涨了，
昕潮涨了，
死了的光明更生了。

春潮涨了，
春潮涨了，
死了的宇宙更生了。

生潮涨了，
生潮涨了，
死了的凤凰更生了。

凤凰和鸣

我们更生了。
我们更生了。
一切的一，更生了。
一的一切，更生了。
我们便是他，他们便是我。
我中也有你，你中也有我。
我便是你。
你便是我。
火便是凰。
凤便是火。
翱翔！翱翔！
欢唱！欢唱！

---

① 高蹈派：又名"巴尔那斯派"，来源于Parnassus一词，19世纪法国资产阶级诗歌的一个流派，宣扬"为艺术而艺术"。
② 昕潮：早朝。昕，指太阳即将升起的时候。

我们光明呀!

我们光明呀!

一切的一,光明呀!

一的一切,光明呀!

光明便是你,光明便是我!

光明便是"他",光明便是火!

　　火便是你!

　　火便是我!

　　火便是"他"!

　　火便是火!

　　翱翔!翱翔!

　　欢唱!欢唱!

我们新鲜呀!

我们新鲜呀!

一切的一,新鲜呀!

一的一切,新鲜呀!

新鲜便是你,新鲜便是我!

　　新鲜便是"他",新鲜便是火!

　　火便是你!

　　火便是我!

　　火便是"他"!

　　火便是火!

　　翱翔!翱翔!

　　欢唱!欢唱!

我们华美呀!

我们华美呀!

一切的一,华美呀!

一的一切,华美呀!

华美便是你，华美便是我！

华美便是"他"，华美便是火！

　　火便是你！

　　火便是我！

　　火便是"他"！

　　火便是火！

　　翱翔！翱翔！

　　欢唱！欢唱！

我们芬芳呀！

我们芬芳呀！

一切的一，芬芳呀！

一的一切，芬芳呀！

芬芳便是你，芬芳便是我！

芬芳便是"他"，芬芳便是火！

　　火便是你！

　　火便是我！

　　火便是"他"！

　　火便是火！

　　翱翔！翱翔！

　　欢唱！欢唱！

我们和谐呀！

我们和谐呀！

一切的一，和谐呀！

一的一切，和谐呀！

和谐便是你，和谐便是我！

和谐便是"他"，和谐便是火！

　　火便是你！

　　火便是我！

　　火便是"他"！

火便是火！

翱翔！翱翔！

欢唱！欢唱！

我们欢乐呀！

我们欢乐呀！

一切的一，欢乐呀！

一的一切，欢乐呀！

欢乐便是你，欢乐便是我！

欢乐便是"他"，欢乐便是火！

火便是你！

火便是我！

火便是"他"！

火便是火！

翱翔！翱翔！

欢唱！欢唱！

我们热诚呀！

我们热诚呀！

一切的一，热诚呀！

一的一切，热诚呀！

热诚便是你，热诚便是我！

热诚便是"他"，热诚便是火！

火便是你！

火便是我！

火便是"他"！

火便是火！

翱翔！翱翔！

欢唱！欢唱！

我们雄浑呀！

我们雄浑呀!

一切的一,雄浑呀!

一的一切,雄浑呀!

雄浑便是你,雄浑便是我!

雄浑便是"他",雄浑便是火!

　　火便是你!

　　火便是我!

　　火便是"他"!

　　火便是火!

　　翱翔!翱翔!

　　欢唱!欢唱!

我们生动呀!

我们生动呀!

一切的一,生动呀!

一的一切,生动呀!

生动便是你,生动便是我!

生动便是"他",生动便是火!

　　火便是你!

　　火便是我!

　　火便是"他"!

　　火便是火!

　　翱翔!翱翔!

　　欢唱!欢唱!

我们自由呀!

我们自由呀!

一切的一,自由呀!

一的一切,自由呀!

自由便是你,自由便是我!

自由便是"他",自由便是火!

　　　　火便是你！

　　　　火便是我！

　　　　火便是"他"！

　　　　火便是火！

　　　　翱翔！翱翔！

　　　　欢唱！欢唱！

我们恍惚呀！

我们恍惚呀！

一切的一，恍惚呀！

一的一切，恍惚呀！

恍惚便是你，恍惚便是我！

恍惚便是"他"，恍惚便是火！

　　　　火便是你！

　　　　火便是我！

　　　　火便是"他"！

　　　　火便是火！

　　　　翱翔！翱翔！

　　　　欢唱！欢唱！

我们神秘呀！

我们神秘呀！

一切的一，神秘呀！

一的一切，神秘呀！

神秘便是你，神秘便是我！

神秘便是"他"，神秘便是火！

　　　　火便是你！

　　　　火便是我！

　　　　火便是"他"！

　　　　火便是火！

　　　　翱翔！翱翔！

欢唱！欢唱！

我们悠久呀！
我们悠久呀！
一切的一，悠久呀！
一的一切，悠久呀！
悠久便是你，悠久便是我！
悠久便是"他"，悠久便是火！
　火便是你！
　火便是我！
　火便是"他"！
　火便是火！
　翱翔！翱翔！
　欢唱！欢唱！

我们欢唱！
我们欢唱！
一切的一，常在欢唱！
一的一切，常在欢唱！
是你在欢唱？是我在欢唱？
是"他"在欢唱？是火在欢唱！
　欢唱在欢唱！
　只有欢唱！
　只有欢唱！
　只有欢唱！
　欢唱！
　　欢唱！
　　欢唱！

作家小传

郭沫若

郭沫若（1892—1978），四川乐山人。原名郭开贞，号尚武，别号鼎堂，"沫若"系笔名，取家乡两条河"沫水"、"若水"汇合之义。1914年赴日本留学，1921年6月与郁达夫等组织创造社。一生著述甚丰，著作收入《郭沫若全集》。

郭沫若的创作大致可分为三个阶段。第一阶段是五四时期，这是他创作的黄金时期，其个性在这一时期得到充分展示，创作出版了《女神》（1921）、《星空》（1923）、《瓶》（1927）、《恢复》（1928）、《前茅》（1928）等诗集。第二阶段是二十世纪三四十年代，经历了"文学革命"、"两个口号"论争到抗日战争、解放战争，其创作告别了五四时期的朝气，现实感逐步强化，《屈原》、《虎符》、《高渐离》、《孔雀胆》、《南冠草》等借古喻今的历史剧作是这一时期的主要成就。第三阶段是新中国成立后，因身居高位，杂务缠身，虽时有作品面世，但多为应制之作，艺术上多不足观。

在现代汉语诗歌发展史上，郭沫若堪称开一代诗风的诗人。这种地位直接奠基于他的第一本诗集《女神》。《女神》共收录郭沫若早期新诗56首，绝大部分创作于1919年至1920年。除序诗外，诗集共分三辑：第一辑包括《女神之再生》、《湘累》、《棠棣之花》三个诗剧；第二辑是《女神》最重要的部分，《凤凰涅槃》、《天狗》、《地球，我的母亲》等出色诗作皆收入其中；第三辑写作时间跨度较大，风格、内容亦较为驳杂。总体来看，《女神》一方面以火山爆发式的激情充分体现了狂飙突进的五四时代精神，使诗的抒情本质和诗的个性化得到充分的发挥，另一方面又以浪漫主义的丰富想象和不拘一格的艺术形式，把胡适所倡导的"诗体解放" 运动推向极致，为新诗的发展开拓了一片新天地。所以闻一多说："若讲新诗，郭沫若君的诗才配称新呢，不独艺术上他的作品与旧诗词相去最远，最要紧的是他的精神完全是时代的精神——二十世纪底时代的精神。有人讲文艺是时代底产儿，《女神》真不愧为时代底一个肖子。"[1]

---

[1] 闻一多：《〈女神〉之时代精神》，载《创造周报》第4号第3页，1923年6月3日。

要点评析

《凤凰涅槃》是《女神》的代表作，创作于1921年1月。诗歌通过凤凰满五百岁集香木自焚又得以重生的传说，成功塑造了"凤凰"的艺术形象。诗歌不仅表现了诗人彻底否定旧我、否定旧世界的决心，更展示了诗人追求新生、追求理想社会的执著精神。

诗歌的"小序"以一个富有浪漫色彩的东方传说自然引出"序曲"。"序曲"通过一对凤凰在除夕时准备集香木自焚的阴冷场景的描绘，渲染了凤凰自焚前的悲壮氛围，暗示了古老的中华民族在黑暗统治中的死寂和衰败。

"凤歌"是对阴秽现实的愤怒控诉。诗人以屈原《天问》的方式，对宇宙和人生的奥秘提出种种疑问，表现了较早觉醒的先驱者的孤独与无助，表达了对旧世界的彻底否定。"凰歌"着重从历史的回顾和切身的经历中进一步揭露和控诉旧世界。"凰"的处境苦痛、险恶，似茫茫大海中的一叶"孤舟"，不知"到底要向哪儿安宿"。这种处境既象征中华民族灾难深重的历史，也反映了五四时期先行者面对无边黑暗的孤寂悲怆。"凤凰同歌"以简短有力的句式表现了先行者决心投进烈火，把整个旧世界连同旧我一同毁灭的决绝态度。

"群鸟歌"是个变奏曲。围观凤凰自焚的群鸟是现实社会中横暴的统治者、贪婪的剥削者、庸俗的市侩和无耻文人的象征，在它们的反衬下，凤凰的涅槃更显悲壮。最后，"凤凰更生歌"以浴火重生的凤凰在黎明时的翱翔和欢唱欢呼新世界、新生活的到来，诗人自我也与自然界达到物我无间、物我合一的境界。

《凤凰涅槃》具有浓郁的浪漫主义特色。诗人借助神话传说，凭借大胆的想象和夸张，创造了神奇的凤凰形象和非现实图景，使抽象的理想具体化、形象化。诗篇结构宏伟，气势磅礴。全诗有序曲，有独唱，有合唱，显得丰富多彩，开合自如。在体式上，诗人以"绝端的自由，绝端的自主"[①]的态度，随感性来排列组合诗行。全诗采用了排句、叠句、复沓，并以反复咏唱产生昂奋的主旋律，突出了主题。整首诗韵律和谐，音调铿锵，富有音乐美。

---

① 郭沫若：《论诗三札》，见《文艺论集》，北京，人民文学出版社，1979。

思考探究

1. 如何理解诗篇中的"凤凰"形象？
2. 试从胡适的《尝试集》中任选一首诗歌与《凤凰涅槃》进行对比阅读，体会郭沫若在新诗发展史上的贡献。

知识链接

创造社

创造社是中国现代文学团体，1921年7月由郭沫若、成仿吾、郁达夫、张资平、田汉、郑伯奇等人在日本东京创立。前期的创造社主张自我表现和个性解放，强调文学应忠实于自己"内心的要求"，表现出浪漫主义和唯美主义倾向。第一次国内革命战争时期，创造社表现出"转换方向"的态势，并有新从日本回国的李初梨、冯乃超等思想激进的年轻一代参与，遂发展为后期创造社大力倡导无产阶级革命文学。创造社前期主办的刊物有《创造》季刊、《创造周报》、《创造日》（《中华新报》副刊）、《洪水》半月刊，后期的刊物主要有《创造月刊》、《文化批判》、《流沙》半月刊等，另编辑和出版创造社丛书60余种。1929年2月，创造社被国民党政府封闭。

泛神论

泛神论是把神融化在自然界中的哲学观点，流行于十六七世纪的西欧。该理论认为整个宇宙本身具有神性，万物存在于神内，神是万物的内因。这个神没有类似人的属性，不是凌驾于世界之上，而是存在于自然界的一切事物中。郭沫若的泛神论思想杂糅了以斯宾诺莎为代表的西欧泛神论哲学和古代中国、印度哲学里的泛神论思想。他曾这样说："泛神便是无神。一切的自然是神的表现"，"我即是神，一切自然都是我的表现"。

天　狗[1]

郭沫若

我是一条天狗呀！

我把月来吞了，

我把日来吞了，

我把一切的星球来吞了，

我把全宇宙来吞了。

我便是我了！

我是月底光，

我是日底光，

我是一切星球底光，

我是X光线底光，

我是全宇宙底Energy[2]底总量！

我飞奔，

我狂叫，

我燃烧。

我如烈火一样地燃烧！

我如大海一样地狂叫！

我如电气一样地飞跑！

我飞跑，

我飞跑，

我飞跑，

我剥我的皮，

我食我的肉，

我吸我的血，

---

[1] 郭沫若：《郭沫若全集·文学编》（第一卷），北京，人民文学出版社，1982。本篇最初发表于1920年2月7日上海《时事新报》副刊《学灯》，发表时原注写于1月30日。

[2] Energy：物理学所研究的"能"。

我啮我的心肝，
我在我神经上飞跑，
我在我脊髓上飞跑，
我在我脑筋上飞跑。

我便是我呀！
我的我要爆了！

1920年2月初作

要点评析

这首诗是诗人为长期遭受封建压制而终于觉醒的中国青年奏起的一曲强劲激越的精神赞歌。该诗借用民间传说，以奇异的想象塑造了一个具有强烈的叛逆精神和狂放的个性追求的"天狗"形象，突现了"天狗"气吞日月、雄视宇宙、顶天立地、光芒四射的雄奇造型，喷发出五四时期文学独具的澎湃激情和吹涨自我的个性主义的主题。

诗歌第一节极写"天狗"宏大的气魄。诗人通过奇特的想象，描画了"天狗"气吞日月星辰的磅礴气势，淋漓酣畅地表现了"天狗"横扫旧宇宙的破坏精神。第二节写"天狗"获取无穷能量创造新宇宙、新人生，它吸收宇宙间一切的光源，融汇了"全宇宙底Energy底总量"，成为宇宙的主宰。这完全可视为对五四时期那种大胆毁灭一切、创造一切的果敢、决断精神的生动写照。第三节写"天狗"获取了无穷能量后，终于暴烈地行动起来，它"飞奔"、"狂叫"、"燃烧"，并且无情毁灭自己旧的形骸，进而渗入自己的精神细胞，在内在本质上更敏锐、更自觉地把握自我意识。最后，以"我便是我呀！/我的我要爆了！"收束全篇，描画出"天狗"希冀在爆裂中求得自我新生的革新精神，诗歌的主题意向也统一到郭沫若式的"涅槃"精神的基调中。

在艺术上，《天狗》奇峭雄劲，富有力度。全诗通篇以"我"字领句，层层推进，步步强化，构成连珠式排比，有效加强了语言气势，渲染了抒情氛围。加之诗句简短，节奏急促，韵律铿锵，具有一种夺人心魄的雄壮气势。

思考探究

1. 结合诗歌创作的时代背景，谈谈你是如何理解"天狗"形象的多重含义的。

2. 这首诗中的拟人和夸张手法的运用有何艺术效果？

炉中煤①
—— 眷念祖国的情绪

郭沫若

啊，我年青的女郎！
我不辜负你的殷勤，
你也不要辜负了我的思量。
我为我心爱的人儿，
燃到了这般模样！

啊，我年青的女郎！
你该知道了我的前身？
你该不嫌我黑奴卤莽？
要我这黑奴的胸中，
才有火一样的心肠。

啊，我年青的女郎！
我想我的前身，
原本是有用的栋梁，
我活埋在地底多年，
到今朝才得重见天光。

啊，我年青的女郎！
我自从重见天光，
我常常思念我的故乡，
我为我心爱的人儿，
燃到了这般模样！

1920年1~2月间作

---

① 朱自清编：《中国新文学大系·诗集》，上海，上海良友图书公司，1935。本篇最初发表于1920年2月3日上海《时事新报》副刊《学灯》。

地球，我的母亲①

郭沫若

地球，我的母亲！
天已黎明了，
你把你怀中的儿来摇醒，
我现在正在你背上匍行。

地球，我的母亲！
你背负着我在这乐园中逍遥。
你还在那海洋里面，
奏出些音乐来，安慰我的灵魂。

地球，我的母亲！
我过去，现在，未来，
食的是你，衣的是你，住的是你，
我要怎么样才能够报答你的深恩？

地球，我的母亲！
从今后我不愿常在家中居住，
我要常在这开旷的空气里面，
对于你，表示我的孝心。

地球，我的母亲！
我羡慕你的孝子，田地里的农人，
他们是全人类的褓母，
你是时常地爱抚他们。

地球，我的母亲！

---

① 朱自清主编：《中国新文学大系·诗集》，上海，上海良友图书公司，1935。本篇最初发表于1920年1月6日上海《时事新报》副刊《学灯》。

我羡慕你的宠子，炭坑里的工人，
他们是全人类的Prometheus[①]
你是时常地怀抱着他们。

地球，我的母亲！
我想除了农工而外，
一切的人都是不肖的儿孙，
我也是你不肖的儿孙。

地球，我的母亲！
我羡慕那一切的草木，我的同胞，你的儿孙，
他们自由地，自主地，随分地，健康地，
享受着他们的赋生。

地球，我的母亲！
我羡慕那一切的动物，尤其是蚯蚓——
我只不羡慕那空中的飞鸟：
他们离了你要在空中飞行。

地球，我的母亲！
我不愿在空中飞行，
我也不愿坐车，乘马，著袜，穿鞋，
我只愿赤裸着我的双脚，永远和你相亲。

地球，我的母亲！
你是我实有性的证人，
我不相信你只是个梦幻泡影，
我不相信我只是个妄执无明[②]。

---

① Prometheus：现通译为普罗米修斯，古希腊神话中的神。他曾以黏土造人，教以各种技艺，并曾把天上的火种偷给人间，因而触怒天帝，被缚在高加索（Caucasus）山上，每天遭受鹫鸟啄食肝脏的痛苦。
② 妄执无明：佛家语。妄执，虚妄的意念。无明，心地痴暗。

地球，我的母亲！
我们都是空桑中生出的伊尹①，
我不相信那缥缈的天上，
还有位什么父亲。

地球，我的母亲！
我想这宇宙中的一切都是你的化身：
雷霆是你呼吸的声威，
雪雨是你血液的飞腾。

地球，我的母亲！
我想那缥缈的天球，是你化妆的明镜，
那昼间的太阳，夜间的太阴，
只不过是那明镜中的你自己的虚影。

地球，我的母亲！
我想那天空中一切的星球，
只不过是我们生物的眼球的虚影；
我只相信你是实有性的证明。

地球，我的母亲！
已往的我，只是个知识未开的婴孩，
我只知道贪受着你的深恩，
我不知道你的深恩，不知道报答你的深恩。

地球，我的母亲！
从今后我知道你的深恩，
我饮一杯水，纵是天降的甘霖，
我知道那是你的乳，我的生命羹。

---

① 伊尹：商代大臣，福佑成汤建立商王朝，传说他生于中空的桑树。

地球，我的母亲！
我听着一切的声音言笑，
我知道那是你的歌，
特为安慰我的灵魂。

地球，我的母亲！
我眼前一切的浮游生动，
我知道那是你的舞，
特为安慰我的灵魂。

地球，我的母亲！
我感觉着一切的芬芳采色，
我知道那是你给我的玩品，
特为安慰我的灵魂。

地球，我的母亲！
我的灵魂便是你的灵魂，
我要强健我的灵魂，
用来报答你的深恩。

地球，我的母亲！
从今后我要报答你的深恩，
我知道你爱我还要劳我，
我要学着你劳动，永久不停！

地球，我的母亲！
从今后我要报答你的深恩，
我要把自己的血液来
养我自己，养我兄弟姐妹们。

地球，我的母亲！

那天上的太阳——你镜中的影，
正在天空中大放光明，
从今后我也要把我内在的光明来照照四表纵横。

1919年12月末作

雨　后①

郭沫若

雨后的宇宙，
好象泪洗过的良心，
寂然幽静。

海上泛着银波，
天空还晕着烟云，
松原的青森！

平平的岸上，
渔舟一列地骈陈，
无人踪印。

有两三灯火，
在远远的岛上闪明——
初出的明星？

1921年10月20日

---

① 郭沫若：《郭沫若全集·文学编》（第一卷），北京，人民文学出版社，1982。本篇最初发表于1922年3月版《创造季刊》第1卷第1期。

蛇①

冯 至

我的寂寞是一条长蛇，
冰冷地没有言语——
姑娘，你万一梦到它时，
千万啊，莫要悚惧！

它是我忠诚的侣伴，
心里害着热烈的乡思：
它在想着那茂密的草原，——
你头上的，浓郁的乌丝。

它月光一般轻轻地，
从你那儿潜潜走过；
为我把你的梦境衔了来，
像一只绯红的花朵！

作家小传

冯至（1905—1993），原名冯承植，字君培，直隶涿州（今河北涿县）人，现代诗人、翻译家、教授。1923年夏，冯至参加了浅草社。后来，浅草社成员四散，他又和友人陈翔鹤、陈炜谟在北京创立沉钟社。鲁迅曾指出，这是"中国的最坚韧、最诚实、挣扎得最久的团体"②。1927年4月，他出版第一部诗集《昨日之歌》，1929年8月出版第二部诗集《北游及其他》，记录自己大学毕业后在哈尔滨教书的生活，1930年又与废名合编《骆驼草》周刊，1941年创作了一组后来结集为《十四行集》的诗作，影响甚大。

在中国现代文学史上，冯至是最具有独创性的诗人之一，曾被鲁迅誉为

① 冯至：《冯至全集·第一卷》，77页，石家庄，河北教育出版社，1999。
② 朱自清编：《中国新文学大系·诗集》，影印本，上海，上海文艺出版社，2003。

"中国最为杰出的抒情诗人"①，其创作具有广泛的中西方文学、文化背景，而且由于作家追求的不同，其创作始终与世俗和喧嚣无缘。冯至在创作上一开始便坚守自己单独的"高贵"和"洁白"，"静默"和"渺小"，因此人们对其诗歌创作的认识也有一个不断理解和接受的过程②。

冯至的第一个集子《昨日之歌》写于1921年至1926年，这些诗歌几乎不加修饰，却极具感染力，奠定了他在中国现代诗歌史上的地位。冯至和同时代的郭沫若、湖畔诗人、李金发等人的风格不同，他的诗歌充满奇妙的想象、比喻和象征手法，抒情和叙事相结合，透露出严肃、执著的人生态度。他的第二个集子是《北游及其他》，这是他离开亲人和朋友奔赴哈尔滨孤寂生活的写照，较之以前的一些诗篇，这个集子中悲伤的色彩更为浓重。1930年，《骆驼草》创刊，冯至在这一期刊上发表了一批诗文，据冯至自己回忆，"这些诗情绪低沉，反映我的思想和创作在这时都陷入了危机"。总的来说，这些诗风格趋于清淡。1935年，从德国留学回国的冯至开始创作后来为他带来巨大声誉的《十四行集》，这是他第二个创作阶段的标志。这一时期的冯至思想和精神发生了巨大的变化，这是一个在10年痛苦追寻中终于重新发现自我，更加丰富、坚韧的冯至。

鲁迅先生在论说"第一个文学十年"的小说时，提到了冯至作为诗人的文学史地位："连后来是中国最为杰出的抒情诗人冯至，也曾发表他幽婉的名篇。"后来的研究者从鲁迅这一评价来界定冯至早期抒情诗的风格，称他为"中国现代诗歌史上的婉约派"。

要点评析

冯至的《蛇》收于他的第一本诗集《昨日之歌》，这无疑是一首杰作。何其芳这样评价它："《蛇》所表现的也就是对于爱情的渴望；然而却写的那样不落常套，那样有色彩。"③香港司马长风先生称它为"冯至抒情诗的代表作"。

诗歌一开篇，把寂寞比喻成一条蛇。寂寞原本是抽象的东西，而"蛇"则

---

① 朱自清编：《中国新文学大系·诗集》，影印本，上海，上海文艺出版社，2003。
② 左怀建：《冯至诗歌研究八十年（下）》，载《贵州社会科学》，2003（3）。
③ 冯姚平编：《冯至与他的世界》，49页，石家庄，河北教育出版社，2003。

是一个具体的事物。五四时期的文人多接受过外来文化的影响和熏陶，冯至则更多地受到德国浪漫派的影响。据他回忆，《蛇》的创作就曾受到毕亚兹莱版画的影响。这样的比喻使得"寂寞"变得具象化，诗歌一开始就充满了画面感和形象感。进一步看，自古以来蛇在人们心中就没什么美好的印象，甚至可以说它总笼罩着一股妖异之气。冯至以"不要悚惧"一改读者心中蛇的原型，并通过"蛇"这一意象，让诗歌达到轻灵中透出忧伤的至情至性的效果。值得注意的是，冯至笔下的"蛇"不是那种昙花一现的单独意象，而是贯串全诗的中心意象或整体意象，正像蛇会潜行游见一样。"它是我忠诚的侣伴"，"它月光一般轻轻地"，这些比喻使得"蛇"的形象一反常态，变得温暖而可爱。

那么，是什么样的情绪和感受，使得冯至以这样独特的方式表达寂寞呢？或者说，冯至"蛇"的意象有何思想内涵？我们可以把目光转到诗人生活的那个时代。这首诗写于1926年，那是一个动荡变革的年代。在五四春潮冲击下觉醒起来的年青人，其心境大抵如鲁迅所说是"热烈而悲凉"的，挣脱封建藩篱的热烈愿望和现实浓重的黑暗交织在一起，使萌发了爱情或者对爱情抱有热烈憧憬但尚难以体验到幸福、深厚爱情的人产生一种倡郁、寂寞和怅惘的情绪。正如马克思所言，当旧制度本身还相信自己的合理性的时候，它的历史是悲剧性的。《蛇》这首抒情短诗所表现的正是对于爱情的渴望。它相当细腻、逼真地传达出年青人在渴望爱情时心灵上难握的寂寞和难耐的相思，整首诗氤氲着一种低回、孤寂的氛围。

《蛇》也十分注意色调的选用。一方面是"长蛇"、"冰冷"、"乌丝"、"月光"这样一些冷色调的意象，另一方面又有"热烈"、"茂密"等极富生命力的词，并以"绯红的花朵"提携和结束全诗，色调和感情色彩的鲜明对比形成一种特别的张力和意味。全诗沉重而不压抑，忧郁而不呆板，感情表现得细腻入微。全诗通过具象的方式，试图把握变动不居的世界和思想，这样隽永的形而上思考，离开当时的语境，今天读来仍然富有感染力。

最后，我们再来看一下本诗的内在结构。很显然，这首诗的结构大大迥异于郭沫若热情奔放的自由体诗《女神》。冯至抒情诗的最大特色是处处表现出艺术的节制，并以富于想象而又讲求艺术的节制见长，可以说是继承了郭沫若的长处而又克服了其缺点。在《蛇》中，冯至并未把内心炽热的感情直接倾泻出来，而是选择把抽象的东西具象化，在简单的叙述节奏中娓娓道来，既亲切又新奇。全诗以四分句为一组，三组皆以几近相同的字数组成十二分句，采取了半格律体，诗行大体整齐，大致押韵，呈现出一种整饬、有节度的美。

思考探究

　　1. 前面论述了《蛇》是诗人对于真挚爱情和自由的追求和向往，并介绍了诗人的写作风格和个人经历，谈谈诗人冯至和同一时期其他诗人的不同。

　　2. 阅读冯至另一时期的诗集《北游及其他》，分析诗人风格和感情色彩在诗中的变化。

知识链接

浅草社和沉钟社

　　浅草社于1922年春在上海成立，主要成员有林如稷、陈炜谟、陈翔鹤、冯至等，主要发表揭露黑暗，追求光明、美好新生活的作品，具有鲜明的进步倾向，出版有《浅草季刊》。

　　1925年《浅草》停刊后，浅草社同仁和杨晦等在北京成立沉钟社，鲁迅评价它"确是中国的最坚韧、最诚实、挣扎的最久的团体"。

　　沉钟社因创办《沉钟》周刊得名。主要成员有杨晦、陈翔鹤、陈炜谟、冯至等。《沉钟》周刊1925年10月10日创刊，至第10期停刊，1926年8月10日改为《沉钟》半月刊，出版第1期，至第12期再次停刊。1933年10月15日复刊，为第13期，1934年2月28日出至第34期再次停刊。沉钟社曾出版《沉钟丛书》7种，包括冯至诗集《昨日之歌》、陈翔鹤小说集《不安定的灵魂》、陈炜谟小说集《炉边》、杨晦译作《贝多芬传》（罗曼·罗兰著）、冯至诗集《北游及其他》、杨晦戏剧集《除夕及其他》、郝荫潭长篇小说《逸路》。一般都认为浅草社是沉钟社的前身，两个团体的旨趣和追求也是一致的。

　　"沉钟"之名借自德国作家霍普特曼的名剧《沉钟》，以剧中人铸钟者亨利坚韧不拔的精神自勉。《沉钟》周刊创刊号首页眉端复引英国作家吉辛句：

"而且我要你们一齐都证实……我要工作啊，一直到我死亡之一日。"凡此，足见该社之风格与特点。

沉钟社翻译与创作并重。译介有俄国安德烈夫、契诃夫，匈牙利裴多菲，德国莱辛、歌德、霍夫曼，奥地利里尔克，法国伏尔泰、古尔蒙、法朗士，英国吉辛，瑞典斯特林堡，美国爱伦·坡等的作品。在创作方面，因不满旧社会的黑暗，但又无可奈何，因此常被忧郁沉闷的气氛所笼罩。他们总是认真地将真和美歌唱给跟自己一样寂寞的人们。冯至认为，"鲁迅在《中国新文学大系·小说二集》序里谈到《浅草季刊》时说：'向外，在摄取异域的营养，向内，在挖掘自己的灵魂，要发见心里的眼睛和喉舌，来凝视这世界，将真和美歌唱给寂寞的人们'。这与其说是浅草社，倒不如说更适合沉钟社的实情"（《鲁迅与沉钟社》）。

我们准备着①

冯 至

我们准备着深深地领受
那些意想不到的奇迹，
在漫长的岁月里忽然有
彗星的出现，狂风乍起。

我们的生命在这一瞬间，
仿佛在第一次的拥抱里
过去的悲欢忽然在眼前
凝结成屹然不动的形体。

我们赞颂那些小昆虫，
它们经过了一次交媾
或是抵御了一次危险，

便结束它们美妙的一生。
我们整个的生命在承受
狂风乍起，彗星的出现。

阅读提示

《我们准备着》是冯至《十四行集》中的第一首诗，在某种意义上为整部《十四行集》设写了基本的构成框架：忍耐，承受，保持对某种"恩惠"的虔诚期待，在诗行中营造出一种潜在的张力。

诗歌一开篇写道，"我们准备着深深地领受！那些意想不到的奇迹"，那么奇迹是什么呢？是"彗星的出现，狂风乍起"。"彗星"是转瞬即逝的，而

① 冯至：《冯至全集·第一卷》，石家庄，河北教育出版社，1999。

"狂风"也预示着风云变幻的时代。在这样的瞬间，生命凝结成"屹然不动的形体"。生命本是变动不止的，动态的生命变成静态的形体。正是以"这一瞬间"对抗"漫长的岁月"，诗人发现了生命的细微之处和生命的"奇迹"。接下来，诗人"赞颂那些小昆虫"。而"昆虫"是软弱的，正如我们脆弱易逝的生命。诗人正是在无常之中，发现了渺小的伟大。

整首诗和歌德"飞蛾扑火"的比喻非常相似，正是看到生命的脆弱和无常，才有面对死亡的勇气。在20世纪40年代的特殊文学语境中，冯至自己曾谈到在抗战最艰苦的时期里，社会一片腐败，而"任何一棵田埂上的小草，任何一棵山坡上的树木，都曾经给予我许多启示。在寂寞中，在无人可与告语的境况里，它们始终维系住了我向上的心情……我在它们那里领悟了什么是生长，明白了什么是忍耐"①。这让人想起海德格尔的存在主义思想：在所有的哺乳动物中，只有人类具有意识到其存在的能力。人类处于矛盾之中，他们预示到不可避免的死亡，死亡导致痛苦和恐怖的经验。然而，这并非一首绝望和沮丧的诗，我们可以感受到诗歌中坚韧的生命意志和忍耐力，而这一切正是对自我之外所有神圣力量的虔诚领受，有限的生命在这样的领受中获得存在的意义。

这种思想的一个重要理论资源就是里尔克。翻开里尔克的《宅神祭品》、《梦中加冕》，以及他自己编辑的刊物《菊苣》等，你会发现他的诗歌充满孤独痛苦情绪和悲观虚无思想，诗人对死亡意象情有独钟。对此冯至有自己的理解："（里尔克）告诉我们，人到世上来，是艰难而孤单的。一个个的人在世上好似花园里的那些排着的树。枝枝叶叶也许有些呼应吧，但是它们的根，它们盘结在地下摄取营养的根却各不相干，又沉静，又孤单……谁若要真实地生活，就必须脱离开现成的习俗，自己独立成为一个生存者，担当生活的种种问题，和我们始祖所担当过的一样，不能容有一些儿代替。"②由此可知，冯至在这首《我们准备着》中所赞美的并非死亡，而是生命的坚韧和奇迹。

---

① 冯至：《〈山水〉后记》，见《冯至全集·第一卷》，石家庄，河北教育出版社，1999。
② 冯至：《给一个青年诗人的十封信·译者序》，北京，生活·读书·新知三联书店，1994。

思考探究

该诗选自冯至的《十四行集》，请查阅相关资料，了解十四行诗的渊源和发展历史，熟悉其结构和韵律特点。

我们天天走着一条小路[①]

冯 至

我们天天走着一条熟路
回到我们居住的地方；
但是在这林里面还隐藏
许多小路，又深邃、又生疏

走一条生的，便有些心慌，
怕越走越远，走入迷途，
但不知不觉从树疏处
忽然望见我们住的地方，

象座新的岛屿呈在天边。
我们的身边有多少事物
向我们要求新的发现：

不要觉得一切都已熟悉，
到死时抚摸自己的发肤
生了疑问：这是谁的身体？

---

① 冯至：《冯至全集·第一卷》，石家庄，河北教育出版社，1999。《我们天天走着一条小路》是冯至《十四行集》中的第二十六首诗。

我是一条小河①

冯 至

我是一条小河，
我无心从你的身边流过，
你无心把你彩霞般的影儿
投入了河水的柔波。

我流过一座森林，
柔波便荡荡地
把那些碧绿的叶影儿
裁减成你的衣裳。

我流过一座花丛，
柔波便粼粼地
把那些彩色的花影儿
编织成你的花冠。

最后我终于
流入无情的大海，
海上的风又厉，浪又狂，
吹折了花冠，击碎了衣裳！

我也随着海潮漂漾，
漂漾到无边的地方；
你那彩霞般的影儿，
也和幻散了的彩霞一样！

---

① 冯至：《冯至全集·第一卷》，石家庄，河北教育出版社，1999。

我们听着狂风里的暴雨①

冯 至

我们听着狂风里的暴雨，

我们在灯光下这样孤单，

我们在这小小的茅屋里

就是和我们用具的中间

也有了千里万里的距离：

铜炉在向往深山的矿苗

瓷壶在向往江边的陶泥，

它们都象风雨中的飞鸟

各自东西。我们紧紧抱住，

好象自身也都不能自主。

狂风把一切都吹入高空，

暴雨把一切又淋入泥土，

只剩下这点微弱的灯红

在证实我们生命的暂住。

---

① 冯至：《冯至全集·第一卷》，石家庄，河北教育出版社，1999。《我们听着狂风里的暴雨》是冯至《十四行集》中的第二十一首诗。

弃　妇①

李金发

长发披遍我两眼之前，
遂隔断了一切羞恶之疾视，
与鲜血之急流，枯骨之沉睡。
黑夜与蚊虫联步徐来，
越此短墙之角，
狂呼在我清白之耳后，
如荒野狂风怒号，
战栗了无数游牧。

靠一根草儿，与上帝之灵往返在空谷里，
我的哀戚惟游蜂之脑能深印着；
或与山泉长泻在悬崖，
然后随红叶而俱去。

弃妇之隐忧堆积在动作上，
夕阳之火不能把时间之烦闷
化成灰烬，从烟突里飞去，
长染在游鸦之羽，
将同栖止于海啸之石上，
静听舟子之歌。

衰老的裙裾发出哀吟，
徜徉在邱墓之侧，
永无热泪，
点滴在草地
为世界之装饰。

① 李金发：《李金发诗集》，成都，四川文艺出版社，1987。

作家小传

　　李金发（1900—1976），原名李淑良，笔名金发，广东梅县人，诗人、雕塑家。李金发出身于商人家庭，少年辗转求学，曾就读于香港圣约瑟中学，后至上海入南洋中学留法预备班学习。1919年赴法国留学，1921年秋入巴黎国立美术学院等院校学习雕塑，同窗有林风眠、黄士奇等。李金发业余喜读法国象征派诗人波德莱尔、魏尔伦的诗作，灵感来袭，开始写一些格调怪异的诗歌。1923年初，正值诗歌创作高峰的李金发有感于国内诗坛的苍白，编定了自己的首部诗集《微雨》并寄回国内，经周作人推荐被编入《新潮社丛书》，于1925年出版。留法期间，李金发旅德并有感于第一次世界大战后德国经济崩溃、马克暴跌的"凶年"，结有诗集《食客与凶年》，再寄由周作人，迟于1927年出版。1925年，李金发回国后忙于雕塑和美术事业，诗作较少，除结集有《为幸福而歌》（1926），另在抗战时期著有散文、诗歌合集《异国情调》（1942）。自1941年起，李金发任职于国民政府外交部，晚年定居美国。

　　李金发的诗歌创作高峰集中于1922年至1923年间，作品多数是爱情题材，以及写景状物的诗篇，借以抒发异国飘零的人生苦闷，在表达上以怪异和颓废著称。或许是受波德莱尔等法国象征派诗人的影响，李金发的诗也喜用象征手法，以及新奇的比喻、借代、通感等修辞手法，来摹写复杂微妙的内心世界，因而与一般抒情状物的诗篇区别明显。譬如，他的诗中常出现"衰老的裙裾"、"灵魂的花"、"粉红之记忆"等陌生化的语句，既带给读者新奇的阅读联想，又易产生歧义，意义朦胧晦涩。此外，诗中另有许多颓废的意象，如"寒夜"、"死"、"枯骨"、"坟墓"、"残月"、"污血"等冷森丑恶的字眼，用以表达其孤独、绝望的心境或人生态度。

　　李金发向来有"诗怪"之称，对其诗歌的解读，在现代诗坛上一直存有争议。誉之者如周作人、宗白华、黄参岛等，赞其为"东方的波德莱尔"，"中国抒情诗的第一人"[1]；贬之者如胡适等，批评其诗为"猜不透的笨谜"[2]。

　　李金发作为我国现代象征派诗歌之父，最早为我国现代汉语诗歌引进了象征派的诗歌手法，对后来的现代派诗歌创作影响深远。

---

[1] 黄参岛：《〈微雨〉及其作者》，载《美育》，1925（2）。
[2] 胡适：《谈谈"胡适文体"的诗》，载《自由评论》，1936（12）。

要点评析

　　《弃妇》是李金发《微雨》诗集中的首篇诗作，也是其中的名篇，诗中描写了一位弃妇内心的"隐忧"与"烦闷"，借以象征某种悲苦、孤寂或绝望的人生命运。

　　全诗共分四节。前两节用第一人称独白，抒写弃妇内心的"哀戚"。第一节首句写"我"对"鲜血之急流"（生命之象征）、"枯骨之沉睡"（死亡之象征）的漠然，一切缘于外界加于"我"的"一切羞恶之疾视"，"弃妇"的决绝心态跃然纸上。次句用环境描写衬托主人公的哀寂心理，"黑夜"里"越此短墙之角"的"蚊虫"，在"我清白之耳后"的"狂呼"（似喻指上文的"一切羞恶之疾视"），打破了"我"的孤寂心境。此节分别从视觉、听觉两方面客观描绘"弃妇"所受的羞辱与憎恶。第二节用拟人手法写"我"的"哀戚"、无人同情，只好寄情于"上帝"和自然界里的"游蜂"、"山泉"。后两节改用第三人称写法，通过动作描写进一步深化"弃妇"的"隐忧"与"烦闷"。第三节承续上文，写"黑夜"降临，"弃妇"难以排遣心中的"隐忧"与"烦闷"，只好同夕阳里倦归的"游鸦""同栖止于海啸之石上"，"静听舟子之歌"。第四节继续通过动作描写表现"弃妇"心中排遣不尽的哀戚，写"徜徉在丘墓之侧"的弃妇欲哭无泪，其悲苦情状，连身上穿的"衰老的裙裾"都为之"发出哀吟"。

　　全诗层层咏叹了"弃妇"内心难以排遣的"哀戚"、"隐忧"、"烦闷"等心理状态，并未交代她受辱的原因及其他背景，仅诉诸人物的视觉、听觉与动作描写。诗中的意象词汇与所要表达的人物内心感受突破了常规的关联，用语新奇却嫌朦胧与晦涩。苏雪林早在20世纪30年代即指出李金发的诗歌"行文朦胧恍惚"、"观念联络的奇特"等特征[1]。

　　象征派的艺术手法被李金发用于歌唱人生和命运的悲哀，或抒写爱情的欢乐和失恋的痛苦，歌唱死亡与梦幻，不论是内容还是语言手法，都为20世纪20年代后期的现代汉语诗歌注入了波德莱尔式的颓废风格。

---

① 苏雪林：《论李金发的诗》，载《现代》3卷3期，1933年6月1日。

思考探究

1. 朱自清曾把李金发的19首诗选入《中国新文学大系·诗集》，并在该诗集《导言》中说："他的诗没有寻常的章法，一部分一部分可以懂，合起来却没有意思。他要表现的不是意思而是感觉和情感；仿佛大大小小红红绿绿一串珠子，他却藏起那串儿，你得自己穿着瞧。"阅读李金发的诗，谈谈你对李金发象征诗的内容与语言艺术的理解。

2. 阅读李金发与波德莱尔等法国象征派诗人的诗歌作品，试比较中西象征派诗歌艺术的异同。

知识链接

"诗怪"的由来

李金发将诗集《微雨》寄回国内出版前，曾自信自己的诗写得比康白情的"草儿在前牛儿在后"好，也比胡适的"牛油面包真新鲜，家乡茶叶不费钱"含蓄且有内容，遂寄给前辈周作人。周作人高度评价了李金发的诗，回信中赞誉："你的诗是国内所无，别开生面的作品。"后经周作人推荐，诗集被列入《新潮社丛书》出版。

李金发的诗集在国内出版后，由于晦涩费解，甚至完全不可解，引起了一些评论家的责难。苏雪林说"李金发的诗没有一首可以完全教人了解"。胡适则干脆说他的诗是"猜不透的笨谜"。李金发的"诗怪"之名由此而来。

有　感①

李金发

如残叶溅
　血在我们
　　脚上，

生命便是
　死神唇边
　　的笑。

半死的月下，
　载饮载歌，
　　裂喉的音
随北风飘散。
　　　吁！
　抚慰你所爱的去。

开你户牖
　使其羞怯，
　　征尘蒙其
　　　可爱之眼了。
此是生命
　之羞怯
　　与愤怒么？
如残叶溅
　血在我们
　　脚上。

---

① 李金发：《李金发诗集》，成都，四川文艺出版社，1987。

生命便是

死神唇边

的笑。

要点评析

　　《有感》是李金发诗集《为幸福而歌》中的一首诗。诗歌以象征的手法表达了一种近乎颓废的生死观。诗人有感而发，由一枚"残叶"展开对"生命"本质的思考。"生命"意味着什么？在诗人看来，"生命便是/死神唇边/的笑"。在死亡面前，生命也许是短暂而脆弱的，但即便如此，也要在死亡降临的最后一刻焕发出原有的活力，就像那枚被吹落在我们脚边的"残叶"，在生命结束的最后一刻还闪出"血"一般的殷红色彩。人呢，更应该在"死神"降临之前尽情地"载饮载歌"。故而，下文中出现月夜而歌的意象："半死的月下"，我们"载饮载歌"，尽管歌声嘶哑，而且"随北风飘散"。吁！这一切，原是为了"抚慰你所爱的去"。直到我们"裂喉的音"唱开"你"（指"所爱的"人）的"户牖"，或许这一切会"使其羞怯"，而且随"北风飘散"而来的"征尘"会"蒙其""可爱之眼"。但这一切，在所爱的"其"眼中，会引起"生命"的"羞怯"，抑或是"愤怒"呢？诗人的回答是，这一切都是生命应有的本色："如残叶溅/血在我们/脚上。//生命便是/死神唇边/的笑。"

　　"生命便是/死神唇边/的笑"，是该诗对"生命"本体的诗意思考，也是李金发的经典名句。诗篇对"生命"的思考略嫌抽象，前后的意象缺乏关联性，且很颓废，典型体现了李金发诗歌的象征派艺术。

思考探究

　　李金发在为诗集《为幸福而歌》所作的"弁言"里说，"这集多半是情诗，及个人牢骚之言"。请阅读诗集里的其他诗作，结合诗人的人生经历与感受，体会他的"情诗"与"牢骚之言"，理解其诗作的象征派艺术特色。

题自写像①

李金发

即月眠江底，
还能与紫色之林微笑。
耶稣教徒之灵，
吁，太多情了。

感谢这手与足，
虽然尚少
但既觉够了。
昔日武士被着甲，
力能搏虎！
我么！害点羞。

热如皎日，
灰白如新月在云里。
我有革履，仅能走世界之一角，
生羽么，太多事了呵！

1923年，柏林

---

① 李金发：《李金发诗集》，成都，四川文艺出版社，1987。

记取我们简单的故事①

李金发

记取我们简单的故事：
秋水长天，
人儿卧着，
草儿碍了簪儿
蚂蚁缘到臂上，
张惶了，
听！指儿一弹，
顿消失此小生命，
在宇宙里。

记取我们简单的故事：
月亮照满村庄，
——星儿哪敢出来望望，——
另一块更射上我们的面。
谈着笑着，
犬儿吠了，
汽车发生神秘的闹声，
坟田的木架交叉
如魔鬼张着手。

记取我们简单的故事：
你臂儿偶露着，
我说这是雕塑的珍品；
你羞赧着遮住了
给我一个斜视，
我答你一个抱歉的微笑，

---

① 李金发：《李金发诗集》，成都，四川文艺出版社，1987。

空间静寂了好久。
若不是我们两个，
故事必不如此简单。

夜雨孤坐听乐

李金发

充满着诗情的夜雨，
我已往的悲欢之证人啊！
你悉索的点滴，
打着抑郁而孤冷的窗棂，
打着园中瞌睡的野草；
刺着我已裂而复合的颗心。
我此时欲放声高唱，
但为初秋之潜力的忠告而中止，
我欲抱头痛哭半晌；
但眼泪已涸如荒壑之泉。

我紧扼着"现在"之喉，
勿使呜咽出迷醉之呓语罢！
奏尽一切抑郁式微之歌，
使我梦游已往之太虚，
对每一次心的伤痕细吻，
抚慰着致命的尤怨，
爱给我的指示与揶揄，
比女神的掉首更为难解，
这个铸造成萎靡的今我，
抱着夜雨之音，以追求如梦的辛酸。
手造的辛酸，已如破甑般狼藉，
期许的荣幸，又若抹布之可弃，
唇边的香沫化作野雾，
怀里呻吟的　　　，
已不及雪夜的钟声之悲壮；
往昔产生誓语的林下，

蜥蜴踯躅着如入无人之境；
月下拭泪之巾，
早为了伤痕的绷带，
青春的喜悦已随着芦苇低垂。

夜雨呵，你的雨珠滴下肌肤，
已不似当年之有温爱的气息，
刺进我如止水的血流，
我何能再信托你以我的追求？
唱片啊，你总合着急促人生的一切，
悲欢离合之音调，
于我是爱人的劝勉，智者的自述，
我望见弃妇之蓬首垢面，
手紧扼着肩巾在寒风之下；
等候舟子归来之少妇，
徘徊于远海飘来的破桅之侧；
怀春的少女折枝插在如丝的卷发，
大城中的浪子，拥着掘金娘子而自满。
我了解这一切，我容忍这一切献与，
我将枕着夜雨之叮咛，
伫候晨光稀微中的恶梦。

1932年9月5日，羊城笠庐

雨 巷①

戴望舒

撑着油纸伞，独自
彷徨在悠长，悠长
又寂寥②的雨巷，
我希望逢着
一个丁香一样的
结着愁怨的姑娘。

---

① 梁仁编：《戴望舒诗全编》，杭州，浙江文艺出版社，1989。以下几篇均选自该书。
② 寂寥：寂静；空旷。

她是有
丁香一样的颜色，
丁香一样的芬芳，
丁香一样的忧愁，
在雨中哀怨，
哀怨又彷徨；

她彷徨在这寂寥的雨巷，
撑着油纸伞
像我一样，
像我一样地
默默彳亍①着，
冷漠，凄清，又惆怅。

她静默地走近
走近，又投出
太息一般的眼光，
她飘过
像梦一般的，
像梦一般的凄婉迷茫。

像梦中飘过
一支丁香地，
我身旁飘过这女郎；
她静静地远了，远了，
到了颓圮②的篱墙，
走尽这雨巷。

在雨的哀曲里，

---

① 彳亍（chì chù）：慢步走，走走停停。
② 颓圮（pǐ）：衰败，倒塌。

消了她的颜色，

散了她的芬芳，

消散了，甚至她的

太息般的眼光，

她丁香般的惆怅①。

撑着油纸伞，独自

彷徨在悠长，悠长

又寂寥的雨巷，

我希望飘过

一个丁香一样的

结着愁怨的姑娘。

作家小传

  戴望舒(1905—1950)，原名戴朝安，又名戴梦鸥，笔名望舒等，浙江杭县（今杭州市余杭区）人。中国现代派象征主义诗人。著有诗集《我的记忆》（1929）、《望舒草》（1933）、《望舒诗稿》（1937）、《灾难的岁月》（1937）等。戴望舒的诗作广泛借鉴了西方颓废派、象征派、意象派、超现实主义等众多流派的诗艺，同时借鉴了晚唐诗的情调，有"雨巷诗人"之称。戴望舒的意义在于，他把徐志摩对浪漫主义诗歌的发展及李金发对象征主义诗歌的引入做了新的总结与提升，使现代诗歌在20世纪30年代达到艺术峰顶；他把西方象征主义的诗歌理论与中国诗歌的古典传统有机结合起来，从而使中国式的现代主义诗歌在30年代便步入成熟阶段。

  戴望舒的诗歌创作，按其风格分，可以划分为三个阶段：前期——《雨巷》时期，风格感伤幽婉，讲究音乐美，受法国象征派诗人魏尔伦、英国颓废派诗人道生的影响，与中国唐朝、五代时期的诗有明显的继承关系；中期——《我的记忆》、《望舒草》时期，风格散文化，讲究内在诗情，受法国象征派诗人果尔蒙、椰麦等的影响；后期——《灾难的岁月》时期，深刻激切，受法

---

① 惆怅：伤感；失意。收入《望舒诗稿》时，此句删去"她"字。

国超现实主义诗人艾吕雅等的影响。

要点评析

　　《雨巷》是戴望舒诗歌创作前期的代表作。诗在幽怨、寂寥、低沉的意境中塑造了一位孤独感伤的抒情主人公的形象。孤独感伤是这首诗的基本主题，同时也体现出诗人对社会现实幻灭的苦闷。诗一开始就营造出最宜表现孤独感伤的艺术氛围，"我希望逢着/一个丁香一样的/结着愁怨的姑娘"成为"希望"旋律起始的基准谱线，为全诗寻知音而不得的感伤、幻灭奠定了情感基石。第二至第六节塑造了丁香姑娘迷离悱恻恍兮惚兮的幻象。其中第二、第三节是"希望"旋律的上升，眼前出现了丁香姑娘的幻象，跟"我"一样愁怨、彷徨、孤独的同志已经出现，"希望"仿佛已经实现，诗恰在这个高潮中停下来："她飘过/像梦一般的，/像梦一般的凄婉迷茫。"第五、第六节是"希望"情感旋律的沉落："像梦中飘过"一样"走尽这雨巷"，连她的"颜色"、"芬芳"、"眼光"、"惆怅"均已"消散"，"希望"沉落到谷底。"希望"寻求知音不得，全篇弥漫着一片梦魇一样无法排遣的情感迷雾——感伤幻灭。第七节似在重复第一节，但改"逢着"为"飘过"，把"幻象"坐实，进一步深化了主题，成了希望逢着"幻象"的悼歌与哀歌，诗人不断地重复着新的孤独感伤的历程。本诗好就好在丁香姑娘这一象征体蕴含的愁怨内涵，由于丁香姑娘的多义性，失恋者理解为恋人，失意者理解为事业，失宠者理解为主人，但都脱不了寻知音不得的幻灭。这构成了《雨巷》的朦胧美。

　　《雨巷》被叶圣陶先生誉为"替新诗底音节开了一个新的纪元"[①]。音韵流动近似于魏尔兰的《秋》，回环反复的音乐美，借助"长"、"徨"、"巷"、"娘"、"芳"、"怅"、"光"、"茫"、"香"（ang韵），"伞"、"怨"、"般"、"远"、"散"（an韵）和"自"、"一"、"彳"、"凄"、"寂"、"迷"（i韵）的交错出现，极为类似魏尔兰《秋》里l、n、o韵的反复流动。《秋》借l、n、o的不断刺激唤起秋日萧瑟的感觉和氛围，《雨巷》以"雨巷"、"丁香"等意象反复渲染诗人希望中的

[①] 杜衡：《望舒草·序》，2页，上海，现代书局，1933。

失望，失望中的寻觅，以及"寻梦者"一样的忧郁美。《雨巷》还成为传统意象"丁香"点化的典范：李璟有"丁香空结雨中愁"（《浣溪沙》），李商隐有"芭蕉不展丁香结，同向春风各自愁"（《代赠》），杜甫也有"丁香体柔弱，乱结枝犹垫"（《江头五咏》）。戴望舒拈来"点铁成金"，以物拟人，从肖像到心理，从实体到幻觉，运用工描、鸟瞰、通感等多种手法塑造"丁香姑娘"的形象，拓展这一意象的象征意蕴，使其成为"知己"、"希望"的象征，从此深化了诗作的主题。

思考探究

1. "丁香"是我国古诗的传统意象，搜集相关资料，谈谈晚唐诗对戴望舒前期诗歌创作的影响。

2. 自由阅读戴望舒的诗作，体会其将西方象征主义的诗歌理论与中国诗歌的古典传统有机结合的创作特色。

知识链接

现代派与象征派

现代派得名于1932年5月创刊，施蛰存主编的《现代》杂志。现代派经历了从1929年的《新文艺》到1936年的《新诗》的历程。施蛰存等编的《新文艺》标志着现代派的滥觞阶段。施蛰存主编的《现代》标志着现代派的形成阶段，也标志着这一流派从此形成。《现代》刊发了戴望舒、施蛰存、李金发、侯汝华、李心若、金克木、林庚、陈江帆、南星、史卫斯、番草、禾金、陈雨门、路易士、徐迟、钱君匋、吴奔星等88位诗人的诗作，形成了一个以戴望舒为领袖的现代派。现代派的审美特质在于它是古典意境与现代意识的统一，是中国历史沉淀审美情趣与西方现代主义审美倾向的统一。按照中国古典的定义来看，它是现代主义的；按照西方现代的定义来看，它是准现代主义的。现代派因《现代》得名，耦合而暗合准现代主义特质，体现为价值论的病态美和艺

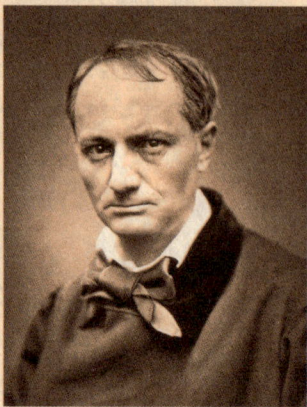
波德莱尔

术论的朦胧美。

象征诗不像现实主义诗歌那样对社会现实进行客观描述，也不像浪漫主义诗歌那样直抒胸臆，它主张用有声有色的具体物象暗示诗人微妙的内心世界。它是用人的感受与自然物象契合的表现形式展示个人平凡细微的生活体验和复杂变幻的心态。象征派诗歌追求诗意的朦胧和艺术手法的奇特。"暗示"手法、意境"契合"的手法，以及诗句跳跃的手法是象征诗的基本特征。

象征诗起源于19世纪中叶的法国，以波德莱尔的诗集《恶之花》的出版为起点。20世纪20年代，李金发及王独清、穆木天、冯乃超和戴望舒等人先后将象征诗介绍到我国。到30年代初期，戴望舒等人的诗不再是西方象征诗的简单模仿，而注意表现"现代人"、"现代的情绪"，因而影响更大。戴望舒本人则成为我国现代诗坛上卓有建树的诗人。

眼

戴望舒

在你的眼睛的微光下，
迢遥①的潮汐升涨：
玉的珠贝，
青铜的海藻……
千万尾飞鱼的翅，
剪碎分而复合的
顽强的渊深的水。

无渚②崖的水，
暗青色的水！
在什么经纬度上的海中，
我投身又沉溺在
以太阳之灵照射的诸太阳间，
以月亮之灵映光的诸月亮间，
以星辰之灵闪烁的诸星辰间？
于是我是彗星，
有我的手，
有我的眼，
并尤其有我的心。

我晞曝于你的眼睛的
苍茫朦胧的微光中，
并在你上面，
在你的太空的镜子中
鉴照我自己的

---

① 迢遥：遥远。
② 渚：水中间的小块陆地。

透明而畏寒的
火的影子，
死去或冰冻的火的影子。

我伸长，我转着，
我永恒地转着，
在你永恒的周围
并在你之中……

我是从天上奔流到海，
从海奔流到天上的江河，
我是你每一条动脉，
每一条静脉，
每一个微血管中的血液，
我是你的睫毛
  （它们也同样在你的
  眼睛的镜子里顾影），
是的，你的睫毛，你的睫毛，

而我是你，
因而我是我。

1936年10月19日

要点评析

　　作为20世纪30年代现代派的领军人物，戴望舒的不少诗作"有柔婉秀丽的抒情魅力，有浓重的胭脂味"[1]，因而被称为"新诗坛的尤物"，《雨巷》即是典范之作。虽为新诗"尤物"，戴氏也有不少作品呈现出卞之琳般的隽永与哲思，写于1936年的《眼》即是这类作品的代表。

① 蓝棣之：《现代派诗选·前言》，北京，人民文学出版社，1989。

《眼》在简单的诗题下呈现了一系列的意象："潮汐"、"珠贝"、"海藻"、"飞鱼的翅";"水"、"太阳"、"月亮"、"星辰"、"彗星";"镜子"、"影子";"海"、"河"、"动脉"、"静脉"、"血液"、"睫毛"……看似各不相干的繁复的意象组告知我们,亘古永恒的宇宙世界就如被"飞鱼的翅"不断剪碎而又不断复合的深渊般的海,神秘莫测。在这个世界中,"我""伸长"、"旋转"、"奔流"。在这个世界中,"我"承受日月星辰之灵光的照耀。尽管"我"如彗星,在"太阳"、"月亮"、"星辰"中自由穿梭,尽管"我"如江河在天地间奔流不息,但始终晞曝于"你"的"眼睛"的"苍茫朦胧的微光中"。在"你"的视线里,"我"用"你的太空的镜子"鉴照"我"自己的"影子",结果发现"而我是你,因而我是我"。这里作者以诗的方式描述宇宙对"我"(人类)、自然的观照,同时写出自然、人类、自我之间的关系的思考。《眼》里所蕴含的自然客体与个体主体互为区别但共为一体的、思想的知觉化等特点,其繁复意象的铺排、奇特观念的联络颇具超现实主义的特征,矛盾的思绪和不相干的意象组接在一起,形成突兀、尖锐的智慧的魅力,让人久思不已。戴望舒的后期创作也由于与超现实主义的接近,形成思想知觉化的特点。这类诗作由于思想的收敛和客观对应物的采用,让人仁者见仁,智者见智,直接开启了20世纪40年代中国新诗派知性诗的先河。

思考探究

1. 有人认为,《眼》是戴望舒写给妻子穆丽娟的情诗。搜集相关资料,谈谈你是怎样理解诗中"你"这一形象的。

2. "我"是现代派诗人笔下常常探讨的问题。有学者认为,"我"体现了现代派诗人根深蒂固的纳蕤思情结,是带有浓郁自恋倾向的自我关照;而"你"也是现代派诗人"我"的镜像,同样隐喻着对自我的确认。结合卞之琳的《鱼化石(一条鱼或一个女子说)》、《妆台》,谈谈你的看法。

我底记忆
戴望舒

我底记忆是忠实于我的，
忠实得甚于我最好的友人。

它生存在在燃着的烟卷上，
它生存在在绘着百合花的笔杆上。
它生存在在破旧的粉盒上，
它生存在在颓垣的木莓上，
它生存在在喝了一半的酒瓶上，
在撕碎的往日的诗稿上，在压干的花片上，
在凄暗的灯上，在平静的水上，
在一切有灵魂没有灵魂的东西上，
它在到处生存着，像我在这世界一样。

它是胆小的，它怕着人们底喧嚣，
但在寂寥时，它便对我来作密切的拜访。
它底声音是低微的，
但它底话是很长，很长，
很多，很琐碎，而且永远不肯休；
它底话是古旧的，老是讲着同样的故事，
它底音调是和谐的，老是唱着同样的曲子，
有时它还模仿着爱娇的少女底声音，
它底声音是没有气力的，
而且还夹着眼泪，夹着太息。

它底拜访是没有一定的，
在任何时间，在任何地点，

甚至当我已上床，朦胧地想睡了；[①]
人们会说它没有礼貌，
但是我们是老朋友。

它是琐琐地永远不肯休止的，
除非我凄凄地哭了，或是沉沉地睡了：
但是我永远不讨厌它，
因为它是忠实于我的。

---

① 本诗在选入《望舒草》及《望舒诗稿》中时，"朦胧地想睡了"之后加了一句"或是选一个大清早"。

我思想

戴望舒

我思想，故我是蝴蝶……
万年后小花的轻呼
透过无梦无醒的云雾，
来振撼我斑斓的彩翼。

1937年3月14日

寻梦者

戴望舒

梦会开出花来的，
梦会开出娇妍的花来的：
去求无价的珍宝吧。

在青色的大海里，
在青色的大海的底里，
深藏着金色的贝一枚。

你去攀九年的冰山吧，
你去航九年的旱海吧，
然后你逢到那金色的贝。

它有天上的云雨声，
它有海上的风涛声，
它会使你的心沉醉。

把它在海水里养九年，
把它在天水里养九年，
然后，它在一个暗夜里开绽了。

当你鬓发斑斑了的时候，
当你眼睛朦胧了的时候，
金色的贝吐出桃色的珠。

把桃色的珠放在你怀里，
把桃色的珠放在你枕边，
于是一个梦静静地升上来了。

你的梦开出花来了。
你的梦开出娇妍的花来了，
在你已衰老了的时候。

死 水①

闻一多

这是一沟绝望的死水，

清风吹不起半点漪沦。

不如多扔些破铜烂铁，

爽性泼你的剩菜残羹。

也许铜的要绿成翡翠，

铁罐上锈出几瓣桃花；

再让油腻织一层罗绮，

霉菌给他蒸出些云霞。

让死水酵成一沟绿酒，

飘满了珍珠似的白沫；

小珠笑一声变成大珠，

又被偷酒的花蚊咬破。

那么一沟绝望的死水，

也就夸得上几分鲜明。

如果青蛙耐不住寂寞，

又算死水叫出了歌声。

这是一沟绝望的死水，

这里断不是美的所在，

不如让给丑恶来开垦，

看他造出个什么世界。

---

① 闻一多：《闻一多诗文选集》，105页，北京，人民文学出版社，1955。该诗作于1925年4月，收入诗集《死水》，新月书店1928年1月出版。

作家小传

　　闻一多（1899—1946），原名闻家骅，出身于湖北省蕲水县（今湖北省黄冈市浠水县）下巴河镇的一个书香门第。爱国主义学者，民主战士，新月派代表诗人。

　　闻一多的诗歌创作可分为三个时期：第一个时期是1922年7月留学美国之前在清华大学读书期间的诗歌创作；第二个时期是1922年7月至1925年5月在美国留学期间的诗歌创作；第三个时期是1925年5月留学归来后的诗歌创作。

　　前两个时期是闻一多诗歌品格的形成期，其诗作多收于他的第一部诗集《红烛》，其中既有对生活实感的抒写，也有对祖国的思念之情。第三个时期是闻一多诗歌的成熟期，也是其诗歌创作最重要的时期，这个时期的诗作多收入《死水》。《死水》中的诗多写于他回国之后。在国外时对祖国的热切期望与回国之后所看到的景象产生强烈的冲突，这种反差升华为爱国主义的主题，成为贯穿他后期诗歌创作的主旋律。

　　初期的白话诗对新诗的形式建设是缺乏文体自觉的，由于诗人们对新诗未达成共识，缺乏被普遍认同的审美标准，也由于诗人们的自由无度，新诗创作到后来越来越暴露出它的弊端，即散文化和欧化倾向泛滥，情感宣泄毫无节制。面对这一流弊，闻一多倡导格律诗，他的《诗的格律》一文可以说是格律诗派的理论纲领。他在文中提出了"三美"诗学观，具体内涵是从视觉空间的角度，包含绘画美（辞藻，有人以为指色彩美）和建筑美（节的匀称和句的均齐），以及听觉时间的角度强调音节美。闻一多的诗是他艺术主张的实践。他的大多数诗作犹如一幅幅重彩的油画，他不仅喜欢用浓重的笔触描绘形象、渲染气氛，尤其擅长在大胆的想象、新奇的比喻中变幻种种不同的情调色彩，再配上和谐的音节、整饬的诗句等优美的艺术形式的框架，堪称完整的艺术品。但有时由于刻意雕琢，便失去素朴与自然美的光华。闻一多的诗开创了格律体的新诗流派，影响了不少后起的诗人。

闻一多

要点评析

　　《死水》是闻一多从美国留学归来后第二年（1926年4月）创作的。回到祖国后，闻一多看到的是黑暗的现实，这与他理想中的祖国形成了巨大的反差，于是他以诗为武器，对当时的腐朽势力进行强烈的批判和辛辣的讽刺。全诗共五节，第一节是对"死水"的总体印象，用"绝望的死水"，"清风吹不起半点漪沦"象征处于半封建半殖民地的旧中国，它污秽、滞塞、腐烂到极致。第二节至第四节分别描写了"死水"的丑恶状况。闻一多凭借丰富神奇的想象创造出"浓丽繁密而且具体的意象"："漪涟"、"翡翠"、"桃花"、"云霞"、"绿酒"、"珍珠"……诗人运用奇譬巧喻之法，使得"死水"呈现出生动美丽的幻象。在结尾的第五节，诗人表明了对"死水"毅然决绝的态度，"死水""不是美的所在"，"让给丑恶来开垦"。朱自清认为"这不是恶之花的赞颂，而是索性让'丑恶'早些恶贯满盈，'绝望'里才有希望"[①]。结尾隐含了作者对未来朦胧的期望。

　　《死水》一诗是闻一多"三美论"最成功的实验。首先，每行都由四个音部构成，而四个音部由三个"二字尺"和一个"三字尺"交错组成，且"三字尺"所处的位置参差变化。同时，作者以平、上、去、入古韵隔行押韵，且以双音节结尾，使诗歌读起来富有音乐美。其次，《死水》全诗二十行，共分五节，每节四行，每节四句，每句九字，排列整齐，整首诗看起来仿佛一组组线条整齐明快的建筑群，又好像是绳墨清晰的豆腐块，丝毫没有随意删削斧凿之痕，富有建筑美。最后，《死水》用词浓丽，色彩斑斓，视觉形象突出，"翡翠"、"绿酒"、"白沫"等辞藻绘声绘色，给人以视觉的绘画感。

思考探究

　　1. 前面提到《死水》因为是闻一多实践"三美论"主张的代表诗作而广受好评，但是有人对《死水》那种一望而知刻意雕琢的形式持保留态度，认为其密集的尾韵等所体现的说唱文学特征与作品的沉重主题不协调。根据你的阅

---

① 朱自清：《闻一多全集·序》（该集共4册8集），开明书店，1948。

读感受，谈谈自己对这个问题的看法。

　　2.阅读闻一多的诗集《死水》中的作品，体会他是如何把社会历史使命和诗歌建设使命和谐统一起来的。

知识链接

《诗的格律》

　　《诗的格律》是闻一多的诗学理论集，亦是格律诗派的基本理论纲领。该书分为两部分，第一部分主要阐述了对"阪返自然"和"伪浪漫主义"的基本看法，批评卢梭放纵情感而造成人自然欲念泛滥的不良倾向；第二部分是关于诗的"三美论"的构型，提出新诗的美学原则、范式，即追求谐和的整体的诗美建构，明确新诗的标准。

红 烛①
闻一多

"蜡炬成灰泪始干"
　　　　　——李商隐

红烛啊！
这样红的烛！
诗人啊！
吐出你的心来比比，
可是一般颜色？

红烛啊！
是谁制的蜡——给你躯体？
是谁点的火——点着灵魂？
为何更须烧蜡成灰，
然后才放光出？
一误再误；
矛盾！冲突！

红烛啊！
不误，不误！
原是要"烧"出你的光来——
这正是自然的方法。

红烛啊！
既制了，便烧着！
烧吧！烧吧！
烧破世人的梦，

① 闻一多：《闻一多诗文选集》，2页，北京，人民文学出版社，1955。

烧沸世人的血——
也救出他们的灵魂，
也捣破他们的监狱！

红烛啊！
你心火发光之期，
正是泪流开始之日。

红烛啊！
匠人造了你，
原是为烧的。
既已烧着，
又何苦伤心流泪？
哦！我知道了！
是残风来侵你的光芒，
你烧得不稳时，
才着急得流泪！

红烛啊！
流罢！你怎能不流呢？
请将你的脂膏，
不息地流向人间，
培出慰藉的花儿，
结成快乐的果子！

红烛啊！
你流一滴泪，灰一分心。
灰心流泪你的果，
创造光明你的因。

红烛啊！

"莫问收获，但问耕耘。"

要点评析

　　《红烛》这首诗是与诗集同名的诗篇，也是诗集《红烛》的序诗。

　　第一节，诗人怀着敬慕的心情赞颂荧荧的红烛。诗一开始就突出红烛，红得如同赤子之心。一个"吐"字，将诗人的奉献精神和赤诚表现得一览无余。第二、第三节是对红烛自我牺牲精神的讴歌。诗人用设问手法自问自答，生动表现了其思考觉悟的过程，也反映了那个时代进步青年在探索人生真谛的思想历程中所遇到的矛盾和获得的觉悟。第四节是作者对红烛的殷殷寄语，也是作者的自勉。"既制了，便烧着"，人生的价值在于奉献。第五至第七节写诗人对烛泪的思考及对红烛的劝慰。诗人认识到"红烛"流泪，是因为有"残风"的存在，隐含其心怀宏愿却壮志难酬，为世痛哭。通过和"红烛"交流，诗人在"红烛"身上找到了生活的方向。第八、第九两节的呼唤，一声是同情的呼唤，一声是劝导、鼓励的呼唤。"灰心流泪你的果，创造光明你的因"，这样的因果关系是多么不公平、不合理，但在这样的社会中生活只有不惜牺牲，无私奉献。诗人劝勉"红烛"，也是在劝勉自己，诗情得到凝聚和升华。

　　全诗以诗人与"红烛"的心迹交流为线索，用问答的形式展开诗意，抒发感情，突现了诗人献身祖国、敢于自我牺牲的爱国精神。诗的每一节都以"红烛啊！"的呼唤开头，形成浓郁的抒情氛围，继之以自问、自悟、自励、自答、自勉，一步步展示执著追求的心迹，有很强的感染力。

思考探究

　　阅读《红烛》、《死水》两部诗集，思考闻一多的诗歌从《红烛》到《死水》抒情基调的演变。

静 夜①

闻一多

这灯光，这灯光漂白了的四壁；

这贤良的桌椅，朋友似的亲密；

这古书的纸香一阵阵的袭来；

要好的茶杯贞女一般的洁白；

受哺的小儿唼呷②在母亲怀里，

鼾声报道我大儿康健的消息……

这神秘的静夜，这浑圆的和平，

我喉咙里颤动着感谢的歌声。

但是歌声马上又变成了诅咒，

静夜！我不能，不能受你的贿赂。

谁希罕你这墙内尺方的和平！

我的世界还有更辽阔的边境。

这四墙既隔不断战争的喧嚣，

你有什么方法禁止我的心跳？

最好是让这口里塞满了沙泥，

如其他只会唱着个人的休戚！

最好是让这头颅给田鼠掘洞，

让这一团血肉也去喂着尸虫；

如果只是为了一杯酒，一本诗，

静夜里钟摆摇来的一片闲适，

就听不见了你们四邻的呻吟，

看不见寡妇孤儿抖颤的身影，

战壕里的痉挛，疯人咬着病榻，

和各种惨剧在生活的磨子下。

幸福！我如今不能受你的私贿，

---

① 闻一多：《闻一多诗文选集》，109页，北京，人民文学出版社，1955。
② 唼呷（shà xiā）：一般指鱼鸟吃食，或鱼鸟吃食声。

我的世界不在这尺方的墙内。

听！又是一阵炮声，死神在咆哮。

静夜！你如何能禁止我的心跳？

一句话①

闻一多

有一句话说出就是祸，
有一句话能点得着火。
别看五千年没有说破，
你猜得透火山的缄默？
说不定是突然着了魔，
突然青天里一个霹雳

　　爆一声：
"咱们的中国！"

这话叫我今天怎样说？
你不信铁树开花也可，
那么有一句话你听着：
等火山忍不住了缄默；
不要发抖，伸舌头，顿脚，
等到青天里一个霹雳

　　爆一声：
"咱们的中国！"

---

① 闻一多：《闻一多诗文选集》，115页，北京，人民文学出版社，1955。

再别康桥①

徐志摩

轻轻的我走了，
　　正如我轻轻的来；
我轻轻的招手，
　　作别西天的云彩。

那河畔的金柳，
　　是夕阳中的新娘；
波光里的艳影，
　　在我的心头荡漾。

软泥上的青荇②，
　　油油的在水底招摇；
在康桥的柔波里，
　　我甘心做一条水草！

那榆荫下的一潭，
　　不是清泉，是天上虹
揉碎在浮藻间，
　　沉淀着彩虹似的梦。

寻梦？撑一支长篙③，
　　向青草更青处漫溯④，
满载一船星辉，
　　在星辉斑斓里放歌。

---

① 顾永棣编：《徐志摩诗全编》，杭州，浙江文艺出版社，1986。
② 荇（xìng）：多年生草本植物，浮于水面，根生于水底。
③ 篙（gāo）：撑船的竹竿或木杆。
④ 溯：逆水而行。

但我不能放歌，
　　悄悄是别离的笙箫；
夏虫也为我沉默，
　　沉默是今晚的康桥！

悄悄的我走了，
　　正如我悄悄的来；
我挥一挥衣袖，
　　不带走一片云彩。

　　　　　　　　　　11月6日，中国海上

英国剑桥

作家小传

徐志摩 （1897—1931），原名章垿，浙江海宁人，留学美国时改名志摩。曾经用过的笔名有南湖、诗哲、海谷、大兵、云中鹤、黄狗、谔谔等。现代诗人，散文家。

他的诗歌创作大体上分为三个时期：第一个时期是徐志摩诗的理想期，诗人对英美式的自由、平等、博爱社会充满理想，对离婚后重获自由的未来爱情充满期待，代表作有《志摩的诗》（1922～1924）；第二个时期是徐志摩诗的浪漫期，这一时期，诗人有了新爱，爱情诗成为主流，代表作有《翡冷翠的一夜》（1925～1926）；第三个时期是徐志摩诗的消沉期，诗人的社会理想与人生爱情都进入了消沉时期，代表作有《猛虎集》、《云游》（1927～1931）。

徐志摩

抒写性灵让徐志摩成为最天然的诗人，抒情不矫饰，以最不作诗的态度作出最美的诗。无论爱情、光明、自由、美还是自然等意象，在徐志摩笔下都给人以推心置腹的真与不加雕饰的美的感觉，这美因善用新颖、贴切、鲜活、美妙的意象而让人出乎于外入乎于心。徐志摩的比喻常讲究刹那间意趣的捕捉，把意象表现得自然轻盈，如用"不胜凉风的娇羞"的"水莲花"比喻日本姑娘"最是那一低头的温柔"，用"星光下一朵斜倚的白莲"比喻"她是睡着了"的柔美安详的睡态等。这些比喻出神入化，让人称绝。

徐志摩的诗歌是一部追求资产阶级自由、民主、博爱，追求性灵与美的交响乐。即便是以爱情为主题的诗，也不仅仅是爱情的诗，更是他自由、平等、博爱追求的写照。这个灵，既是自由、平等、博爱的社会理想，即茅盾所谓"志摩是中国布尔乔亚'开山'的诗人"[1]之意，也是胡适所说的"爱"、"自由"、"美"[2]的人生理想与艺术理想。

徐志摩诗歌思想与艺术的完美融合，使他成为现代汉语诗歌史上最优秀的诗人之一。

---

[1] 茅盾：《徐志摩论》，载《现代》2卷4期，1923年2月1日。
[2] 胡适：《追悼志摩》，载《新月》4卷1期，1932年1月。

要点评析

　　徐志摩的《再别康桥》既有对母校的怀念，也有爱情主题，同时也是他自由、平等、博爱追求的写照。爱的主题与自由主题的追求与幻灭是《再别康桥》的两重主旋律，在爱与自由的主旋律中，自由又是价值主体。

　　徐诗自由、民主、博爱的社会理想、人生理想有一个变化延伸的轨迹，《再别康桥》恰是对这一情感历程的一个回顾与诗化，把早期的理想用后期幻灭的方式进行追悼。诗的主体部分由乐生悲地写出了他从1922年首别康桥到1928年再别康桥其间6年来理想涌动、幻灭的历程。

　　诗上片的第二、第三节借康河的"金柳"、"艳影"、"青荇"、"柔波"，极美地描摹了初到康桥时理想社会的境界："河畔的金柳"美得像"夕阳中的新娘"，康河"波光里的艳影"在"心头荡漾"，"水底"下"软泥上的青荇"在"油油的""招摇"，面对自由、平等、博爱的启蒙圣地康河的"柔波"，"我"甘愿做一条"水草"。诗人所说的康桥显然已经超越了母校的概念。诗下片的第四、第五、第六节写理想破灭成梦，再到寻梦、梦醒、幻灭的情感历程。回想回国数年的打拼，"我"睹物思旧，物是梦非，"榆荫下的""潭"已"不是清泉"，而变成了"天上虹"，因为细细一看，"揉碎在浮藻间"的只是上片所写的"彩虹似的梦"。诗人似乎不甘心就这样理想破灭成梦，他要"撑一支长篙""向青草更青处""寻梦"。"满载一船星辉，/在星辉斑斓里放歌"，但可能吗？"但我不能放歌，/悄悄是别离的笙箫；/夏虫也为我沉默，/沉默是今晚的康桥！"这是类似戴望舒寻梦幻灭，寻幻梦而不得的更深刻的幻灭。"悄悄"与"沉默"成为诗下片理想破灭的情感旋律，写出了梦醒后的觉悟：自由、平等、博爱在当时的中国只能是幻梦且一定会破灭。

　　首尾两节的重复与变异很好地深化了这种情感变化。诗的首尾两节与戴望舒《雨巷》首尾两节的句式、诗美意义是一样的，都是借句式的相似来呼应情感，以对应情感的变异并深化主题，写出更深的幻灭。首节四行的主旋律是"轻轻的"，1920年10月来剑桥到1922年8月离别回国，诗人的眼、自我意识都被启蒙革新，他怀着"我有我的方向"的理想主义情绪归来，欢快、轻盈的情绪成为主旋律。尾节四行句式一样，但变"轻轻的"为"悄悄的"，深化了下片梦破以后及寻梦不得的幻灭感。1922年学成归国时"轻轻的招手，/作别西天的云彩"的欢快变成了1928年10月再次离别时"挥一挥衣袖，/不带走一片云彩"的悲哀，为什么"不带走"？因为已经带不走了，也不用带走了；因为6年前作别的"云彩"已经成为幻梦，这云彩在中国没法生根，"不带走"表明了诗人的决绝与绝望。巨大的悲哀袭来，"不带走一片云彩"这再别康桥圣地的绝唱，成为悼别自由、平等、博爱的社会理想与人生理想的挽歌。

在徐志摩看来，社会理想、人生理想与个人的爱情是一而二二而一的，是互相融合、互相渗透的。换言之，美、爱与自由，在他看来是一体的。他是用感性在理解理性，用爱情在理解社会。事实上，《再别康桥》有对爱情幻灭的哀悼，从某种角度上可以说是一首爱情的悼歌；也有对母校的怀念，对母校的热爱、崇拜与告别的惆怅、悲哀，情溢诗外，但徐志摩的母校不是一般意义的母校，这份怀恋与幻灭包含了母校也超越了母校。全诗复调鲜明，交响共鸣，多方面深化了"再别康桥"的主题。

《再别康桥》在音乐美与意境美上特点更是鲜明。全诗共七节，每节四行，奇行顶头，偶行退格，首尾呼应，整饬而活泼。押ABCDECA的韵，几乎每节随意换韵，情感旋律自然流畅，抑扬顿挫，恰成和谐。在清浅的词语中寓以炽热浓情，把爱的热烈和幻的苦寂之情与康河特定的柳、波、荇、草、潭、藻、星、虫、云织成一幅美锦，经纬有机，深浅无痕，离情因康桥美景而浓得化不开，康桥美景因离情浓烈而流传千古。这首诗被公认为现代汉语诗歌中的精品。

蔡元培挽徐志摩上联云："谈话是诗，举动是诗，毕生行径都是诗，诗的意味渗透了，随遇自有乐土。"《再别康桥》是渗透了徐志摩的理想、人生、爱情、为人、行事、性情的诗碑。

思考探究

1. 《再别康桥》是徐志摩自由、平等、博爱追求的写照，也是一首爱情的挽歌，并有对母校的怀念。请查阅相关资料，了解徐志摩的经历，自选角度谈谈你对这首诗的理解。

2. 阅读徐志摩的诗集《翡冷翠的一夜》，谈谈徐志摩诗歌创作第二个时期的艺术特色。

知识链接

新格律诗派与新月派

1923年，胡适、徐志摩、闻一多、梁实秋、陈源等人发起成立新月社。新月社开始时只是个俱乐部性质的团体，后因提倡现代格律诗而成为诗坛上有影响的社团，新格律诗派因此逐步形成。由于新格律诗派源自新月社，所以也称为新月派。1925年，闻一多回国，徐志摩接编《晨报》副刊，并于1926年4月1日创办《诗刊》，由此团结了一大批后期新格律诗派的新诗人。

新格律诗派是中国新诗史上活动时间长，且在创作中取得了较高成就的诗派。新格律诗派提出了"理性节制情感"的美学原则，提倡格律诗，主张诗歌的色彩美和意境美，讲究文辞修饰，追求炼字炼意，其鲜明的艺术纲领和系统理论对中国新诗的发展进程产生了较大影响。新格律诗讲究"三美"：建筑美，绘画美，音乐美。在新格律诗派中，徐志摩是最有代表性的杰出诗人。

康桥

康桥即剑桥。1928年下半年徐志摩欧游，夏天去英国剑桥大学探旧，并第二次作别康桥，这首诗写于当年11月6日回国途中的中国海上，与1922年8月剑桥学成首次作别归国的《康桥再会吧》（发表于1923年3月12日《时事新报》副刊《学灯》）对称，故称"再别"。

为要寻一个明星①

徐志摩

我骑着一匹拐腿的瞎马，
　　向着黑夜里加鞭；——
　　向着黑夜里加鞭，
我跨着一匹拐腿的瞎马。

我冲入这黑绵绵的昏夜，
　　为要寻一个明星；——
　　为要寻一个明星，
我冲入这黑茫茫的荒野。

累坏了，累坏了我胯下的牲口，
　　那明星还不出现；——
　　那明星还不出现，
累坏了，累坏了马鞍上的身手。

这回天上透出了水晶似的光明，
　　荒野里倒着一只牲口，
　　黑夜里躺着一具尸首。——
这回天上透出了水晶似的光明！

要点评析

　　抒情诗最大的特点是跳跃性，跳跃的意象赋予诗歌广阔的外部想象场，也赋予诗歌深邃的内在品味阈。故事本不是抒情诗所长，天才的抒情诗人徐志摩

---

① 顾永棣编：《徐志摩诗全编》，杭州，浙江文艺出版社，1986。

却常常用故事的方式抒情。他1924年创作的《为要寻一个明星》，短短四小节十六句，为表达寻梦而不得的苦闷情感，讲述了一个寻梦者的悲剧故事。人物：一个骑着"一匹拐腿的瞎马"的骑士。环境："黑茫茫的荒野"和天边一抹"水晶似的光明"。情节：一位骑士为要寻一个明星，冲向黑茫茫的荒野，苦苦追寻而不得，黑夜中与跨下那匹拐腿的瞎马一同倒毙在茫茫荒野。诗人浓郁的苦闷情感通过平静的故事叙说出来，苦闷、压抑倍增。而故事情节的展开又呈现出抒情诗的基本特征：概括，洗练，跳跃。

　　该诗的情节不是通过细节展现，而是通过情节中典型的事物——诗歌的意象在不同环境中的不同状态来推动的。这些意象和意象所处的环境均具有很强的模糊性与不确定性。"明星"、"瞎马"、"马鞍上的身手"、"黑绵绵的昏夜"、"黑茫茫的荒野"、"透出了水晶似的光明"的天空等，这些意象与环境均不是现实生活的真实物象，而是作者苦痛精神世界的再现，其丰富的隐喻性赋予诗歌象征主义的色彩，也使得诗歌具有深邃的内在张力。

　　绘画美是新月派诗歌的基本特征，也是徐志摩诗歌所长。《为要寻一个明星》所描绘的图景不是油画般星辉灿烂，也不是水粉似的粉莲娇羞，而是一幅黑白分明线条硬朗的版画：一个痛苦的灵魂在无边的黑茫茫的旷野挣扎。

思考探究

　　1. 阅读徐志摩1924年翻译的法国19世纪象征派诗人波德莱尔的《死尸》，谈谈你对象征主义手法的理解。

　　2. 以本诗为例，谈谈徐志摩诗歌的音乐美。

沙扬娜拉一首[1]
（赠日本女郎）

徐志摩

最是那一低头的温柔，
　象一朵水莲花不胜凉风的娇羞，
道一声珍重，道一声珍重，
　那一声珍重里有蜜甜的忧愁——
　　沙扬娜拉！

---

① 顾永棣编：《徐志摩诗全编》，杭州，浙江文艺出版社，1986。

"我不知道风是在哪一个方向吹" ①

徐志摩

我不知道风

是在哪一个方向吹——

我是在梦中，

在梦的轻波里依洄。

我不知道风

是在哪一个方向吹——

我是在梦中，

她的温存，我的迷醉。

我不知道风

是在哪一个方向吹——

我是在梦中，

甜美是梦里的光辉。

我不知道风

是在哪一个方向吹——

我是在梦中，

她的负心，我的伤悲。

我不知道风

是在哪一个方向吹——

我是在梦中，

在梦的悲哀里心碎！

我不知道风

---

① 顾永棣编：《徐志摩诗全编》，杭州，浙江文艺出版社，1986。

是在哪一个方向吹——

我是在梦中，

黯淡是梦里的光辉。

这是一个懦怯的世界①

徐志摩

这是一个懦怯的世界：
　容不得恋爱，容不得恋爱！
披散你的满头发，
赤露你的一双脚；
　跟着我来，我的恋爱，
抛弃这个世界
殉我们的恋爱！

我拉着你的手，
爱，你跟着我走；
　听凭荆棘把我们的脚心刺透，
　听凭冰雹劈破我们的头，
你跟着我走，
我拉着你的手，
　逃出了牢笼，恢复我们的自由！

跟着我来，
我的恋爱！
　人间已经掉落在我们的后背，——
看呀，这不是白茫茫的大海？
白茫茫的大海，
白茫茫的大海，
　无边的自由，我与你与恋爱！

顺着我的指头看，
那天边一小星的蓝——

① 顾永棣编：《徐志摩诗全编》，杭州，浙江文艺出版社，1986。

　　那是一座岛，岛上有青草，

　　鲜花，美丽的走兽与飞鸟；

快上这轻快的小艇

去到那理想的天庭——

　　恋爱，欢欣，自由——辞别了人间，永远！

采莲曲①

朱 湘

小船呀轻飘，
杨柳呀风里颠摇；
　荷叶呀盖翠，
荷花呀人样娇娆。
　日落，
　　微波，
金丝闪动过小河。
　左行，
　　右撑，
莲舟上扬起歌声。

　菡萏②呀半开，
蜂蝶呀不许轻来，
　绿水呀相伴，
清净呀不染尘埃。
　溪间
　　采莲，
水珠滑走过荷钱。
　拍紧，
　　拍轻，
桨声应答着歌声。

　藕心呀丝长，
羞涩呀水底深藏：
　不见呀蚕茧
丝多呀蛹裹中央？

---

① 蓝棣之编选：《新月派诗选》，北京，人民文学出版社，1989。
② 菡萏（hàn dàn）：荷花的别称，古人称未开的荷花为菡萏。

溪头

采藕，

女郎要采又夷犹①。

波沉，

波升，

波上抑扬着歌声。

莲蓬呀子多：

两岸呀榴树婆娑，

喜鹊呀喧噪，

榴花呀落上新罗。

溪中

采蓬，

耳鬓边晕着微红。

风定，

风生，

风飔②荡漾着歌声。

升了呀月钩，

明了呀织女牵牛；

薄雾呀拂水，

凉风呀飘去莲舟。

花芳

衣香

消溶入一片苍茫；

时静，

时闻，

虚空里裛着歌音。

1924年10月14日

① 夷犹：犹豫，迟疑不前。
② 飔（sī）：凉的意思。

作家小传

朱湘（1904—1933），字子沅，安徽太湖人，出生于湖南省沅陵县。现代诗人。1920年入清华大学，1922年开始在《小说月报》上发表新诗，并加入文学研究会，1927年9月赴美国留学，1929年8月回国到安庆安徽大学任英国文学系主任，1932年夏天去职，1933年12月5日晨在上海开往南京的船上投江自杀。

朱湘的诗歌创作大体上可以分为三个时期：第一个时期（1922~1925）是他诗坛学步的时期，技巧较为稚嫩，呈现出清新秀丽、俊逸飘洒的诗风，出版有《夏天》（1925）；第二个时期（1925~1927）是他创作日益成熟的阶段，融汇中国古代词曲及民间鼓书弹词的长处，技巧熟练，表现细腻，出版有《草莽集》（1927）；第三个时期（1927~1933）是他创作的顶峰时期，吸收了西洋诗歌的文体和格律，并与中国传统诗美融合，新旧兼顾，中西并采，出版有《石门集》（1934）。去世后出版有《永言集》(1936)。

朱湘善于将旧诗词曲的文字、格调、意象和西洋诗歌的体制、格律、形式和谐、统一地纳入新诗之中，整合传统与现代，融汇古典主义与浪漫主义，赋予新诗极足的韵味和意境，大大丰富了新诗的内蕴美和表现性。作为重要的新月派诗人，朱湘非常注重格律和韵节，讲究格律的谨严和音节的和谐，主张写出来的诗歌应该能被歌唱、吟咏，从而在闻一多提出的"三美论"主张之上将新诗的外在形式重抬到一个很高的高度。与新月派所倡导的"理性节制情感"的美学原则一致，朱湘的诗感情深邃，气韵平稳，呈现出难得的和谐宁静与恬淡柔美。朱湘还致力于长诗的尝试，或改制旧诗进行再创造，或演绎时事展开新诉说，为我国二十世纪二三十年代新诗发展的多元化做出了突出贡献。

作为二十世纪二十年代清华园的"清华四子"之一，在那个西风正浓，东学惨淡，小说兴起，诗歌寂寞的时代，朱湘仍极力挖掘诗歌中东方之美与西洋之魅的完美融合，并积极探索新诗里形式之巧与内容之俏的和谐统一，还努力尝试进行短诗之质和长诗之智的多元创作，被徐志摩赞为新月诗人中的"大将兼先行"，"最不苟且最用心深刻的一位"[1]，在新诗诞生初期有奠基和开拓之功。

---

[1] 徐志摩：《编者的话》，载《晨报》副刊，1926年4月16日。

要点评析

　　《采莲曲》选自《草莽集》，是朱湘诗歌创作成熟期的作品。诗人以轻松愉悦的笔调描写了日落时分采莲女泛舟晚唱、溪间采莲、溪头采藕、溪中采蓬、摇船夜归的情景，将景美、人美、情美巧妙糅合在一起，描绘了一幅采莲时节的美妙图画，弹奏了一支采莲少女的微妙心曲，抒发了一缕爱莲诗人的幽妙情思。

　　第一节，诗人由上及下、由近及远地呈现了一幅落日彤彤、清风徐徐、碧波悠悠、杨柳依依、荷叶田田、莲花夭夭、小船飘飘、歌声袅袅的采莲全景图。绝也！第二、第三、第四节写的是采莲女摇船、唱歌、采莲，如三幅流动的水墨画。妙也！第二节是采莲，少女看到菡萏半开、蜂蝶轻来，触景生情，浮想联翩。第三节是采藕，少女由藕"丝"联想到蚕"丝"再勾起情"思"。第四节是采蓬，少女由"莲"蓬"子"多、"榴"树"喜"鹊而想到何时有意中人和自己相"恋""留"念、成"喜"生"子"。末节是采莲女收船回家，舟归人去，花隐歌逝，"曲终人不见"，世传《采莲曲》。叹也！

　　在语言上，全诗运用了双声词，如"夷犹"、"抑扬"，以及叠韵词，如"娇娆"、"婆娑"、"荡漾"、"苍茫"、"清净"等。在意象上，全诗处处透露出江南水乡的柔婉情韵，如"菡萏"、"蜂蝶"、"蚕茧"、"榴花"、"喜鹊"等。在用词上，每节都运用了对词，如"行"与"撑"、"紧"与"拍"、"沉"与"升"、"定"与"生"、"静"与"闻"，以动托静，以短带长。在结构上，每节前四句是倒叙，运用了《诗经》里的比兴，每句都有"啊"，如《离骚》里的"兮"。在押韵上，一、二、四句押一个韵，五、六、七句换韵，八、九、十句又换韵，极具节奏感和弹跳性。在形体上，每节第五、第六和第八、第九行都是二言，如一对对明眸，每节句子都是一长一短，似一层层水波。综观全诗，文质兼美，形体皆备。

　　沈从文认为此诗"以一个东方民族的感情，对自然所感到的音乐与图画意味，成为一首诗"，"用东方的声音，唱东方的歌曲，使诗歌从歌曲意义中显出完美"[1]。朱湘死后，鲁迅称其为"中国的济慈"。罗念生写道："不死也死了，是诗人的体魄；死了也不死，是诗人的诗。"

---

[1] 沈从文：《论朱湘的诗》，北京，人民文学出版社，1985。

思考探究

1. 写《采莲曲》的很多，试找一些古人写的《采莲曲》和此篇进行比较，看看有什么不同的特色。结合朱湘的命运和你的见闻，谈谈你对朱湘《采莲曲》的理解。

2. 阅读朱湘的诗集《草莽集》，谈谈朱湘诗歌创作第二个时期的艺术特色。

知识链接

清华四子

"清华四子"是指20世纪20年代清华园的四个学生诗人，即朱湘（字子沅）、饶孟侃（字子离）、孙大雨（字子潜）和杨世恩（字子惠）。四人在新文学运动中脱颖而出，并称"清华四子"，后来都成为中国现代诗坛上的重要诗人。

雨　景[1]
朱　湘

我心爱的雨景也多着呀：

春夜梦回时窗前的淅沥[2]；

急雨点打上蕉叶的声音；

雾一般拂着人脸的雨丝；

从电光中泼下来的雷雨——

但将雨时的天我最爱了。

它虽然是灰色的却透明，

它蕴着一种无声的期待。

并且从云气中，不知那里，

飘来了一声清脆的鸟啼。

1924年11月22日

要点评析

　　写于1924年11月22日的《雨景》是朱湘诗集《草莽集》中唯一一首无韵诗。长期以来，这首诗被认为是《草莽集》中最优秀的"写景诗"。诗人以自己独特的人生认识和深刻的生命体验，开篇直道"我心爱的雨景也多着呀"，接着铺排一连串细致而美妙的对大自然刹那间奇异的感受，细腻含蓄，纯净清新。

　　拟其声也，淅沥——春夜、春梦、窗前的淅沥；

　　发其响也，雨声——急雨和蕉叶的碰撞与交响；

　　摹其状也，细丝——雾雨和人脸的相接与感应；

　　形其势也，泼雷——电闪光明雷响，泼字点睛。

　　"但"接着破折号笔锋一转，诗人最爱的是雨前的天——是灰色、透明

---

① 孙玉石编：《朱湘》，北京，人民文学出版社，1985。
② 淅沥：象声词，形容轻微的风雨声、落叶声等。

的，有期待，有鸟啼。此景与上文四种景致看似矛盾，其实暗合一致，因为一切雨景皆有可能出现，而期待和未知是最美的。那漫天云气中飘来的一声"清脆的鸟啼"令人无限神往。

诗中在描绘淅沥雨、急雨、雾雨、雷雨等形形色色的雨景时，还展现了"夜"、"叶"、"云"、"天"、"鸟"等自然景物和"梦"、"窗"、"脸"等生活事物，另外还出现了"打"、"拂"、"泼"、"飘"、"啼"等各种动作。全诗既呈现了千姿百态的自然美，也象征着丰富多彩的生活美，既有对已经出现的种种美的"心爱"，也有对尚未出现的别样美的"期待"。正是通过这些新鲜的意象和微妙的感受，展示了个体生命之爱的丰富和多情，表现了诗人对美的向往和追求。

全诗虽不是通篇押韵，但跳句仍有韵，"i"韵也很切合雨的轻微细腻的特点。诗中的破折号"——"似如细雨，又如闪电，形意兼具，妙不可言。诗末于"无声"处听"鸟啼"，"一声清脆"，戛然而止，言已尽而意无穷，诗虽终而思未止。在章法上，《雨景》颇合诗人所倾向的"全章整齐划一"的形式。为摸索诗行的规律，朱湘自一字至十一字都试过，结论是不宜超过十一字，"以免不连贯，不简洁，不紧凑"。而此诗每行均为十字，全诗共十行，通篇恰好一百字整。而在百字中，能做到有声有色，有形有味，有静有动，有视有听，同时运用比喻、拟人、排比、转折、反问、感叹等多种修辞手法，足见其用力之深，用心之苦。

思考探究

1. 结合朱湘对诗的音调和形式的有关论述，试分析朱湘其他诗歌的形式特点。

2. 试比较《雨景》原载版本（《小说月报》15卷12号，1924年12月）与此版本（《草莽集》，1927年8月）的不同。

昭君出塞①

朱　湘

琵琶呀伴我的琵琶：

趁着如今人马不喧哗，

只听得啼声得得，

我想凭着切肤的指甲

弹出心里的嗟②呀。

---

① 孙玉石编：《朱湘》，北京，人民文学出版社，1985。
② 嗟：叹息的意思。

《明妃出塞图》，明仇英作。

琵琶呀伴我的琵琶：

这儿没有青草发新芽，

也没有花枝低桠；

在敕勒川前，燕支山下，

只有冰树结琼花。

琵琶呀伴我的琵琶：

我不敢瞧落日照平沙；

雁飞过暮云之下，

不能为我传达一句话

到烟霭外的人家。

琵琶呀伴我的琵琶：

记得当初被选入京华，

常对着南天悲咤，

那知道如今去朝远嫁，

望昭阳又是天涯。

琵琶呀伴我的琵琶：

你瞧太阳落下了平沙，

夜风在荒野上发，

与一片马嘶声相应答，

远方响动了胡笳。

1926年3月17日

断　章①

卞之琳

你站在桥上看风景，
看风景人在楼上看你。

明月装饰了你的窗子，
你装饰了别人的梦。

作家小传

　　卞之琳（1910—2000），祖籍江苏溧水，生于江苏海门汤家镇，"汉园三诗人"之一。

　　他的诗歌创作大体上可以分为前（1930~1937）、中（1938~1939）、后（新中国成立后）三个时期。前期诗作以1935年为界分为两个阶段：第一阶段的诗歌创作手法多师承新月派，以"说话的调子"和"口语"写"干净利落、圆顺洗练"的诗行，诗歌类型以主情为主；第二阶段以《距离的组织》的发表为标志，诗风产生了重要变化，诗歌创作转向知性的实践，这一时期的"主智"作品臻于成熟，多有传世之作。卞之琳中期的诗歌创作以诗集《慰劳信集》为代表，这是在席卷全国诗坛的抗战诗浪潮中产生的政治诗，诗人用现实主义风格抒发内心真挚的情感。他后期的诗歌创作以《战争与和平》这首政治表态诗为开端，先后写了一些政治应景诗，总体成就不高。二十世纪三十年代的诗歌创作奠定了卞之琳在现代文学史上的重要地位。

　　卞之琳是具有自觉哲学意识的诗人，他善于从日常生活中发现诗的内容并进一步挖掘常人意料不到的深刻内涵，因此他的诗常常"于平淡中出奇"。如由小孩扔石头联想到"人"被自己不能把握的力量"好玩的捡起"，向"尘世一投"的命运（《投》）；从村头路边问道展现"行人"与"树下人"生命的"倦"与"闲"的对照与互讽（《道旁》）；他的代表作《断章》通过对常见

---

① 朱自清编：《中国新文学大系·诗集》，上海，上海良友图书公司，1935。

"风景"的刹那感悟，讨论了主客体关系的相对性。卞之琳的知性诗歌还有主体隐匿与模糊的"客观化"倾向，这使得他的诗作具有"用冷淡掩深挚，从玩笑出辛酸"的特点。总体而言，在西方后期象征派的影响下，卞之琳前期的诗作感性与智性交融，表现出智慧的闪光和哲理的趣味。

卞之琳前期诗歌创作的实践，使他成为二十世纪三四十年代中国现代派诗歌的一座桥梁，开启了二十世纪四十年代"九叶诗人"知性诗的先河。

要点评析

《断章》仅有两节四行，一共三十四个字，诗句平白如话，写的也只是眼前常见的景物，但内涵却极其丰富。形式的单纯质朴与内涵的繁复在这首诗里矛盾而又统一地结合在了一起。初读这首诗，诗中的意象"桥"、"楼"、"明月"、"风景"很容易诱发人的想象：一个风和日丽的日子，"你站在桥上看风景"，小桥、流水、白帆、鸥鹭让你如痴如醉，浑然忘我，这时"你"无意中又成了岸边楼上"看风景人"眼中的另一道风景了。这道风景深深地吸引和打动了楼上"看风景人"，以至在夜深人静时，"看风景人"还在梦中深情地重温着另一风景中的"你"，"你"已成了别人梦中的风景了。仅从这一层次来看，这首诗呈现的画面就已经气韵流动，高妙优美。但再读之下，却发现可以咀嚼出层层叠叠的意味来，远非这幅画面所能概括。

《断章》内涵的厚重从它一出现就引来了无尽的索解。李健吾当年认为这首诗的诗眼在"装饰"二字上，暗示了人生不过是相互装饰，其中蕴涵着无可奈何的情怀。卞之琳本人强调全诗的意思是在"相对"上，桥上的人把周围一切活动当风景来看，而楼上的人也把桥上的人当做风景的一部分来观赏，这是相对；明月的光装饰了"你"的窗户，而"你"的形象又进入他人的梦中装饰了他人的梦，这也是相对。明白了这种相对关系，人就不应该再有怨尤。这种情怀和李健吾的解释可谓截然相反。对《断章》的解释可谓仁者见仁，智者见者，有研究者认为全诗解读的关键在代词"你"上。诗中的四个"你"是不是同一个人？如果不是，彼此间又是什么关系？如果把第一、第二行的"你"换做"他"，第三、第四行的"你"换做"她"，这种思路的最佳解读法就是将其读做情诗，诗中的"她"在明月的装饰中使看风景的"他"魂牵梦萦，在晚上沉入相思梦。

《断章》这首诗在常见的小图景中包藏了深邃的哲理沉思，可谓小诗不小，断章不断，令人浮想联翩，回味无穷。整首诗读来流畅、清新、情韵婉转，同时又让人体味到思想层次的重重叠叠，由有限伸展到无限，短短的四行诗里蕴含了无穷的情思，是新诗史上少见的艺术精品。

思考探究

1. 《断章》内涵丰富，因其多元释意特质成为中国现代诗歌史上的名篇。有人认为《断章》是卞之琳的爱情隐喻诗，堪称现代李商隐式的诗作。请查阅相关资料，了解更多卞之琳的人生经历，自选角度，谈谈你对这首诗的理解。

2. 阅读卞之琳的诗集《雕虫纪历》，谈谈他前期诗歌创作的艺术特色。

知识链接

汉园三诗人

"汉园三诗人"指的是20世纪30年代中国现代派三位风格独异的诗人何其芳、李广田、卞之琳，因1936年出版诗歌合集《汉园集》而得名。《汉园集》收录何其芳的诗集《燕泥集》、李广田的诗集《行云集》、卞之琳的诗集《数行集》。他们注重将东西方诗学融合，以诗歌传达独特的气质。何其芳的诗歌主要表现青年人朦胧的理想和淡淡的忧伤；李广田的诗歌风格质朴，蕴藉深沉；卞之琳的诗歌善于在不露声色中深含情感与哲理，对现代诗歌的客观化、非个人化等艺术手法进行有益探索，文字奇巧。

鱼化石①
（一条鱼或一个女子说）

卞之琳

我要有你的怀抱的形状，
我往往溶化于水的线条。
你真像镜子一样的爱我呢。
你我都远了乃有了鱼化石。

要点评析

　　《鱼化石》是卞之琳东西方诗学融合的圆熟结晶。这首诗既有中国古典诗歌的含蓄优美，同时又具有现代诗歌的复杂曲折，富有张力，东西方诗学的特质被诗人用高超的技巧巧妙驾驭，达到炉火纯青的境地，是白话诗歌试验的又一美丽收获。

　　作者在题记下标明"一条鱼或一个女子说"，是为了说明这是一首融于物态的爱情诗。表面的话语情态既是鱼与水的契合无间，又是一个女子对男子的爱情表白。这两个调式既相互融化在字句里，又相互阐发，显得格外奇特动人。

吉南鱼化石。产地：辽宁。年代：白垩纪。藏于海南三亚自然博物馆。

　　诗人于1936年6月4日在济南写成此诗，灵感来源于上一年旅居日本时的触动。卞之琳在京都曾见过一本印有鱼化石图案的照本帖，在那里他还翻译了保尔·艾吕亚的《恋人》，其中的精彩诗句"她有我底手掌底形状，她有我底眸子底颜色"

① 卞之琳：《雕虫纪历》（1930~1958），北京，人民文学出版社，1979。

启发了他《鱼化石》的构思。这首诗包蕴的热烈而永恒的爱情题旨是明显的，然而其理解并不局限于爱情，可以扩大为广义的人生，"可以有限象征无限"①。在人生中，主体的"我"总会时时拥有自己的对象物：爱情、事业、愿望、理想等。"我"应热烈拥抱自己的对象物，与之相合、相融，以致化为一体，为之燃烧尽自己的生命。"远了"表面上是指任何美好的人生境界都不可能永驻，可是已经没有了悲叹，"鱼化石"就是曾经有过的生命永恒的纪念碑。

思考探究

1.《鱼化石》中的"镜子"意象在中国古典诗歌中经常出现，请查阅相关资料，谈谈你对"镜子"这一意象的理解，体味卞之琳诗歌现代与中国古典传统的融合。

2. 阅读卞之琳的诗集《雕虫纪历》（1930~1958），谈谈卞之琳诗歌的音韵美。

① 卞之琳：《难忘的尘缘》，载《新文学史料》，1991（4）。

尺 八①
卞之琳

象候鸟衔来了异方的种子，
三桅船载来了一枝尺八②，
从夕阳里，从海西头。
长安丸载来的海西客，
夜半听楼下醉汉的尺八，
想一个孤馆寄居的番客
听了雁声，动了乡愁，
得了慰藉于邻家的尺八，
次朝在长安市的繁华里
独访取一枝凄凉的竹管……
（为什么年红灯的万花间
还飘着一缕凄凉的古香？）
归去也，归去也，归去也——
象候鸟衔来了异方的种子，
三桅船载来一枝尺八，
尺八乃成了三岛的花草。
（为什么年红灯的万花间，
还飘着一缕凄凉的古香？）
归去也，归去也，归去也——
海西人想带回失去的悲哀吗？

① 朱自清编：《中国新文学大系·诗集》，上海，上海良友图书公司，1935。
② 尺八：中国古乐器，以长一尺八寸得名，宋时传入日本。

无题（一）①

卞之琳

三日前山中的一道小水，
掠过你一丝笑影而去的，
今朝你重见了，揉揉眼睛看
屋前屋后好一片春潮。

百转千回都不跟你讲，
水有愁，水自哀，水愿意载你。
你的船呢？船呢？下楼去！
南村外一夜里开齐了杏花。

---

① 卞之琳：《雕虫纪历》（1930～1958），北京，人民文学出版社，1979。

半岛①

卞之琳

半岛是大陆的纤手，
遥指海上的三神山。
小楼已有了三面水
可看而不可饮的。
一脉泉乃涌到庭心，
人迹仍描到门前。
昨夜里一点宝石
你望见的就是这里。
用窗帘藏却大海吧
怕来客又遥望出帆。

---

① 朱自清编：《中国新文学大系·诗集》，上海，上海良友图书公司，1935。

我爱这土地[1]

艾 青

假如我是一只鸟，

我也应该用嘶哑的喉咙歌唱：

这被暴风雨所打击着的土地，

这永远汹涌着我们的悲愤的河流，

这无止息地吹刮着的激怒的风，

和那来自林间的无比温柔的黎明……

——然后我死了，

连羽毛也腐烂在土地里面。

为什么我的眼里常含泪水？

因为我对这土地爱得深沉……

1938年11月17日

作家小传

艾青

艾青（1910—1996），原名蒋海澄，浙江金华人。艾青的诗歌创作大致可分四个阶段：第一阶段是艾青从欧罗巴带回芦笛和歌唱"大堰河"的时期，以个人思想感情和艺术个性融入民族生活大地，诅咒与歌颂一体，代表诗作有诗集《大堰河》（1932～1937）；第二阶段是艾青诗歌创作的高潮期和成熟期，由对世界的诅咒转为歌颂光明，笔触深沉、激越、奔放，代表诗作有诗集《向太阳》、《在北方》（1937～1945）；第三阶段，艾青的生

---

[1] 艾青：《北方》，上海，文化生活出版社，1942。

活和创作经历了诸多变化、曲折，国际题材的诗歌代表着他的最高成就，显示了现实主义创作的些许魅力，但限于个人经验和种种外部因素，艺术水平弱于以前，代表诗作有诗集《南美洲的旅行》、《大西洋》（1945～1976）；第四阶段，艾青重获写作自由，其诗作内容更为广泛，思想更为浑厚，情感更为深沉，手法更为多样，艺术更为圆熟，代表诗作有诗集《归来的歌》（1976～1996）。

艾青的诗歌朴素、单纯、集中、明快，多写民族的悲哀、人民的苦难，以及苦难中顽强挣扎、坚韧奋斗的民族精神，表达了对祖国、对人民深沉的爱以及对光明、理想、美好生活的不息追求，具有强烈的时代感和厚重的历史感。

艾青的诗歌重色彩，追求瞬间、强烈的光的效果，有立体与稳定之雕塑感。在诗绪上，注重反抗的、梦境式的潜在意识的刻画。在思想上，以个人独特的深沉、忧郁之个性，弥合了崇尚个人自由与革命要求的法兰西思想文化及卢梭的人道主义思想。在意象上，单纯集中，情绪饱满，形象可感。

艾青重感觉，有自己特异地感受世界和艺术地表现世界的方式。他重视从"感觉"出发，但同时又不满足于捕捉感觉，反对"摄像师"式的仅仅将感觉还原于感觉；[1]强调主观情感对感觉的渗入，追求"对于外界的感受与自己的感情思想"的"融合"[2]，并在二者的融合中生出多层次的联想以及明晰而又具有广阔象征意义的视觉形象。诗体追求奔放与约束间的协调，变化里含统一，参差间见和谐，运动中有均衡，繁杂里现单纯，呈散文化和自由体式的散文美。

冯雪峰说，"艾青的根是深深地植在土地上"，是"在根本上就和中国现代大众的精神结合着的、本质上的诗人"，"中国的新诗的创造可以说正是由他们在开辟着道路"。[3]在中国新诗发展史上，艾青是继郭沫若、闻一多等人之后又一位推动一代诗风，并产生过重要影响的诗人。

---

① 艾青：《诗论》，见《艾青全集》3卷，20页，石家庄，花山文艺出版社，1991。
② 艾青：《诗论》，见《艾青全集》3卷，15页，石家庄，花山文艺出版社，1991。
③ 冯雪峰：《论两个诗人及诗的精神和形式》，见《雪峰文集》2卷，82、84页，北京，人民文学出版社，1983。

要点评析

《我爱这土地》一诗写于抗日战争开始后的1938年。诗人在国土沦丧、民族危亡之际，满怀对祖国的挚爱和对侵略者的仇恨，写下了这首慷慨激昂的诗。

《我爱这土地》借用鸟之口，以简单素朴的语言倾诉对土地无以言说的酷爱和义无返顾的真诚和执著。然而诗人魂牵梦萦爱着的，是布满痛苦，躯体上有太多凝结成块流不动的悲愤的土地。于是由悲土地之苦引发赞土地之抗争，并表明对胜利的坚信，且甘愿死于兹，葬于兹，使爱升华，得以永恒。诗人对土地的关注，乃是对农民、民族、祖国的挚爱。然而，祖国贫穷落后，多灾多难，"我"的胸中郁结着过多的"悲愤"，即便如此，对于土地仍然念兹在兹，至死不渝！诗的末句一问一答，由借鸟抒情转入直抒胸臆："为什么我的眼里常含泪水？/因为我对这土地爱得深沉……"太"深沉"、太强烈的土地之爱使诗人已难以诉诸语言，只能凝成晶莹的泪水。全诗在这问答中达到高潮，那炽热、真挚的土地情怀留下不尽的余韵。

全诗充满忧郁的情绪，这也是艾青诗歌艺术个性的基本要素之一。诗人说："叫一个生活在这年代的忠实的灵魂不忧郁，这有如叫一个辗转在泥色的梦里的农夫不忧郁，是一样的属于天真的一种奢望。"[1]但这忧郁是源于对战争现实长期性、艰苦性的深刻认识和体验，又给人以积极奋发的巨大力量，将人引向一种庄严、崇高的境界。

思考探究

1. 前面论述了《我爱这土地》是艾青作为土地的歌者对土地的关注及浓重的土地情结，同时还提及《我爱这土地》在艺术上重"感觉"、"印象"。请查阅相关资料，谈谈印象主义对这首诗的影响。

2. 阅读艾青的诗歌《南美洲的旅行》、《大西洋》，谈谈建国后艾青诗歌创作的艺术特色。

---

[1] 艾青：《诗论》，见《艾青全集》3卷，43页，石家庄，花山文艺出版社，1991。

知识链接

印象主义

印象主义是19世纪后半叶欧洲的一种文论思潮。当时的欧洲，自由资本主义向垄断资本主义过渡，资产阶级知识分子的处境日益艰难，彷徨苦闷，精神空虚，有的甚至把生命看做是死刑的缓刑期。于是，一种抹杀客观，纯从主观出发看待感觉、经验的哲学思潮开始流行。这是19世纪末逃避现实，日趋腐朽的资产阶级世界观的必然产物，同时这也反映在这一时期的文艺创作、文艺批评中。印象主义就是在当时"为艺术而艺术"，在感觉构成世界的前提下出现的文论思潮。它以法国的法朗士为代表，强调艺术中个人的、特殊的感觉印象乃是千变万化，不相雷同，因而创造寓于批评、欣赏之中。这一流派和19世纪80年代法国新兴的印象派绘画有内在联系。印象派绘画不依据可靠的知识，以瞬间的印象作画，多考虑画的总体效果，较少顾及枝节细部，是一种外表草率的画法。印象主义与印象派绘画对艾青影响很大。

大堰河——我的保姆[①]

艾 青

大堰河，是我的保姆。
她的名字就是生她的村庄的名字，
她是童养媳，
大堰河，是我的保姆。

我是地主的儿子；
也是吃了大堰河的奶而长大了的
大堰河的儿子。
大堰河以养育我而养育她的家，
而我，是吃了你的奶而被养育了，
大堰河啊，我的保姆。

大堰河，今天我看到雪使我想起了你：
你的被雪压着的草盖的坟墓，
你的关闭的故居檐头的枯死的瓦菲，
你的被典押了的一丈平方的园地，
你的门前的长了青苔的石椅，
大堰河，今天我看到雪使我想起了你。

你用你厚大的手掌把我抱在怀里，抚摸我；
在你搭好了灶火之后，
在你拍去了围裙上的炭灰之后，
在你尝到饭已煮熟了之后，
在你把乌黑的酱碗放到乌黑的桌子上之后，
在你补好了儿子们的为山腰的荆棘扯破的衣服之后，

① 艾青：《艾青全集》1卷，石家庄，花山文艺出版社，1991。

在你把小儿被柴刀砍伤了的手包好之后，
在你把夫儿们的衬衣上的虱子一颗颗的掐死之后，
在你拿起了今天的第一颗鸡蛋之后，
你用你厚大的手掌把我抱在怀里，抚摸我。

我是地主的儿子，
在我吃光了你大堰河的奶之后，
我被生我的父母领回到自己的家里。
啊，大堰河，你为什么要哭？

我做了生我的父母家里的新客了！
我摸着红漆雕花的家具，
我摸着父母的睡床上金色的花纹，
我呆呆地看着檐头的我不认得的"天伦叙乐"的匾，
我摸着新换上的衣服的丝的和贝壳的纽扣，
我看着母亲怀里的不熟识的妹妹，
我坐着油漆过的安了火钵的炕凳，
我吃着碾了三番的白米的饭，
但，我是这般忸怩不安！因为我
我做了生我的父母家里的新客了。

大堰河，为了生活，
在她流尽了她的乳液之后，
她就开始用抱过我的两臂劳动了；
她含着笑，洗着我们的衣服，
她含着笑，提着菜篮到村边的结冰的池塘去，
她含着笑，切着冰屑悉索的萝卜，
她含着笑，用手掏着猪吃的麦糟，
她含着笑，扇着炖肉的炉子的火，
她含着笑，背了团箕到广场上去
　　晒好那些大豆和小麦，

大堰河，为了生活，
在她流尽了她的乳液之后，
她就用抱过我的两臂，劳动了。

大堰河，深爱着她的乳儿；
在年节里，为了他，忙着切那冬米的糖，
为了他，常悄悄地走到村边的她的家里去，
为了他，走到她的身边叫一声"妈"，
大堰河，把他画的大红大绿的关云长
　　　　贴在灶边的墙上，
大堰河，会对她的邻居夸口赞美她的乳儿；
大堰河曾做了一个不能对人说的梦：
在梦里，她吃着她的乳儿的婚酒，
坐在辉煌的结彩的堂上，
而她的娇美的媳妇亲切的叫她"婆婆"
…………
大堰河，深爱她的乳儿！

大堰河，在她的梦没有做醒的时候已死了。
她死时，乳儿不在她的旁侧，
她死时，平时打骂她的丈夫也为她流泪，
五个儿子，个个哭得很悲，
她死时，轻轻地呼着她的乳儿的名字，
大堰河，已死了，
她死时，乳儿不在她的旁侧。

大堰河，含泪的去了！
同着四十几年的人世生活的凌侮，
同着数不尽的奴隶的凄苦，
同着四块钱的棺材和几束稻草，

同着几尺长方的埋棺材的土地，
同着一手把的纸钱的灰，
大堰河，她含泪的去了。

这是大堰河所不知道的：
她的醉酒的丈夫已死去，
大儿做了土匪，
第二个死在炮火的烟里，
第三，第四，第五
在师傅和地主的叱骂声里过着日子。
而我，我是在写着给予这不公道的世界的咒语。
当我经了长长的飘泊回到故土时，
在山腰里，田野上，
兄弟们碰见时，是比六七年前更要亲密！
这，这是为你，静静的睡着的大堰河
所不知道的啊！

大堰河，今天你的乳儿是在狱里，
写着一首呈给你的赞美诗，
呈给你黄土下紫色的灵魂，
呈给你拥抱过我的直伸着的手，
呈给你吻过我的唇，
呈给你泥黑的温柔的脸颜，
呈给你养育了我的乳房，
呈给你的儿子们，我的兄弟们，
呈给大地上一切的，
我的大堰河般的保姆和她们的儿子，
呈给爱我如爱她自己的儿子般的大堰河。

大堰河，
我是吃了你的奶而长大了的

你的儿子，

我敬你

爱你！

1933年1月14日，雪

要点评析

　　《大堰河——我的保姆》是艾青的成名作。诗人当时因参加左翼美术家联盟被国民党逮捕，并被关押在看守所中。一天早晨，艾青于看守所一个狭小的窗口看见一片茫茫雪景，从而触发了他对保姆的怀念，便激情澎湃地写下了这首诗。

　　这首诗写了对保姆大堰河的真情，却又不只写大堰河——她是大地和在这大地上的一个辛勤劳动者以及伟大母亲的象征。这是一个地主阶级叛逆的儿子献给他的真正母亲——中国大地上善良而不幸的普通农妇的颂歌。艾青以"地主的儿子"和"吃了大堰河的奶而长大了的大堰河的儿子"的双重身份，把诅咒和赞美揉为一体，展示了自己复杂的精神结构。作为"大堰河的儿子"，艾青献给大堰河的是一首深情而朴素的赞美诗，而这种赞美也就意味着他背叛了作为"地主的儿子"的身份及其相应的生活世界，唱出了对"这不公道的世界的咒语"。大堰河"四十几年的人世生活的凌侮"与"数不尽的奴隶的凄苦"，迫使艾青在赞美大堰河的同时对自己的世界发出了诅咒。但无论是"地主的儿子"还是"大堰河的儿子"，艾青实际上都是中国乡土社会的产儿，怀着对"不公道的世界的诅咒"。

　　表面上看，诗歌的写作源于艾青童年生活和身陷牢狱的双重激发，实际上它是艾青深切同情中国农民命运，并以民族的忧患为己任的思想的必然归趋。大堰河是中国乡村农妇历史命运的一座雕像。艾青正是从大堰河愚昧和善良、勤劳与卑微相交织的历史性格中深刻洞见了中国农民的宿命，并由此激发出对人类普遍生存境遇的深切怜悯。

　　该诗不追求诗的韵脚和行数，但排比的恰当运用使诸多意象繁而不乱，统一和谐。诗人善于从平凡的生活中化炼出典型的意象，以散文似的诗句谱写强烈、流畅的节奏，表达了来不可遏、去不可止的感情，完美体现了其自由奔放与约束中见和谐的诗体风格。

思考探究

《大堰河——我的保姆》以对"不公道的世界的咒语"唱出了对大堰河及真正的母亲——中国大地上善良而悲苦的普通农妇的颂歌。请结合相关资料思考散文化手法对表达这种感情的作用及其诗体特点。

手推车[①]
艾 青

在黄河流过的地域
在无数的枯干了的河底
手推车
以唯一的轮子
发出使阴暗的天穹痉挛的尖音
穿过寒冷与静寂
从这一个山脚
到那一个山脚
彻响着
北国人民的悲哀

在冰雪凝冻的日子
在贫穷的小村与小村之间
手推车
以单独的轮子
刻画在灰黄土层上的深深的辙迹
穿过广阔与荒漠
从这一条路
到那一条路
交织着
北国人民的悲哀

1938年初

---

① 艾青：《北方》，上海，上海文化生活出版社，1942。

雪落在中国的土地上①

艾 青

雪落在中国的土地上，
寒冷在封锁着中国呀……

风，
像一个太悲哀了的老妇
紧紧地跟随着
伸出寒冷的指爪
拉扯着行人的衣襟，
用着像土地一样古老的话
一刻也不停地絮聒着……

那丛林间出现的，
赶着马车的
你中国的农夫，
戴着皮帽，
冒着大雪
你要到哪儿去呢？

告诉你
我也是农人的后裔——

由于你们的
刻满了痛苦的皱纹的脸
我能如此深深地
知道了
生活在草原上的人们的

---

① 艾青：《北方》，上海，上海文化生活出版社，1942。

岁月的艰辛。

而我
也并不比你们快乐啊
——躺在时间的河流上
苦难的浪涛
曾经几次把我吞没而又卷起——
流浪与监禁
已失去了我的青春的
最可贵的日子，
我的生命
也像你们的生命
一样的憔悴呀

雪落在中国的土地上，
寒冷在封锁着中国呀……

沿着雪夜的河流，
一盏小油灯在徐缓地移行，
那破烂的乌篷船里
映着灯光，垂着头
坐着的是谁呀？

——啊，你
蓬发垢面的少妇，
是不是
你的家
——那幸福与温暖的巢穴——
已枝暴戾的敌人
烧毁了么？

是不是
也像这样的夜间，
失去了男人的保护，
在死亡的恐怖里
你已经受尽敌人刺刀的戏弄？

咳，就在如此寒冷的今夜，
无数的
我们的年老的母亲，
都蜷伏在不是自己的家里，
就像异邦人
不知明天的车轮
要滚上怎样的路程……
——而且
中国的路
是如此的崎岖
是如此的泥泞呀。

雪落在中国的土地上：
寒冷在封锁着中国呀……

透过雪夜的草原
那些被烽火所啮啃着的地域，
无数的，土地的垦植者
失去了他们所饲养的家畜
失去了他们肥沃的田地
拥挤在
生活的绝望的污巷里；
饥馑的大地
伸向阴暗的天

伸出乞援的
颤抖着的两臂。

中国的痛苦与灾难
象这雪夜一样广阔而又漫长呀!

雪落在中国的土地上,
寒冷在封锁着中国呀……

中国,
我的在没有灯光的晚上
所写的无力的诗句
能给你些许的温暖么?

1937年12月28日夜间

太 阳①
艾 青

从远古的墓茔
从黑暗的年代
从人类死亡之流的那边
震惊沉睡的山脉
若火轮飞旋于沙丘之上
太阳向我滚来……

它以难遮掩的光芒
使生命呼吸
使高树繁枝向它舞蹈
使河流带着狂歌奔向它去

当它来时，我听见
冬蛰的虫蛹转动于地下
群众在旷场上高声说话
城市从远方
用电力与钢铁召唤它

于是我的心胸
被火焰之手撕开
陈腐的灵魂
搁弃在河畔
我乃有对于人类再生之确信

1937年春

---

① 艾青：《艾青诗选》，北京，人民文学出版社，1984。

预言①

何其芳

这一个心跳的日子终于来临!
你夜的叹息似的渐近的足音
我听得清不是林叶和夜风私语,
麋鹿驰过苔径的细碎的蹄声!
告诉我,用你银铃的歌声告诉我,
你是不是预言中的年轻的神?

你一定来自那温郁的南方
告诉我那儿的月色,那儿的日光,
告诉我春风是怎样吹开百花,
燕子是怎样痴恋着绿杨。
我将合眼睡在你如梦的歌声里,
那温暖我似乎记得,又似乎遗忘。

请停下,停下你疲劳的奔波,
进来,这儿有虎皮的褥你坐!
让我烧起每一个秋天拾来的落叶,
听我低低地唱起我自己的歌。
那歌声将火光一样沉郁又高扬,
火光一样将我的一生诉说。

不要前行!前面是无边的森林,
古老的树现着野兽身上的斑纹,
半生半死的藤蟒一样交缠着,
密叶里漏不下一颗星星。
你将怯怯地不敢放下第二步,

---

① 何其芳:《何其芳文集》(第一卷),北京,人民文学出版社,1982。

当你听见了第一步空寥的回声。

一定要走吗？请等我和你同行！
我的脚知道每一条平安的路径，
我可以不停地唱着忘倦的歌，
再给你，再给你手的温存。
当夜的浓黑遮断了我们，
你可以不转眼地望着我的眼睛。

我激动的歌声你竟不听，
你的脚竟不为我的颤抖暂停！
象静穆的微风飘过这黄昏里，
消失了，消失了你骄傲的足音！
呵，你终于如预言中所说的无语而来，
无语而去了吗，年轻的神？

1931年，北平秋天

作家小传

何其芳(1912—1977)，原名何永芳，出身于四川万县（今重庆万州）一个守旧的大家庭。著名诗人、现代散文家、文艺评论家和学者，"汉园三诗人"之一。1929年到上海入中国公学预科学习，一年后到北京，曾入清华大学外文系和北京大学哲学系学习。散文集《画梦录》于1937年出版，并获得《大公报》文艺奖金。大学毕业后，何其芳先后在天津南开中学和山东莱阳乡村师范学校任教。抗日战争爆发后，何其芳回到四川，一边任教，一边继续文学创作。1938年他北上延安，在鲁迅艺术学院任教，后任鲁艺文学系主任。新中国成立后，他主要从事文学研究和评论理论。20世纪50年代，他是关于诗歌形式问题讨论的发起人之一，提倡新诗格律。他曾任中国文学艺术界联合会委员、中国作家协会理事和书记处书记以及中国社会科学院文学研究所所长等职。

　　何其芳早期的诗歌和散文作品有《预言》、《画梦录》和《刻意集》等。在诗歌创作上，他很讲究完整的形式和谐美的节奏，注重诗的形象和意境，呈现出细腻、华美的特征。在散文创作上，他融合诗的特点，借用新奇的比喻和典故，渲染幻美的颜色和图案，呈现出梦幻和绮丽的色彩。他早期的诗文抒写了对黑暗现实的不满和找不到出路的苦闷，显示了对美好人生的探索和对幸福爱情的期待，正如他自己所讲，"成天梦着一些美丽的温柔的东西"，但缺乏热烈的追求，只能徘徊于怀念、憧憬和梦幻之中，难免显露出寂寞和忧郁。周扬这样评价何其芳："这个《画梦录》的作者，他以刻意追求形式、意境的美妙，表现青春易逝的哀愁和带点颓伤的飘渺的幽思见长"，"是个朦胧的理想主义者"。[1]

　　抗战之后，特别是到了延安以后，何其芳的诗文风格趋向朴实明朗，代表作有《还乡杂记》、《夜歌》、《星火集》和《西苑集》等。纵观50年，何其芳前期创作成就较高，后期则学术成就较高。尹在勤用八个字形象地概括出何其芳的品格和文风特征："刚正不阿，兴会淋漓"[2]。何其芳对中国新诗、散文和文学评论的发展做出了重要贡献，在新文学史上占有一定的地位。

要点评析

　　《预言》写于1931年秋天，那时何其芳的"生活里存在着两个世界"，"一个是出现在文学书籍里和我的幻想里的世界。那个世界是闪耀光亮的，是充满着纯真的欢乐，高尚的行为和善良可爱的心灵的。另外一个是环绕在我周围的现实世界。这个世界却是灰色的，却是缺乏同情、理想，而且到处伸张着堕落的道路的"，而他"总是依恋和留连于前一个世界而忽视和逃避后一个世界"。[3]这是"一个心跳的日子"，在急切的期盼中终于等到了"预言中的年轻的神"。在对"年轻的神"生活场景的一系列描摹之后，转而展示"我""沉郁又高扬"的歌声，诉说"我"的一生。美好的爱情与黑暗的现实构成强烈的反差。当"年轻的神"一定要前行时，诗人愿与之结伴前行，以不

---

① 周扬：《何其芳文集·序》，北京，人民文学出版社，1982。
② 尹在勤：《何其芳评传·后记》，成都，四川人民出版社，1980。
③ 何其芳：《写诗的经过》，见《何其芳文集（第五卷）》，北京，人民文学出版社，1982。

倦的歌声，用自己的手和眼睛给神以温暖和光亮，进行同甘共苦的献身。"你骄傲的足音"也"消失了"，"年轻的神"如微风，如流水，如时间，无语地匆匆来去，短暂的欢乐之后却是无限的怅惘。

诗中的"年轻的神"是受瓦雷里《年轻的命运女神》的影响而塑造的。诗人将朦胧的希望和理想塑造成一个动人的年轻、美丽的神。整首诗犹如一部优美的梦幻交响曲：激动的序曲，失落的尾声，中间一波三折的四个乐章。

何其芳追求诗歌的含蓄美，他"喜欢那种锤炼，那种色彩的配合，那种镜花水月"。整首诗在和谐的意境中闪烁着音乐性。全诗共六节，每节六行，大体上是一、二、四、六押韵，如第二节押ang韵。各行韵脚不完全相同，从而在节奏上富有跳跃性。如"告诉我，用你银铃的歌声告诉我"，"请停下，停下你疲劳的奔波"，"那歌声将火光一样沉郁又高扬，火光一样将我的一生诉说"。这种不雷同的重复既增添了语言之美，又强化了感情的表达，丰富了新诗音乐美的追求。《预言》及其诗集《预言》中的其他篇章奠定了何其芳在中国新诗坛上的重要地位，也推动了中国抒情诗的发展。

思考探究

1. 请查阅何其芳的相关资料，认真体味诗歌《预言》，思考诗中"年轻的神"到底象征什么？是理想，是希望，是爱情，还是什么？

2. 比较阅读何其芳的《预言》、瓦雷里的《年轻的命运女神》和戴望舒的《雨巷》，体会三首诗的异同及关联。

知识链接

诗歌里的象征

"象征"源于希腊文，原意是指"一块木板（或一种陶器）分成两半，主客双方各执其一，再次见面时拼成一块，以示友爱"的信物。后来它被用来指那些参与神秘活动的人借以互相秘密认识的一种标志、秘语或仪式。渐渐地，这个词引申出自己的含义，直到它意味着形式对思想、有形对无形的一切约定俗成的表现。到19世纪末，在法国及西方几个国家演变成一种艺术思潮，并发展成为象征主义运动。希腊诗人让·莫雷亚斯于1886年9月15日在巴黎《费加罗报》上发表《象征主义宣言》，首次提出"象征主义"一词，呼吁诗人们摆脱描写外界事物的自然主义倾向，探求内在的最高的真实，用具体的形式表现抽象概念。象征主义诗歌代表人物有波德莱尔、瓦雷里、叶芝、艾略特以及中国的李金发、卞之琳等。

瓦雷里

瓦雷里（1871—1945）是法国后期象征主义诗人的主要代表。他继承了马拉美的纯诗传统，却在诗歌中融入了关于生与死、变化与永恒、行动与冥思等哲学上的思索。其成名作是长诗《年轻的命运女神》（1917），描写不同性质意识之间的矛盾冲突。1922年，瓦雷里出版诗集《幻美集》，其中收录了诸多优秀的诗作，包括《脚步》、《石榴》、《风灵》等。在他看来，象征主义诗歌的本质在于使诗歌这种语言艺术"音乐化"，是诗歌在语言（词）——意象（形）——感觉（情）三者之间和谐、合拍的音乐化关系。此外，他还强调抽象思维和理性思考对诗歌创作的重要性。[①]

---

① 朱立元、李钧主编：《二十世纪西方文论选（上卷）》，北京，高等教育出版社，2002。

花 环①

放在一个小坟上

何其芳

开落在幽谷里的花最香。
无人记忆的朝露最有光。
我说你是幸福的，小玲玲，
没有照过影子的小溪最清亮。

你梦过绿藤缘进你窗里，
金色的小花坠落到你发上。
你为檐雨说出的故事感动，
你爱寂寞，寂寞的星光。

你有珍珠似的少女的泪，
常流着没有名字的悲伤。
你有美丽得使你忧愁的日子，
你有更美丽的夭亡。

9月19日夜

要点评析

这是一首悼亡诗，于纯净和美丽的想象中渗透着诗人对小玲玲夭亡不尽的悲伤。一个小坟上孤寂又美丽的花环，绽放着生命的活力，同时也流露出诗人的复杂情绪。在第一节中，诗人以"最香"的花、"最有光"的朝露、"最清亮"的小溪反衬小玲玲的寂寞，然而正是寂寞才是"幸福"，从嗅觉、感觉和视觉上展现这种独特的寂寞。通过这些意象也隐喻了小玲玲的脱俗和沉郁之美，美丽的外表下映衬着高贵的品格。"绿藤"、"金色的小花"代表着欣欣

---

① 何其芳：《何其芳文集》（第一卷），北京，人民文学出版社，1982。

向荣的生活场景，绿色和金色两种色彩的配合带来清新之感。"你"憧憬着欢乐的生活，"你"也为"檐雨的故事"而"感动"，"你"沉浸在美好的大自然中，然而"你"却爱着"寂寞的星光"。"星光"带来的是惆怅，当繁华过后，留给自己的只有孤寂和冷清。在第二节中，情感由欢快渐入悲伤，直到第三节，这种悲哀达到了极致。"珍珠似的少女的泪"装点着"没有名字的悲伤"，"美丽得使你忧愁的日子"带来"更美丽的夭亡"，诗人以"珍珠"刻画少女眼泪的晶莹剔透，也让人不觉产生爱怜之心，"美丽的夭亡"中的"美丽"一词则更让人心生痛感。也许正是孤寂和美丽的夭亡，小玲玲的脱俗更加圣洁，更加刻骨铭心。

诗人善于运用明丽的意象，典型的画面，优美的意境，高度的艺术技巧，编织缥缈的情感。诗歌在富有音乐性的跳跃中，又蕴藏哲理思辨性。诗人以哀婉的笔调描写了一个自矜、远离尘俗的孤独女子形象，同时这一纯净明澈的形象也是诗人内心世界的象征。

思考探究

比较何其芳《画梦录》中《墓》一文与本诗在不同的艺术形式中展现出的情感的异同。

秋 天（一）①

何其芳

说我是害着病，我不回一声否。

说是一种刻骨的相思，恋中的症候。

但是谁的一角轻扬的裙衣，

我郁郁的梦魂日夜萦系？

谁的流盼的黑睛像牧人的笛声

呼唤着驯服的羊群，我可怜的心？

不，我是忆着，梦着，怀想着秋天！

九月的晴空是多么高，多么圆！

我的灵魂将多么轻轻地举起，飞翔，

穿过白露的空气，如我叹息的目光！

南方的乔木都落下如掌的红叶，

一径马蹄踏破深山的寂默，

---

① 何其芳：《何其芳文集》（第一卷），北京，人民文学出版社，1982。

秋天的田野

或者一湾小溪流着透明的忧愁，
有若渐渐地舒解，又若更深地绸缪……

过了春又到了夏，我在暗暗地憔悴，
迷漠地怀想着，不做声，也不流泪！

6月23日

赠 人①

何其芳

你青春的声音使我悲哀。
我嫉妒它如欢乐的流水声
睡在浅浅的绿草里，
如群星的银声坠落到
梦着秋天的湖心，
更忌妒它产生从你圆滑的嘴唇。

对于梦里的一枝花，
或者一角衣裳的爱恋是无希望的。
无希望的爱恋是温柔的。
我害着更温柔的怀念病，
自从你遗下明珠似的声音，
触惊到我忧郁的思想。

11月22日

---

① 何其芳：《何其芳文集》（第一卷），北京，人民文学出版社，1982.

再 赠①
何其芳

你裸露的双臂引起我
想念你家乡的海水，
那曾浴过你浅油黑的肤色，
和你更黑的发，更黑的眼珠。

你如花一样无顾忌地开着，
南方的少女，我替你忧愁。
忧愁着你的骄矜，你的青春，
且替你度着迁谪的岁月。

蹁跹②在这寒冷的地带，
你这不知忧愁的燕子，
你愿意飞入我的梦里吗，
我梦里也是一片黄色的尘土？

---

① 何其芳：《何其芳文集》（第一卷），北京，人民文学出版社，1982。
② 蹁跹（pián xiān）：形容旋转舞动。

别了，哥哥①
（作算是向一个Class②的告别词吧！）
殷 夫

别了，我最亲爱的哥哥③，
你的来函促成了我的决心，
恨的是不能握一握最后的手，
再独立地向前途踏进。

二十年来手足的爱和怜，
二十年来的保护和抚养，
请在这最后的一滴泪水里，
收回吧，作为恶梦一场。

你诚意的教导使我感激，
你牺牲的培植使我钦佩，
但这不能留住我不向你告别，
我不能不向别方转变。

在你的一方，哟，哥哥，
有的是，安逸，功业和名号，
是治者们荣赏的爵禄，
或是薄纸糊成的高帽。

只要我，答应一声说，
"我进去听指示的圈套"
我很容易能够获得一切，
从名号直至纸帽。

---

① 朱自清编：《中国新文学大系·诗集》，上海，上海良友图书公司，1935。
② Class：英语，此处是"阶级"之意。
③ 哥哥：即殷夫的大哥徐培根。曾经留学德国，当过蒋介石总司令部的参谋处处长和国民党政府的航空署长等要职。

但你的弟弟现在饥渴，
饥渴着的是永久的真理，
不要荣誉，不要功建，
只望向真理的王国进礼。

因此机械的悲鸣扰了他的美梦，
因此劳苦群众的呼号震动心灵，
因此他尽日尽夜地忧愁，
想做个Prometheus偷给人间以光明。

真理和忿怒使他强硬，
他再不怕天帝的咆哮，
他要牺牲去他的生命，
更不要那纸糊的高帽。

这，就是你弟弟的前途，
这前途满站着危崖荆棘，
又有的是黑的死，和白的骨，
又有的是砭人肌筋的冰雹风雪。

但他决心要踏上前去，
真理的伟光在地平线下闪照，
死的恐怖都辟易远退，
热的心火会把冰雪溶消。

别了，哥哥，别了，
此后各走前途，
再见的机会是在，
当我们和你隶属着的阶级交了战火。

1929年4月12日

155

作家小传

殷夫

殷夫（1909年—1931），中共党员。浙江省象山县东乡徐村人。本姓徐，原名徐柏庭，殷夫是他最为人熟悉的笔名。在浦东中学、同济大学德文科求学期间参加革命，先后加入太阳社、左联，曾参加编辑团中央机关刊物《列宁青年》和青年反帝大同盟刊物《摩登青年》等，并从事工人运动。1931年2月7日深夜，殷夫和柔石、胡也频、李伟森、冯铿等一起被国民党反动派秘密枪杀于上海龙华国民党淞沪警备司令部的荒场上。

殷夫才华出众，1924年开始写诗，到1931年牺牲前创作了很多不同凡响的作品，如《孩儿塔》、《给母亲》、《血字》、《别了，哥哥》、《一九二九年的五月一日》、《让死的死去吧》、《议决》、《我们是青年的布尔塞维克》等。

以1929年离开同济大学为界线，殷夫的创作大致分为前后两个时期。1929年是殷夫生命历程中一个光辉的里程碑，这一年是他最后叛逆原来所隶属阶级的起点，也是他从事职业革命活动、投身无产阶级革命实际斗争的起点。从此，他迅速地成长为无产阶级的优秀战士和战斗歌手，写下被人们誉为"红色鼓动诗"的光辉的战斗诗章。

殷夫早期的抒情诗意境优美，构思新颖，感情明丽而细腻，语言富于和谐的韵律美。这一时期他作品中题材狭窄和感情纤弱的缺陷在他后期所写的红色鼓动诗里得到彻底扭转。

鲁迅曾经评价殷夫之所以写诗，"并非要和现在一般的诗人争一日之长，是有别一种意义在。这是东方的微光，是林中的响箭，是冬末的萌芽，是进军的第一步，是对于前驱者的爱的大纛，也是对于摧残者的憎的丰碑。一切所谓圆熟简练，静穆幽远之作，都无须来作比方，因为这诗属于别一世界。"[1]。

革命诗人殷夫是诗坛上一朵早殇的花朵，他的作品是无产阶级革命文学的萌芽，是我们建设社会主义新诗歌、新文化的借鉴。

---

[1] 鲁迅：《白莽作〈孩儿塔〉序》，见《鲁迅全集·第六卷》，北京，人民文学出版社，1973。

要点评析

　　《别了，哥哥》一诗是殷夫于"四·一二"大屠杀两周年之际，和在国民党任职的大哥彻底决裂写下的诗作。正如诗人在副题上所说的，这"算作是向一个Class的告别词吧"。一个叛逆旧社会而走向革命的勇士的形象在这首诗里深刻地表现出来。

　　在殷夫三个哥哥中，与他关系最紧密的是他的大哥徐培根。他是在大哥的照料下长大的，此诗就是他写给大哥的。他大哥曾经几次把殷夫由狱中保释出来，而每次保释后都极力阻拦殷夫参加革命活动，并希望殷夫能按他的意志去生活。在这首诗第三节中，诗人斩钉截铁地表示："你诚意的教导使我感激，/你牺牲的培植使我钦佩，/但这不能留住我不向你告别，/我不能不向别方转变。"是的，正因两个人背道而驰，那种"爱"才"不能留住我"。那是两条多么不相容的路呵！正如诗人在第四、第六节中所描述的，一方是走向个人的"安逸，功业和名号"，"治者们荣赏的爵禄"，而另一方却是走向为无产阶级自由和解放而战斗的行列，"不要荣誉"，"不要功建"，"只望向真理的王国进礼"。为此，殷夫下定最后的决心，斩断个人感情的丝链，向隶属于统治阶级的哥哥作最后的"告别"。他要毫不犹疑地"独立地向前途踏进"，虽然"这前途满站着危崖荆棘"，又有"砭人肌筋的冰雹风雪"，"但他决心要踏上前去"！在第六节里，诗人坦率而热切地吐露了自己的心声："但你的弟弟现在饥渴，/饥渴着的是永久的真理"。正是这样，诗人在第七、第八节中写道："因此机械的悲鸣扰了他的美梦，/因此劳苦群众的呼号震动心灵，/因此他尽日尽夜地忧愁，/想做个Prometheus偷给人间以光明"。"真理和忿怒使他强硬，/他再不怕天帝的咆哮，/他要牺牲去他的生命，/更不要那纸糊的高帽"。这些诗句是如此清晰地突出了诗人的形象。在这里，诗人抛开一切统治阶级"荣誉"和"功建"的诱惑，坚决弃离剥削阶级，坚决与劳动人民站在一条战线战斗的精神表现得强烈而又鲜明！

思考探究

1. 《别了，哥哥》是殷夫与一个阶级的告别诗，他与此诗同时发表的散文《写给一个哥哥的回信》则全面叙述了自己成为一个坚定的无产阶级战士的过程，试分析这两篇作品在思想、感情上是如何紧密衔接的？

2. 阅读殷夫的组诗《血字》及其他红色鼓动诗，分析其产生的历史环境和条件。

知识链接

《孩儿塔》

1930年初，成为职业革命者一年多以后，殷夫把自己早期的诗，也就是到1929年秋为止的绝大部分诗编成一个诗集，题名《孩儿塔》。诗集原稿收入殷夫1924年到1929年创作的诗共65首。他牺牲5年之后，鲁迅为诗集写了序文，即《且介亭杂文末编》里的《白莽作〈孩儿塔〉序》。《孩儿塔》这部诗集反映了革命者殷夫的成长，特别是反映了他的突出的特点——认真、刻苦地改造世界观，并体现了他埋葬过去，改造自己，追求未来的决心。

红色鼓动诗

红色鼓动诗是殷夫从1929年春至1931年1月被捕时创作的诗，这些诗集中描写了国际帝国主义和国民党反动派统治下的大都市上海尖锐复杂的阶级矛盾，以及党领导下的群众斗争，如组诗《血字》、《我们的诗》以及《五一歌》、《写给一个新时代的姑娘》、《前进吧，中国！》、《奴才的悲泪》、《巴尔底山的检阅》、《May Day 的柏林》、《我们》等诗。

这些红色鼓动诗是殷夫在革命斗争第一线和工人群众融为一体，共呼吸、同命运的产物，是无产阶级革命进军中的战鼓、号角。这些诗突破了五四时期抒情诗的格式，是音响铿锵、意境宏伟、旋律高昂的无产阶级激情的战歌。殷夫的诗歌创作由此达到高峰，并开拓了红色鼓动诗的新天地。

议 决①

殷 夫

在幽暗的油灯光中，
我们是无穷的多——合着影。
我们共同地呼吸着臭气，
我们共同地享有一颗大的心。

决议后，我们都笑了，
像这许多疲惫的马，
虽然，又静默了，
会议继续到半夜……

明日呢，这是另一日了，
我们将要叫了！
我们将要跳了！
但今晚睡得早些也很重要。

1929年11月

要点评析

　　《议决》是诗人描写工人斗争题材的作品，写的是深夜里一次工人集会的情景。《议决》的题材本缺乏诗意的场景，但在诗人的笔下却很清新，很生动，朴实简洁的语言后面蕴藏着丰富的内容与无穷的力量。

　　在第一节中，第一、第三行是实写，那昏暗的、憧憧的黑影，浓浓的汗味，使人有亲临其境之感，仿佛自己也是与会者中的一个。"我们"代表着千千万万的革命者，"无穷的多——合着影"则是表现与会者聚集在一起，团结在一起，"合着影"并非实写合影，而是表现与会者"心"和"心"交织在

---

① 朱自清编：《中国新文学大系·诗集》，上海，上海良友图书公司，1935。

一起。作者将实和虚很巧妙而又自然地结合起来。第四行主要是虚写，从而深化了诗意，升华了主题，这种基于共同革命信念和斗争目标而紧密团结在一起的鲜明而又动人的革命者形象跃然纸上。

第二节写与会者的情绪与态度。诗人写会议并没有拘泥于表面和过程，而是通过议决后"我们"的表情——"笑"和夜以继日坚持工作的动作传达出与会者对"议决"满意的态度。

第三节写散会后的"今晚"和"明日"。一个"叫"字，一个"跳"字，以白描的手法写出了革命者工作后欢呼雀跃的状态，快到"另一日了"，但他们仍互相叮嘱早一些休息，表现出了他们乐观而又积极地迎接新的挑战。

《议决》中诗人选择行动之前的集会，采用侧面描写，引而不发，以静写动的手法，把革命者同仇敌忾，团结一致，积极乐观的形象表现得淋漓尽致。

《议决》一诗表现了革命者高昂的革命情绪和战斗雄心，以及在艰难的年代里依然坚持革命乐观主义与革命英雄主义的气概，同时也表现了革命者对战斗的渴望以及同志间的友爱。诗中流露出的诚挚的情感让我们感受到了诗人的激励与召唤，从而引起共鸣。

思考探究

1. 阅读殷夫的红色鼓动诗，谈一谈他的红色鼓动诗能够取得比较突出成就的最重要的因素以及这些红色鼓动诗给予我们的启示。

2. 仔细阅读殷夫的诗歌，谈一谈他诗歌创作的艺术特色。

血　字①

殷　夫

血液写成的大字，
斜斜地躺在南京路，
这个难忘的日子——
润饰着一年一度……

血液写成的大字，
刻划着千万声的高呼，
这个难忘的日子——
几万个心灵暴怒……

血液写成的大字，
记录着冲突的经过，
这个难忘的日子——
狞笑着几多叛徒……

"五卅"哟！
立起来，在南京路走！
把你血的光芒射到天的尽头，
把你刚强的姿态投映到黄浦江口，
把你的洪钟般的预言震动宇宙！

今日他们的天堂，
他日他们的地狱，
今日我们的血液写成字，
异日他们的泪水可入浴。

---

① 总题《血字》，系当时《拓荒者》编辑阿英所加。

我是一个叛乱的开始，
我也是历史的长子，
我是海燕，
我是时代的尖刺。

"五"要成为报复的枷子，
"卅"要成为囚禁仇敌的铁栅，
"五"要分成镰刀和铁锤，
"卅"要成为断铐和炮弹！……

四年的血液润饰够了，
两个血字不该再放光辉，
千万的心音够坚决了，
这个日子应该即刻消毁！

老 马①

臧克家

总得叫大车装个够，
它横竖不说一句话，
背上的压力往肉里扣，
它把头沉重的垂下！

这刻不知道下刻的命，
它有泪只往心里咽②，
眼里飘来一道鞭影，
它抬起头望望前面。

1932年4月

作家小传

臧克家（1905—2004），山东诸城人，曾用名臧瑗望，笔名孙荃、何嘉，是诗人闻一多先生的高徒，被誉为"农民诗人"。1933年出版诗集《烙印》。

臧克家的诗歌创作可分为五个时期：

第一个时期是早期抒情诗，即《烙印》、《罪恶的黑手》及《运河》的创作时期，诗歌严谨、质朴、含蓄凝练，在20世纪30年代前期的诗坛颇引人注目，并产生了深远影响，臧克家在新诗坛的地位在这一时期基本确立。朱自清在评论现代汉语诗歌发展初期时指出，"初期诗人大约对于劳苦的人真实生活知道的太少，只凭着信仰的理论或主义发挥，所以不免实概念的，空架子，没力量"，而到了臧克家，中国"才有了有血有肉的以农村题材的诗"。③

第二个时期是抗战爆发后。这一时期臧克家写下了《从军行》、《泥淖

①朱自清编：《中国新文学大系·诗集》，上海，上海良友图书公司，1935。
② 咽（yàn）：意思是使嘴里的食物或别的东西通过咽头到食道里去。
③ 朱自清：《新诗的进步》，载《文学》8卷第1号，1936年1月1日。

集》、《淮上吟》、《呜咽的云烟》、《向祖国》、《古树的花朵》、《国旗飘在鸦雀尖》。这些诗大多是战时的急就章，由于战时紧张，大多未从容构思，艺术上也欠推敲，但诗中乐观的情绪和高亢的基调亦不乏感人的力量。

第三个时期是离开战火地带创作的时期。作品有田园诗《泥土的歌》等。这一时期臧克家所写的诗歌多形象生动，节奏自然，饱含深情，是他艺术风格的成熟期。臧克家将《泥土的歌》与《烙印》看做自己的"一双宠爱"，是"注入灵魂的诗"。

第四个时期是抗战末期和新中国成立战争时创作的政治讽刺诗，大都收在诗集《宝贝儿》、《生命的零度》和《冬天》里，抨击社会中的黑暗与丑恶，愤激而冷峭。

第五个时期指新中国成立后创作的多元倾向期，作品有《一颗新星》、《李大钊》、《忆向阳》等十几部诗集。但这一时期诗人的创作总体不如之前，不过也不乏一些优秀诗作，如至今广为传诵的《有的人》等。

臧克家可谓贡献卓著的诗人。综观臧克家的诗歌创作，或侧重刻绘写实，或侧重言志抒情，都是立足现实，直面人生，苦心探求，不断进取的，他的诗歌是勤劳、耐苦、刚毅、坚忍的精神写照。作为现代汉语诗歌现实主义领域的有益尝试，臧克家取得了相当丰厚的成果，他的诸多优秀诗篇成为陈列在现代汉语诗歌走廊里的一道亮丽风景。

要点评析

《老马》是诗集《烙印》中的一首诗，是臧克家早期抒情诗的佳作之一。诗歌以其朴实、凝重、含蕴深广的现实主义诗风而成为中国现代汉语诗歌发展史上一颗闪耀的明珠。

这首诗朴素、凝练地描绘了一匹负重拉车的老马的形象。全诗八行，分上、下两片。上片写一匹风烛残年的老马受难于拉车劳役的场景。主人是贪婪而冷酷的，车上的货物加了再加，表现出其永远不满足的贪心。然而老马面对这一切，"横竖不说一句话"，它只是"把头沉重的垂下"，忍辱负重。下片描写老马拉着超负荷的货物奋力前行。也许前面还有坎坷激流、泥泞陡坡，而此刻只有迈好脚下的每一步，有泪也"只往心里咽"，是辛酸，是委屈，还是无言的抗争？即便更添了主人的皮鞭，也只是抬起头望望前面。是充满希望的憧憬，还是失落的迷惘，作者均未明指，所留空白无疑给了读者以想象的空间。整首诗体现了鲜明的现实主义特色。闻一多先生说："克家的诗，没有一首不具有一种极顶真的生活的意义。没有克家的经验，便不知道生活的严重。"①这无疑指出了臧克家诗歌的价值之所在。

诗人所写的这一匹普通的老马极具艺术典型性。歌德认为诗应当"从这特殊中表现出一般②。"《老马》无疑是对这一艺术手法的生动阐释。诗人对老马的描绘映现出悲苦众生相，因此极易引起共鸣。

《老马》全诗既体现了格律新诗"三美论"相对严谨的特点，又有不拘形式的活泼、自由风格。全诗八行两节，大体整齐，有着节的匀称，每行字数大体一致，符合诗歌"建筑美"的理论，然而每句字数的不尽相同凸现了整饬中的变动。韵律上，隔行押韵，韵式为ABAB、CDCD，韵脚都在行末。交叉韵脚，回环错落，读起来音韵铿锵，颇有音乐之美。同时，一致的去声音调压抑沉郁，与诗歌沉重的题材、悲怆的基调相得益彰，造就了诗歌严谨凝练的外在风貌，表现了诗歌的形式美，又深化了诗歌的意境美。

思考探究

1．"要点评析"部分介绍了《老马》一诗的艺术典型性，请谈谈你读完全诗后有哪些更为深刻的理解。

2．《春鸟》是臧克家诗集《泥土的歌》中的佳作，也是中国现代汉语诗歌中的珍品，仔细阅读后谈谈你对该诗的理解。

---

① 闻一多：《烙印·序》，见《臧克家研究资料》，435页，兰州，甘肃人民出版社，1990。
② 艾克曼辑录：《歌德谈话录》，90页，北京，人民文学出版社，1978。

有的人

——纪念鲁迅有感

臧克家

有的人活着
他已经死了；
有的人死了
他还活着。

有的人
骑在人民头上："呵，我多伟大！"
有的人
俯下身子给人民当牛马。

有的人
把名字刻入石头想"不朽"；
有的人
情愿作野草，等着地下的火烧。

有的人
他活着别人就不能活；
有的人
他活着为了多数人更好地活。

骑在人民头上的，
人民把他摔垮；
给人民作牛马的，
人民永远记住他！

把名字刻入石头的，

名字比尸首烂得更早；
只要春风吹到的地方，
到处是青青的野草。

他活着别人就不能活的人，
他的下场可以看到；
他活着为了多数人更好地活着的人，
群众把他抬举得很高，很高。

1949年11月1日，北京

无　题①

阿　垅

不要踏着露水——
因为有过人夜哭。……

哦，我底人啊，我记得极清楚，
在白鱼烛光里为你读过《雅歌》。

但是不要这样为我祷告②，不要！
我无罪，我会赤裸着你这身体去见上帝。……

但是不要计算星和星间的空间吧
不要用光年；用万有引力，用相照的光。

要开做一枝白色花——
因为我要这样宣告：我们无罪，然后我们凋谢。

1944年9月9日蜗居

作家小传

　　阿垅（1907—1967），原名陈守梅，又名陈亦门，浙江杭州人。中国著名文艺理论家、诗人。阿垅在整个创作生涯中相继使用了诸如 S·M、师穆、圣门等许多笔名。主要作品有诗集《无弦琴》，报告文学集《第一击》，诗论《人和诗》、《诗与现实》等。

　　阿垅的诗突破了传统现实主义的框架，强调发扬主观战斗精神，主张主观拥抱客观，因此善于营造新奇的情境，蕴涵深刻复杂的象征，大都跃动着愤

---

① 岳洪治编撰：《现代十八家诗》，北京，中国文联出版公司，1991。
② 祷告：向神祈求保佑。

慑、悲壮的美，显示出沉郁滞重的风格和悲慨的情调。我们从中不难发现一个自始至终不断拼搏，孤独而坚忍地抗争的诗人形象。可以说，诗句行行体现着诗人的精神和人格。

阿垅作为20世纪40年代著名的七月派诗人，其诗歌代表了当时七月派诗歌创作的最高成就。同时，阿垅在散文、报告文学和小说创作以及诗歌理论的著述等方面也做出了巨大贡献。

要点评析

阿垅的《无题》写于1944年。该诗意蕴深刻而含蓄，可以被理解为是一首咏叹爱情纯洁真挚的诗，但同时也极具象征意味地展示了诗人在现实中深入生命、触及灵魂后的精神自白。全诗虽然深沉而哀婉，却没有一般爱情诗的缠绵、哀叹，反而充满了英勇不屈的斗争精神和悲壮的美。

本诗第一节营造了一个庄严肃穆的氛围。在静寂的夜里断断续续的呜咽声以及无尽黑暗中几点若有若无的泪珠化做"露水"的闪光，使读者自觉地屏住呼吸，放慢脚步。

进入第二节，作者描述了一个宗教式的记忆片段——诗人在长夜烛光里为他的爱人吟诵《雅歌》的情境。在《圣经·旧约》中，《雅歌》是由六首诗歌组成的套曲，细腻描绘了所罗门与诗中那位乡村姑娘的爱情故事，体现了对纯真之爱的颂赞。阿垅引用"雅歌"一词其实已经宣告：《雅歌》里所宣扬的爱的力量与意义早已净化了诗人的身心和他与爱人间那份真挚的情感，使其趋于一种圣洁的纯粹。

有了第二节的铺陈，第三、第四节包含着痛楚吁求的两个"但是"，强烈地显示出诗人的诗情郁积于胸而又不可抑制。在"上帝"以及"星空"面前，诗人不需要"祷告"，更不需要"计算"，因为有了内心神圣而执著的精神纯粹，诗人以及他所珍视的爱情可以跨越一切被定性的存在。

全诗进入最后一节，诗人和他的爱情最终凝结成"一枝白色花"，在坚忍不屈的气氛中，以一种艰难但不失倔强，努力勃发的姿态伸展开来。同时诗人再次自白式地宣告"无罪"，这与"一枝白色花"的意向相辅相成，也将其内心坚强完满的人格意识和自省意识充分彰显出来。"一枝白色花"是没有罪的，而反差式地宣告"无罪"后的凋谢，以及对应首节的"夜哭"，全诗到这里似归于沉寂而又有隐隐悱恻的起伏，如此煞尾告白，不由令人低回幽思，余韵长存。

思考探究

《无题》并不单纯是一首爱情诗，它的意蕴丰富而深刻，并被牛汉、绿原主编的《白色花》所引用。请查阅相关资料，了解更多阿垅的经历，自选角度谈谈你对这首诗以及"白色花"这一意象的不同理解。

知识链接

《白色花》

《白色花》是1981年由牛汉、绿原主编的集结了七月派二十位诗人的诗歌合集。这本诗歌合集正是借取了阿垅《无题》中"一枝白色花"的意象取名为《白色花》，并将"要开做一枝白色花——／因为我要这样宣告，我们无罪，然后我们凋谢"引用于卷首。于是阿垅诗中"白色花"这样一个极具象征意味的形象成了七月派诗人们的生命与精神历程的缩影。

去 国[①]

阿 垅

我无罪；所以我有罪了么？——
而花有彩色和芳香的罪
长江有波浪和雷雨的罪么，
而基督有博爱的罪
欧几米得有几何头脑的罪么？

夺去我底花冠吧，夺去吧，夺去我底战剑吧，夺去吧
让我底头顽强地裸露，而让白蔷薇在你底加冕典礼上
为你蔫萎[②]吧
让我底两臂默然下垂，而让剑光在你底一握之中
为你增加沉重吧

夺去吧，连我底落在妻底墓前的泪珠，那和清晨草间
的露珠一样无罪的泪珠
连我底抚摩孑然的孩子底头皮的双手，和那阳光一样
抚摩着他底头皮的无罪的双手
夺去吧，连我底诗，我底不可夺去的诗
夺去吧，连我底一文不名的自由，连我底做做恶梦的自由。

我难道不是在我底祖国？然而这难道是为我所属的国？
这难道不是在我之前所展开的风景，这山，这江，这人烟
和鸟影？然而这难道是为我所有的国？
我到什么地方去？
我从什么地方来？——

---

① 岳洪治编撰：《现代十八家诗》，北京，中国文联出版公司，1991。
② 蔫萎：某些植物在水分亏缺严重时，细胞失去膨压，茎叶下垂的现象。

我不是生命的悭吝人
花开得，江流得，那应该是多么慷慨！
我不是珍藏着这一点点的赌本而奇想着我底豪奢的赌彩
我只是，并没有义务向赌窟主底宪法纳税以及服役。

花在开
雷雨在酝酿
孩子在梦醒时唤着爸爸回来
小草在妻底墓上用露珠幽然哭泣
炮兵连在闹市上轰然通过
既然没有糖果，当然没有犹豫
我无罪；但是我却把有罪当作我底寒伦的行囊了
我是在劫夺了我的祖国敞胸而岸然旅行。

1947年5月2日，雾边城

要点评析

　　阿垅是一位与生俱来有着抗争精神的诗人，始终以绝不妥协的姿态出现。1947年，他因叛徒告密而遭受通缉，在被迫离开重庆开始流亡时，他写下了这首政治抒情诗，表达了他内心的坦然与精神的不屈，对敌人、对身处险境的愤懑和藐视，以及誓言战斗到底的气概。全诗诗情崇高悲壮，豪迈有力，时刻透露着诗人对祖国深深的恋慕和关切，感人至深并给人以力量。

　　诗人开篇便无畏地大声宣称"我无罪；所以我有罪了么？——／而花有彩色和芳香的罪／长江有波浪和雷雨的罪么"，并在第四节继续这种压迫式的反问和责难，诗句自然流畅，激昂有力，坦荡不屈与愤懑之情跃然纸面。

　　全诗进入第二、第三两节，诗人不断运用排比句式，层层递进，道出敌人所"夺去"的"白蔷薇"会"枯萎"、"剑光"会变得"沉重"，这一切战利品最终还是会刺伤敌人自己。而"我"即使一无所有，没有了"泪珠"、"双手"、"自由"，反而更加坚忍不屈，拥有内心的强大和对敌人暂时得势的藐视。

诗的最后两节与前半部分相呼应，营造了崇高悲壮之中兼有细腻深情的意境，诗人也含蓄但坚定地表达了自己将坚持战斗到底的信念。

本诗极具荡气回肠的力量，可以说是一首体现七月派诗歌追求并极具阿垅个人风格的典范之作。

思考探究

对比阅读阿垅的《哨》一诗，谈谈你对《去国》与《哨》这两首诗在思想及艺术特色等方面异同之处的理解。

诗八章（一）①

穆 旦

你底眼睛看见这一场火灾，
你看不见我，虽然我为你点燃；
唉，那燃烧着的不过是成熟的年代。
你底，我底。我们相隔如重山！

从这自然底蜕变底程序里，
我却爱了一个暂时的你。
即使我哭泣，变灰，变灰又新生，
姑娘，那只是上帝玩弄他自己。

作家小传

　　穆旦（1918—1977），原名查良铮，出生于天津，祖籍浙江海宁。著名爱国主义诗人、翻译家。他的诗歌创作主要集中于两个时期：20世纪40年代与20世纪70年代。20世纪40年代，穆旦出版了《探险者》、《穆旦诗集（1939～1945）》、《旗》三部诗集，将西欧现代主义和中国诗歌传统结合起来，诗风富于象征寓意和心灵思辨，是中国现代主义诗歌的巅峰之作。穆旦于20世纪70年代秘密写作的30多首诗歌大多在其死后出版，这些诗渗透着诗人在特殊环境下对生命、死亡等的敏锐体会。

　　穆旦是中国现代主义诗歌的代表性诗人，他的创作实践了其提倡的"机智和感情溶合在一起"的"新的抒情"②。他的诗歌一方面深化了中国文学的精神传统，与中华民族有着不可分割的精神联系，能够深刻传达民族的命运和情绪。如1937年所作的《野兽》中"在黑暗中，随着一声凄厉的号叫，／它是以如星的锐利的眼睛，／射出那可怕的复仇的光芒"，用"野兽"象征面对日本侵略者时华夏儿女的不屈和抗争。《赞美》、《在寒冷的腊月的夜里》等都

---

① 穆旦：《穆旦诗文集》（第一卷），北京，人民文学出版社，2006。
② 穆旦：《〈慰劳信集〉——从〈鱼目集〉说起》，见《穆旦诗文集（第二卷）》，北京，人民文学出版社，2006。

是诗人在民族抗争中创作出来的辉煌诗篇。另一方面，穆旦又是传统文学感觉与传达方式最猛烈、最深刻的叛逆者，他在语言上不袭用古典诗歌的意象和文言辞句，而是致力于从现代口语中提炼诗句，并融进西方语言的理性和逻辑成分，使它更适合于表现复杂的现代诗情的需要。穆旦大胆开拓了诗歌表现的主题，现代人特别是现代中国知识分子内心的冲突、自我的分裂与破碎、自我与异己力量的搏击等主题在穆旦的诗歌中得到了最为突出的展示，正如王佐良所言，穆旦"最善于表达中国知识分子的受折磨又折磨人的心情"[1]。《诗八章》、《控诉》、《出发》等是其中的优秀诗篇。

　　穆旦的诗歌在哲理的开掘与思考，情感的表达与升华，组织与联想的丰富，想象与幻想的新奇，语言的选择和组织等方面都超越了中国古典诗歌和他之前的白话新诗，穆旦由此成为中国诗歌现代化进程中一个里程碑式的诗人。

要点评析

　　《诗八章》被公认为最难理解的中国现代爱情诗，它抒写了爱情从"火"一般"燃烧"的爆发，到"在合一的老根里化为平静"的过程。

　　这是《诗八章》中的第一首诗，写初恋阶段，"我"热烈的爱与"你"冷漠的感情之间的反差和矛盾。第一节中"我"表白深深地爱上了"你"，因为"我为你点燃"。"你"明白"我"热烈的爱，但出于少女的羞涩和理智，"你"将这份爱情视为可怕的"火灾"。"火灾"意象表达的是女性在情感渴望中怀有的恐惧与婉约。"我"认为"那燃烧的不过是成熟的年代"，表明在"我"看来，其实它不过是步入青春的"你""我"情感成熟的自然结果，但由于"你"的理性、恐惧、羞怯，由于"你"视之如"火灾"，这种态度导致了相互间的隔膜，使得"我"只能感叹"我们相隔如重山"。

　　第二节中一开始指出相爱虽然是"自然底蜕变底程序"，但"我"的爱没有得到"你"的回应，"我却爱了一个暂时的你"。接下来写"爱"的痛苦，虽然"我"付出各种努力，"即使我哭泣，变灰，变灰又新生"，但还是不能换来"你"的理解和接受，至此抒情主人公爱而不得的情绪达到了顶点。不

---

[1] 王佐良：《一个中国诗人》，见《穆旦诗集（1939~1945）·附录》，北京，人民文学出版社，2000。

过"我"并没有继续沉湎于这种痛苦中，在最后一行，"我"从绝望中超脱出来，直接以理性的态度对待爱情，断言"姑娘，那只是上帝玩弄他自己"。这里是说，上帝制造了一种感情，使人相爱，但同时又制造了一种理性，使爱与被爱者受理智的控制，不可能达到如愿以偿的境界。诗人认为由上帝制造的给予与拒绝的爱情，实际是他玩弄人类和自己的游戏。

思考探究

前面介绍了穆旦诗歌的特点，请对比阅读穆旦的诗歌《在寒冷的腊月的夜里》和艾青的诗歌《雪落在中国的土地上》，并谈谈二者的异同。

知识链接

新的抒情

"新的抒情"是穆旦在两篇评论《他死在第二次》（香港《大公报·文艺综合》1940年3月3日）和《〈慰劳信集〉——从〈鱼目集〉说起》（香港《大公报·文艺综合》1940年4月28日）中提出的诗学宣言。它是"有理性地鼓舞着人们去争取那个光明的一种东西"[1]，情绪的克制、意象的繁复和语言的肉感是其诗歌创作上的要求。"新的抒情"使得穆旦的诗歌"具有了一种承载全然非传统而又隐含传统精神的新的生命和新的姿态"[2]。

[1] 穆旦：《〈慰劳信集〉——从〈鱼目集〉说起》，见《穆旦诗文集（第二卷）》，北京，人民文学出版社，2006。
[2] 孙玉石：《走近一个永远走不尽的世界——关于穆旦诗现代性的一些思考》，载《天津师范大学学报》，55页，2006（3）。

诗八章（二）①
穆 旦

水流山石间沉淀下你我，
而我们成长，在死底子宫里。
在无数的可能里一个变形的生命
永远不能完成他自己。

我和你谈话，相信你，爱你，
这时候就听见我底主暗笑，
不断地他添来另外的你我
使我们丰富而且危险。

要点评析

　　《诗八章》第二首写的仍然是"初恋"，但诗人对爱情有了进一步的思考。"水流山石间沉淀下你我"。这里出现了一个"水流山石"的意象。《论语》有言："子在川上曰：逝者如斯夫，不舍昼夜。"从这个诗意盎然的感叹产生之后，中国文人一直用"流水"暗喻时间的流逝。"水流山石"在这里实际也是这个意思。"沉淀下你我"，是指随着时间的流逝，我们在逐渐地成熟。"而我们成长，在死底子宫里"中，"死底子宫"象征爱是一个永恒不变的世界，宁静、封闭而温暖的世界，孕育着新的生命渴望的世界。这句是说我们相互爱慕的感情没有随时间流去，依然执著地存在着。"在无数的可能里一个变形的生命/永远不能完成他自己"中的"他自己"，就是完成爱，既是"在无数的可能里一个变形的生命"，也是指人类的一种对爱的追求。这是说，爱是一个永远追求，并永远不可能完成的过程。

　　诗的第二节讲的是爱在沟通、理解与追求中逐渐成熟起来。"我和你谈话，相信你，爱你，/这时候就听见我底主暗笑"，这是说，在爱的发展中，

① 穆旦：《穆旦诗文集》（第一卷），北京，人民文学出版社，2006。

"你""我"逐渐彼此吸引，相互倾诉，但这种亲密无比的恋人间山盟海誓的私语只能使高高在上的"主"感觉到好笑。"主"因此"不断地他添来另外的你我/使我们丰富而且危险"。"另外的你我"有两层意义，一是可以看做在两人之间加入了另外的人，使得彼此的关系变得复杂，另一层可以理解为随着感情的不断发展，彼此变得不再是热恋时期开始的"你我"。"丰富而且危险"，是非常抽象的句子，但是有时又是很具象的。它喻指两人之间的关系经过初恋后会变得微妙而不可捉摸。而诗人也由这一句直接引入下一首诗，开始对另一个情感阶段的探讨。

思考探究

　　整体阅读穆旦《诗八章》的第一首和第二首诗，仔细揣摩诗句中奇特意象背后与诗人理性分析的"爱情"的内在联系。

诗八章（三）

穆 旦

你底年龄里的小小野兽，
它和春草一样的呼吸，
它带来你底颜色，芳香，丰满，
它要你疯狂在温暖的黑暗里。

我越过你大理石的理智殿堂，
而为它埋藏的生命珍惜；
你我底手底接触是一片草场，
那里有它底固执，我底惊喜。

诗八章（六）

穆 旦

相同和相同溶为怠倦，
在差别间又凝固着陌生；
是一条多么危险的窄路里，
我制造自己在那上面旅行。

他存在，听从我底指使，
他保护，而把我留在孤独里，
他底痛苦是不断的寻求
你底秩序，求得了又必须背离。

诗八章（七）

穆 旦

风暴，远路，寂寞的夜晚，
丢失，记忆，永续的时间，
所有科学不能祛除的恐惧
让我在你底怀里得到安憩——

呵，在你底不能自主的心上，
你底随有随无的美丽的形象，
那里，我看见你孤独的爱情
笔立着，和我底平行着生长！

1942年2月

望星空①

郭小川

一

今夜呀，

我站在北京的街头上，

向星空了望。

明天哟，

一个紧要任务，

又要放在我的双肩上。

我能退缩吗？

只有迈开阔步，

踏万里重洋；

我能叫嚷困难吗？

只有挺直腰身，

承担千斤重量。

心房呵，

不许你这般激荡！……

此刻呵，

最该是我沉着镇定的时光。

而星空，

却是异样地安详。

夜深了，

风息了，

雷雨逃往他乡。

云飞了，

雾散了，

月亮躲在远方。

---

① 郭小川编：《郭小川诗选》，北京，人民文学出版社，2002。

天海平平，
不起浪，
四围静静，
无声响。

但星空是壮丽的，
雄厚而明朗。
穹窿呵，
深又广。
在那神秘的世界里，
好象竖立着层层神秘的殿堂。
大气呵，
浓又香。
在那奇妙的海洋中，
仿佛流荡着奇妙的酒浆。
星星呀，
亮又亮。
在浩大无比的太空里，
点起万古不灭的盏盏灯光。
银河呀，
长又长，
在没有涯际的宇宙中，
架起没有尽头的桥梁。

呵，星空，
只有你，
称得起万寿无疆！
你看过多少次：
冰河解冻，
火山喷浆！
你赏过多少回：

白杨吐绿，

柳絮飞霜！

在那遥远的高处，

在那不可思议的地方，

你观尽人间美景，

饱看世界沧桑。

时间对于你，

跟空间一样——

无穷无尽，

浩浩荡荡。

二

呵，

望星空，

我不免感到惆怅。

说什么：

身宽气盛，

年富力强！

怎比得：

你那根深蒂固，

源远流长！

说什么：

情豪志大，

心高胆壮！

怎比得：

你那阔大胸襟，

无限容量！

我爱人间，

我在人间生长，

但比起你来，

人间还远不辉煌。

走千山，

涉万水，

登不上你的殿堂。

过大海，

越重洋，

饮不到你的酒浆。

千堆火，

万盏灯，

不如一颗小小星光亮。

千条路，

万座桥，

不如银河一节长。

我游历过半个地球，

从东方到西方。

地球的阔大幅员，

引起我的惊奇和赞赏。

可谁能知道：

宇宙里有多少星星，

是地球的姊妹行！

谁曾晓得：

天空中有多少陆地，

能够充作人类的家乡！

远方的星星呵，

你看得见地球吗？

——一片迷茫！

远方的陆地呵，

你感觉到我们的存在吗？

——怎能想象！

生命是珍贵的，

为了赞颂战斗的人生，

我写下成册的诗章；

可是在人生的路途上，

又有多少机缘，

向星空瞭望！

在人生的行程中，

又有多少个夜晚，

见星空如此安详！

在伟大的宇宙的空间，

人生不过是流星般的闪光。

在无限的时间的河流里，

人生仅仅是微小又微小的波浪。

呵，星空，

我不免感到惆怅！

于是我带着惆怅的心情，

走向北京的心脏……

三

忽然之间，

壮丽的星空，

一下子变了模样。

天黑了，

星小了，

高空显得暗淡无光；

云没有来，

风没有刮，

却象有一股阴霾罩天上。

天窄了，

星低了，

星空不再辉煌。

夜没有尽，

月没有升，

太阳也不曾起床。

呵，这突然的变化，

使我感到迷惘，

我不能不带着格外的惊奇，

向四围寻望：

就在我的近边，

在天安门广场，

升起了一座美妙的人民会堂；

就在那会堂的里面，

在宴会厅的杯盏中，

斟满了芬芳的友谊的酒浆；

就在我的两侧，

在长安街上，

挂出了长串的星光；

就在那灯光之下，

在北京的中心，

架起了一座银河般的桥梁。

这是天上人间吗？

不，人间天上！

这是天堂中的大地吗？

不，大地上的天堂。

真实的世界呵，

一点也不虚妄；

你朴质地描述吧，

不需要作半点夸张！

是谁说的呀——

星空比人间还要辉煌？

是什么人呀——
在星空下感到忧伤?
今夜哟,
最该是我沉着镇定的时光!

是的,
我错了,
我曾是如此地神情激荡!
此刻我才明白:
刚才是我望星空,
而不是星空向我瞭望。
我们生活着,
而没有生命的宇宙,
既不生活也不死亡。
我们思索着,
而不会思索的穹窿,
总是露出呆相。
星空哟,
面对着你,
我有资格挺起胸膛。

四

当我怀着自豪的感情,
再向星空瞭望,
我的身子,
充溢着非凡的力量。
因为我知道:
在一切最好的传统之上,
我们的队伍已经组成,
犹如浩荡的万里长江。
而我自己呢,

早就全副武装，
在我们的行列里，
充当了一名小小的兵将。

可是呵，
我和我的同志一样，
决不会在红灯绿酒之前，
神魂飘荡。
我们要在地球与星空之间，
修建一条走廊，
把大地上的楼台殿阁，
移往辽阔的天堂。
我们要在无限的高空，
架起一座桥梁，
把人间的山珍海味，
送往迢遥的上苍。

真的，
我和我的同志一样，
决不只是"自扫门前雪"，
而是定管"他人瓦上霜"。
我们要把长安街上的灯火，
延伸到远方；
让万里无云的夜空，
出现千千万万个太阳。
我们要把广漠的穹窿，
变成繁华的天安门广场，
让满天星斗，
全成为人类的家乡。

而星空呵，

不要笑我荒唐!
我是诚实的,
从不痴心妄想。
人生虽是暂短的,
但只有人类的双手,
能够为宇宙穿上盛装;
世界呀,
由于人的生存
而有了无穷的希望。
你呵,
还有什么艰难,
使你力不可当?
请再仔细抬头瞭望吧!
出发于盟邦的新的火箭,
正遨游于辽远的星空之上。

1959年4月初稿
1959年8月二次修改
1959年10月改成

作家小传

郭小川(1919—1976),原名郭恩大,曾用笔名郭苏、伟倜等,河北丰宁县人。中学时代投身救亡运动并开始写诗,后赴延安参加八路军。1941年初,他到延安马列学院从事理论研究。抗战胜利后,郭小川担任丰宁县县长,参加并领导了清匪反霸和土改运动。1948年夏,他转到新闻战线,先后任《群众日报》副总编兼《大众日报》负责人、《天津日报》编委兼编辑部主任。1949年5月,他随军南下,在中南地区从事党的理论和宣传工作,与陈笑雨、张铁夫合作,以"马铁丁"为笔名写了大量的"思想杂谈",在群众中产生过较大的影响。1953年春他调中宣部工作。1955年秋,他从中宣部调任作协党组副书记、书记处书记兼秘书长、《诗刊》编委。转到文艺战线以后，他立即以强烈的革命责任感和火一般的战斗激情，为新中国刚刚开始的社会主义事业高唱颂歌和战歌，创作了《投入火热的斗争》等一批作品。20世纪60年代，我国的社会主义建设遭遇到严重困难，全国人民在党的领导下进行了艰苦卓绝的斗争，郭小川以自己的笔努力反映这个严峻而风发的时代，写有《厦门风姿》、《乡村大道》、《甘蔗林——青纱帐》和《秋歌》等充满英雄主义色彩和乐观主义精神的诗篇，进入了创作的旺盛期。1962年10月，郭小川调任《人民日报》特约记者，足迹遍及全国，以自己敏锐的眼睛观察社会，以深切的感受思索人生，写下了《林区三唱》、《西出阳关》、《昆仑行》和《春歌》等脍炙人口的诗作。文化大革命爆发后，郭小川遭受残酷迫害，先后被下放到湖北咸宁和天津等地劳动，但他始终不屈服，不苟安，创作了《团泊洼的秋天》等诗作，表达了不畏权势、不畏强暴的信念与决心。1976年10月18日，郭小川由河南返京，途中在安阳因火灾不幸遇难。

郭小川的主要作品有《致青年公民》、《望星空》、《深深的山谷》、《白雪的赞歌》、《一个和八个》、《将军三部曲》、《甘蔗林——青纱帐》、《昆仑行》、《团泊洼的秋天》等，还有一些政论、杂文作品。

要点评析

《望星空》是郭小川为国庆10周年而写的诗歌。在表层的情感主题上，《望星空》歌颂了"人民在党的领导下，不畏艰险，在中国建立共产主义社会"的时代主题，与当时流行的颂歌式的政治抒情诗有着相同的情感主题。但随着作品的展开与思考的深入，浩瀚的星空引发了他有关人生、宇宙超越时空的思想情绪。他借神秘深远、永恒无垠的星空审度社会和人生，发现了其中的残缺和不圆满，表现出较为强烈的自我意识和生命意识，最后发现"人间远不辉煌"。

本诗在结构上分为四章，采用先抑后扬，陪衬对比的手法，先说星空如何壮丽辉煌，然后又说人民大会堂如何美妙，灯光温暖明亮的长安街是"大地上的天堂"。在后半部分，作者用了一半的篇幅抒发个人情怀，表达了面对星空的感悟和思索。"千堆火，/万盏灯，/不如一颗小小星光亮。/千条路，/万座桥，/不如银河一节长。"诗人仰望天空，星空浩渺，宇宙无穷，忽然顿悟到人生的短暂，世事多艰，不由得悲从中来，对人类历史与个体生命的某种忧郁和痛苦进行了自我反省。当时，大规模的"大跃进"运动已告结束，虚拟的社会前景顿然化为泡沫，狂热的浪漫主义与生活现实的矛盾充分暴露出来。因此，在这种忧郁和痛苦的自我反省中，既折射出20世纪50年代后期违反客观规律的"大跃进"造成严峻后果的时代背景，表现了作者对历史挫折的严肃思考和感应，同时也寓意了在历史的挫折面前，革命者对自身生命、意义、命运的重新思考。

作者在诗歌的前后抑扬之间触及到了个人、时代与宇宙恒常之间的复杂关系。在这首诗里，诗人认为个人无法外在于时代，但个人与时代环境并不总是和谐的，相反常常有矛盾和冲突：在时代的裹挟之下，个人无法把握自己的命运。这标示着20世纪50年代的郭小川对革命事业前提下生命意义认识上的深入和发展，显示了其思想的深度和某种精神世界的独立性。虽然我们不能据此认为诗人超越了他的时代，并且产生了反省历史的自觉，但这种思考在50年代那个时代环境下依然是难能可贵的。

思考探究

这首诗前后两部分情思存在巨大的落差，反映在意识形态上则表现为迷失的自我与强大的政治话语的辩驳与对抗。试从诗人的经历和当时的时代背景分析这种分裂所产生的深层次原因。

知识链接

政治抒情诗

政治抒情诗是指那些诗人以阶级（或人民）代言者的身份出现，以诗的形式表达对当代重要政治事件、社会思潮的评说和情感反应的作品。它脱胎于20

世纪20年代末的左翼诗歌和抗战时期鼓动性的作品，同时也继承了西方19世纪浪漫主义诗人，尤其是苏联革命诗人的诗歌遗产，在50年代末60年代初成为一种独立的诗体形式。它具有如下主要特点：首先，突出而强烈的政治功能；其次，强调凸现国家、民族和集体主义的感情形态，英雄主义是其核心部分；最后，强烈的情感宣泄和政论式的观念叙说相结合，具有思辨性、政论性和鼓动性的艺术风格，常采用长诗的形式，在结构上主要有苏俄式的阶梯体和中国式的铺排体等两种形式，讲求节奏分明，声韵铿锵，通常采用大量的排比句式对所要表现的观念和情绪进行渲染和铺陈，体现为一种洪亮和阔大的"放歌性"。代表诗人有贺敬之、郭小川等。

甘蔗林——青纱帐①

郭小川

南方的甘蔗林哪，南方的甘蔗林！
你为什么这样香甜，又为什么那样严峻？
北方的青纱帐啊，北方的青纱帐！
你为什么那样遥远，又为什么这样亲近？

我们的青纱帐哟，跟甘蔗林一样地布满浓阴，
那随风摆动的长叶啊，也一样地鸣奏嘹亮的琴音；
我们的青纱帐哟，跟甘蔗林一样地脉脉情深，
那载着阳光的露珠啊，也一样地照亮大地的清晨。

肃杀的秋天毕竟过去了，繁华的夏日已经来临，
这香甜的甘蔗林哟，哪还有青纱帐里的艰辛！
时光象泉水一般涌啊，生活象海浪一般推进，
那遥远的青纱帐哟，哪曾有甘蔗林的芳芬！

我年青时代的战友啊，青纱帐里的亲人！
让我们到甘蔗林集合吧，重新会会昔日的风云；
我战争中的伙伴啊，一起在北方长大的弟兄们！
让我们到青纱帐去吧，喝令时间退回我们的青春。

可记得？我们曾经有过一个伟大的发现：
住在青纱帐里，高粱秸比甘蔗还要香甜；
可记得？我们曾经有过一个大胆的判断：
无论上海或北京，都不如这高粱地更叫人留恋。

可记得？我们曾经有过一种有趣的梦幻：

---

① 李丽中编：《郭小川代表作》，郑州，黄河文艺出版社，1986。该诗原发表于《人民文学》1962年第7期。

革命胜利以后，我们一道捋着白须、游遍江南；
可记得？我们曾经有过一点渺小的心愿：
到了社会主义时代，狠狠心每天抽它三支香烟。

可记得？我们曾经有过一个坚定的信念：
即使死了化为粪土，也能叫高粱长得秆粗粒圆；
可记得？我们曾经有过一次细致的计算：
只要青纱帐不倒，共产主义肯定要在下一代实现。

可记得？在分别时，我们定过这样的方案：
将来，哪里有严重的困难，我们就在哪里见面；
可记得？在胜利时，我们发过这样的誓言：
往后，生活不管甜苦，永远也不忘记昨天和明天。

我年青时代的战友啊，青纱帐里的亲人！
我们有的当了厂长、学者，有的作了编辑、将军，
能来甘蔗林里聚会吗？——不能又有什么要紧！
我知道，你们有能力驾驭任何险恶的风云。

我战争中的伙伴啊，一起在北方长大的弟兄们！
你们有的当了工人、教授，有的作了书记、农民，
能再回到青纱帐去吗？——生活已经全新，
我知道，你们有勇气唤回自己的战斗的青春。

南方的甘蔗林哪，南方的甘蔗林！
你为什么这样香甜，又为什么那样严峻？
北方的青纱帐啊，北方的青纱帐！
你为什么那样遥远，又为什么这样亲近？

1962年3月～6月，厦门—北京。

要点评析

　　1962年春天，长期在北方战斗的诗人郭小川来到东南沿海。也许是外观上的相似，诗人由南方的甘蔗林联想到北方的青纱帐。这本是南北两种普通的植物，但诗人赋予它们以象征意义，因而产生了美妙的诗情：青纱帐"遥远"而又"亲近"，是革命战争年代和老一辈革命者艰苦奋斗精神的象征；甘蔗林"香甜"而又"严峻"，是和平年代老一辈和新一代共同从事甜美事业的象征。诗歌紧紧把握这两个"象征体"的鲜明特点，把历史与现实、战争与建设、现在与将来巧妙地交织在一起，表达了作者对当时因天灾人祸所造成的经济困境的思考，以诗歌的形式抒发了自己对时代的感受。

　　本诗以设问开篇，赋予甘蔗林、青纱帐浓厚的感情色彩，展开联想和遐思。紧接着的三节比较了它们的相同点和不同点，将诗情推进一步，深化一步，为后面回忆昔日的革命斗争生活做好铺垫。下面用八个"可记得"的排比句铺叙，把读者带到青纱帐里的革命斗争生活，赞扬了老一辈革命战士不畏艰难困苦、乐观向上的革命精神。第九节和第十节把历史与现实联系起来，托物咏志，点明主题，号召战友们"唤回自己的战斗的青春"，"驾驭任何险恶的风云"，强调要继续发挥革命精神以战胜当前的困难。最后一节重复第一节，但给读者带来的却是和第一节不一样的感受。第一节主要是为了引起遐思和联想，最后一节是为了加强读者对诗情的体会，同时使抒情更含蓄有味，使结构更加严谨、统一。

　　这首诗探索了一种被称为"新辞赋体"的形式。作者借鉴楚辞汉赋的手法，结合现代汉语规律，创造了这种新诗体。它以长句为基本句式，短句长排，诗行大体整齐，与铺饰、夸张、重叠、排比、对偶等表现手法大量使用，有效地增强了诗的情感浓度与语言力度，造成一种宏阔与澎湃的气势，适于表现政治性较强的内容。这首诗重视行与行、节与节之间的大致对称，每节四行，长短相近，句式和谐。在抒情方式上，铺张渲染，反复咏叹，取得了雄浑、热烈、色彩浓郁的艺术效果。

思考探究

　　郭小川对中国现代格律诗的杰出贡献不在理论上，而更多地表现在创作实践上。他的创作为我们提供了哪些可资借鉴的东西呢？请查阅相关资料后再来回答。

致橡树①

舒 婷

我如果爱你——
绝不像攀援的凌霄花，
借你的高枝炫耀自己；
我如果爱你——
绝不学痴情的鸟儿，
为绿荫重复单调的歌曲；
也不止像泉源，
常年送来清凉的慰藉；
也不止像险峰，
增加你的高度，衬托你的威仪。
甚至日光。
甚至春雨。
不，这些都还不够！
我必须是你近旁的一株木棉，
作为树的形象和你站在一起。
根，紧握在地下，
叶，相触在云里。
每一阵风过，
我们都互相致意，
但没有人
听懂我们的言语。
你有你的铜枝铁干，
像刀，像剑，

---

① 舒婷：《舒婷的诗》，北京，人民文学出版社，2000。

也像戟①。
我有我的红硕花朵，
像沉重的叹息，
又像英勇的火炬。
我们分担寒潮、风雷、霹雳；
我们共享雾霭、流岚、虹霓，
仿佛永远分离，
却又终身相依。
这才是伟大的爱情，
坚贞就在这里：
爱——
不仅爱你伟岸的身躯，
也爱你坚持的位置，足下的土地。

1977年3月27日

作家小传

舒婷

　　舒婷（1952—　　），原名龚佩瑜，出生于福建石码镇，祖籍福建泉州。当代诗人，朦胧诗派的代表诗人之一。1969年下乡插队开始写作，其时她的诗已在知青中流传。1972年返城当工人，做过多种临时工。1977年发表第一首诗《致橡树》，获得好评。1981年后在《诗刊》、《人民文学》上大量发表诗作。《祖国啊，我亲爱的祖国》一诗获得中国作协"1979～1980年全国中青年优秀诗作奖"，诗集《双桅船》获得中国作家协会第一届全国优秀新诗二等奖。已出版的诗集还有《会唱歌的鸢尾花》、《舒婷的诗》等。

① 戟：古代兵器，在长柄的一端装有青铜或铁制成的枪尖，旁边附有月牙形锋刃。

舒婷的诗歌或借助内心映照外部世界的音影，或捕捉生活现象所激起的情感反应。其作品的基本主题是对人的尊严与自由的歌颂以及对爱情与理想的赞美，有意识地突出人道主义与个性主义的精神，以及表达对祖国和人民的深沉挚爱。她的诗风细腻而沉静，哀婉而坚强，在意象的运用上趋于明朗、贴近自然而很少刻意为之的痕迹。她的诗歌多用第一人称写成，信念、理想、社会的正义性都通过"我"这一抒情形象表现出来，诗行中充满了对人的自我价值的思考。相较于北岛、顾城的诗歌，舒婷偏重于爱情题材的写作，在对真诚爱情的呼唤中融入理想，以强烈的女性意识抒发带有女性特征的情感世界，对女性的自我价值与尊严加以肯定和确认。

要点评析

《致橡树》以否定的爱情观与所追求的爱情理想的抒写构成二元对立的艺术结构，表达了对真挚情感和崇高爱情的追求。诗歌先否定"凌霄花"充满功利性的爱，"鸟儿"缺乏独立个性的爱，"泉源"只讲奉献而缺乏交流的爱，"险峰"只为衬托他人而忽略自我的爱，"甚至日光"，"甚至春雨"。诗人从内心深处疾呼："不，这些都还不够！"诗人以生动的意象表达其独特的爱情观："我必须是你近旁的一株木棉，/作为树的形象和你站在一起。"木棉与橡树比肩而立，用各自独立的姿态深情相对，这不仅否定了老旧的青藤缠树、夫荣妻贵式的以人身依附为根基的两性关系，同时也超越了牺牲自我、只注重相互给予的互爱原则，完美地体现了富于人文精神的现代爱情品格。在爱情中，双方都不以消弭自我的个性而迎合对方，而是依然保持自己鲜明的特性。在生命的旅程中，他们既保持独立，又终身相依，在风雨中同甘共苦，这才是诗人心目中渴望的爱情。《致橡树》对情爱关系中个性与自我的维护，是在反叛传统伦理和道德理性的同时确认自己新的理想与追求。在文化大革命刚过去的时候，这种看来很抒情的个性表达其实也是正在萌发中的现代反抗意识的显现。

舒婷在《致橡树》中运用了新颖丰富的抒情意象。象征男性的"橡树"充满着阳刚之气，铜枝铁干凸现出男性的英武姿态。象征女性的"木棉"洋溢着阴柔之风，红硕花朵展示出女性的柔美意味。通过这两个主体意象的描写，独到又贴切地宣告了诗人的爱情观。诗作中，诗人还择取了"凌霄花"、"鸟儿"、"泉源"、"险峰"、"日光"、"春雨"等意象，不落窠臼地独辟蹊径，渐出新意，从而反衬出橡树、木棉主体意象的崇高壮美，抒写心心相印、同甘共苦的爱情的伟大坚贞。诗歌中所择取的意象群体都是与橡树相关的，在动静结合、有声有色、远近交错的背景中衬托主体意象，使整首诗洋溢着诗人赋予大自然的清丽深邃意境。

思考探究

1. "爱——/不仅爱你伟岸的身躯，/也爱你坚持的位置，足下的土地。"请理解诗中"土地"这一意象的内涵。

2. 联系《致橡树》，谈谈你对爱情的理解。

知识链接

朦胧诗

作为一个独特的诗学概念，朦胧诗指称的是以舒婷、顾城、江河、杨炼、芒克、食指、多多、梁小斌等为代表的一批文化大革命中成长起来的青年诗人具有探索性的新诗潮。朦胧诗孕育于文化大革命时期的"地下文学"。食指、芒克、多多等在文化大革命中已经开始新的探索，他们的诗以手抄形式流传。1979年《诗刊》发表了舒婷的《致橡树》、《祖国啊，我亲爱的祖国》等诗，1980年又以"青春诗会"的形式集中推出了17位朦胧诗人的作品和诗歌宣言。朦胧诗迅即成为一股诗歌潮流，并涌现出一大批广为流传的代表性作品。对人的自我价值的重新确认，对人道主义和人性复归的呼唤，对人的自由心灵奥秘的探险构成了朦胧诗的思想核心，意象化、象征化和立体化是朦胧诗艺术表现上的重要特征。

双桅船①

舒 婷

雾打湿了我的双翼

可风却不容我再迟疑

岸呵，心爱的岸

昨天刚刚和你告别

今天你又在这里

明天我们将在

另一个纬度相遇

是一场风暴、一盏灯

把我们联系在一起

是一场风暴、另一盏灯

使我们再分东西

不怕天涯海角

岂在朝朝夕夕

你在我的航程上

我在你的视线里

1979年8月

要点评析

　　《双桅船》是诗人运用朦胧诗的写法，采用象征、意象表达人的主观情绪，从而伸张人性的佳作。全诗表现了诗人双重的心态与复杂的情感。一方面是理想追求的"灯"，另一方面是爱情向往的"岸"。在执著追求理想的进程中，时而与岸相遇，时而又与岸别离，相和谐又相矛盾。诗中所表现的情绪与心态，既是诗人自我的、个性的东西，同时又是那个特定时代的青年们所普遍

---

① 舒婷：《舒婷的诗》，北京，人民文学出版社，2000。

感受到而难以言表的东西。

本诗的一个重要艺术特点是象征。在朦胧诗中，象征多是用某种具体的事物和人们能直感的形象替代人的某种主观情绪和某种社会态度。这首诗中，海岸和双桅船分别象征着什么？这是很难确指的。海岸与双桅船之间有一种无法割断的互相依存的关系。没有海岸，双桅船将没有航行的停站，失去依托。而没有双桅船，海岸也就一无所有。另外，诗中的"岸"、"风"、"风暴"、"灯"等都具有明显的象征性。我们可以这样理解，"岸"象征着女性的爱情归宿，"风"意味着时代紧迫感给诗人的动力，"风暴"暗指诗人与同时代人所经历的不平常的时代风云，"灯"则与光明、信念联系在一起。

意象的运用是本诗的另一个重要艺术特点。在朦胧诗中，诗人多以主观情绪和人的各种心态为表现对象，想象并构造某种具体的画面与景致，从而使抽象的情感形象化，以达到艺术表达的效果。诗人在《双桅船》中运用"船"、"岸"、"风暴"、"灯"等意象描绘出一幅完整的有动态过程的画面，画面之下隐含着诗人的真情实感。全诗意象清新，组合自然，诗人内在强烈的情绪得以自如地表达。

另外，本诗语言自然流畅，诗中所蕴涵的感情凝重而又细腻，既有浓浓的个人感叹，又有开阔的时代情怀。"你在我的航程上/我在你的视线里"，这几乎是每一个有社会阅历的人都曾有过的体验，虽然对应物千差万别，但体验却是共同的。这两句颇有哲理意味的诗句概括了普遍的人际关系，因此被人们当做警句加以广泛流传和引用。

思考探究

阅读舒婷的诗集《双桅船》，谈谈舒婷诗歌创作的艺术特色。

神女峰①

舒 婷

在向你挥舞的各色花帕中
是谁的手突然收回
紧紧捂住了自己的眼睛
当人们四散离去，谁
还站在船尾
衣裙漫飞，如翻涌不息的云
江涛
　　高一声
　　　　　低一声

美丽的梦留下美丽的忧伤
人间天上，代代相传
但是，心
真能变成石头吗
为眺望远天的杳②鹤
而错过无数次春江月明

沿着江岸
金光菊和女贞子的洪流
正煽动新的背叛
　　与其在悬崖上展览千年
　　不如在爱人肩头痛哭一晚

1981年6月，长江

---

① 舒婷：《舒婷的诗》，北京，人民文学出版社，2000。
② 杳：远得不见踪影。

惠安女子①
舒 婷

野火在远方，远方
在你琥珀色的眼睛里

以古老部落的银饰
约束柔软的腰肢
幸福虽不可预期，但少女的梦
蒲公英一般徐徐落在海面上
呵，浪花无边无际

天生不爱倾诉苦难
并非苦难已经永远绝迹
当洞箫和琵琶在晚照中
唤醒普遍的忧伤
你把头巾一角轻轻咬在嘴里

这样优美地站在海天之间
令人忽略了：你的裸足
所踩过的碱滩和礁石

于是，在封面和插图中
你成为风景，成为传奇

1981年4月

---

① 舒婷：《舒婷的诗》，北京，人民文学出版社，2000。

远和近①

顾 城

你
一会看我
一会看云

我觉得
你看我时很远
你看云时很近

1980年6月

作家小传

顾城（1956—1993），北京人，朦胧派的主要代表诗人之一。主要著作有诗集《黑眼睛》、诗合集《舒婷、顾城抒情诗选》、《五人诗选》、《墓床》和小说《英儿》等。他的诗歌创作以1987年为界分为前后两个时期②。前期的诗歌创作又可分为三个阶段：第一阶段（1969～1974）的诗比较自然、抒情，诗人是在对鸟、对世界、对自己说话，代表作是《生命幻想曲》；第二阶段（1977～1982）的诗作有很强的人的、心理的，甚至社会的色彩，诗人开始从人的角度评价世界，《我是一个任性的孩子》是这一时期的代表作；第三阶段（1982～1986），顾城常常用反文化的方式对抗文化对他的统治，因而在诗作中经常出现一些荒诞的语言，《布林》是这个时期的代表作。1987年，顾城离国成为他诗歌创作的分水岭。他后期的诗歌大多为自言自语之作，语言的运作上也偏于炫技和晦涩，和读者失去了共鸣。

顾城被称为"童话诗人"。 在他的诗中几乎看不到异常沉重的笔触，即使是对沉重的人生经验的叙说，顾城也绝不现出剑拔弩张的气势，而是表现得很平和。但是，在顾城充满梦幻和童稚的诗中，却充溢着一股成年人的忧伤。

---

① 顾城：《黑眼睛》，北京，人民文学出版社，1986。
② 顾工编：《顾城诗全编》，2页，北京，生活·读书·新知三联书店，1995。

这忧伤虽淡淡的，但又像铅一样沉重。因为这不仅是诗人个人的忧伤，而且是一代人觉醒后的忧伤。他的稚拙是一种语言方式，而深沉的反思与寻觅才是其诗歌的精神内容。

顾城的诗歌注重对意象的准确把握与抒发。他采用的意象常常不是人们习以为常的那些意象，而是与他的生命感受相呼应的新奇意象，能够表达新鲜的感受和体验，如他在诗歌中常给我们提供的硬币、弧线、钥匙、墙、云等意象，相当耐人玩味与鉴赏。

顾城的诗很讲究韵律的美，多半节奏舒缓。因为情绪压抑，他的诗似乎不宜高声朗诵，只适宜低缓沉吟。

要点评析

顾城的《远和近》共六句，二十四字，一个画面，两个层次——看、想（觉得），三个意象——你、我、云，却饱含丰富的哲理。

诗歌的第一节写的是"你"的动作"看"，保持了"你"的世界的独立性、自在性，没有掺入"我"的因素。而第二节则纯粹是"我"对"你"举动的主观感受，是"我"心理活动的呈现。正是因为"我"的内心感受才导致"远"和"近"，也就是说，没有"我"的"觉得"，"你"看"我"和看"云"的举动无以显现，"远"和"近"就无从谈起。"远"和"近"是一对时间概念，也是一对空间概念，它们有实际距离和心理距离之分。"你"和"我"都是生活中的个体存在，两者的实际距离远比"你"和"云"之间要近，但因为"你"接受了"云"，"你"和"云"就变近了，心理上的差别导致了刚好相反的结果。关键在于，用来做"远"和"近"比较的两方是不对等的——一个是人，一个是物，表面上不具有可比性。要理解此诗，"云"成为关键所在。正是在这里，诗歌展现出了它的丰富性。"云"是属于自然世界的，具有变幻无常、洁白、高远等特征，"我"是现实社会的个体存在，因而"云"和"我"在象征意义上形成对比："云"象征别处的、高尚的、理想的生活，"我"象征此时的、世俗的生活。因此，"近"与"远"表达的是"你"对超越世俗生活之上的理想生活境界的渴望和追求，及对物质现实的逃离。

  "云"也可能只象征自然，"你"在看云时可能流露出童稚的天真和热情，而当"你"回到现实中看"我"时，却换成一种心灵的距离感。所以，"我"觉得"看云"时候的"你"才是真实的"你"，显得很亲近；而"看我"时的那个"你"虽然近在咫尺，但心里却有很深的隔膜，因而觉得很远。诗人通过心理距离和物理距离的矛盾，用象征的手法体现出一种存在主义的思想。

思考探究

  1. 《远与近》是一首富含哲理的诗歌，请查阅相关资料，了解顾城的经历，自选角度，谈谈你对这首诗歌的理解。

  2. 自选几首顾城的诗歌，谈谈顾城诗歌中的对立性意象。

感　觉①
顾　城

天是灰色的
路是灰色的
楼是灰色的
雨是灰色的

在一片死灰之中
走过两个孩子
一个鲜红
一个淡绿

1980年7月

要点评析

　　《感觉》这首诗是三个颜色的拼合，像一幅印象派的画，简单，鲜明，强烈。全诗没有任何背景，诗中所摄取的画面是诗人瞬间的感觉。正因为是感觉，所以凄惨和明丽都与客观事物无关，只是诗人心中的情绪。

　　全诗分为两节。在第一节中，诗人呈现的是一个灰色的世界，"天是灰色的/路是灰色的/楼是灰色的/雨是灰色的"，没有铺设一丁点的亮光。灰色代表着忧伤、悲凄、郁闷等情愫。怀有一颗童心的诗人怎能忍受这层层的"灰色"？第二节笔锋一转，画面由灰暗变得明亮，由死静变得活泼，"在一片死灰之中/走过两个孩子/一个鲜红/一个淡绿"，两个孩子带着亮丽的色调舞动在一片死灰的世界里。灰与红和绿的对比，静和动的对比非常刺目。红色代表热情，绿色代表生命、新生、希望，孩子总是被视做纯洁生命、新生青春的象征，两个孩子跳跃在灰色的世界里，给人眼前一亮的生命与希望。这首诗在灰色的渲染下，让人感受到临近恐惧的压抑，当眼帘中映入两个色彩鲜明的孩子

---

① 顾城：《黑眼睛》，北京，人民文学出版社，1986。

的身影时，那种绝望中重见希望的眼神显得无限炙热。然而，诗中却没有告诉我们，这两个孩子将走向哪里。在灰色的天空下，踏着灰色的路，迎着灰色的雨，走进灰色的楼。两个生命的象征最后还是走进了灰色，灰色是世界的永恒，一切刚有的生机都将归为虚无。诗歌最后留给我们的只有无尽的忧伤。

思考探究

　　顾城的诗言充满了童稚，但在这种童稚的语言背后却是诗人对人生、对社会的反思。请以《我是一个任性的孩子》为例，谈谈顾城诗歌的语言和思想。

一代人①
顾　城

黑夜给了我黑色的眼睛
我却用它寻找光明

1979年4月半夜

---

① 顾城：《黑眼睛》，北京，人民文学出版社，1986。

弧　线[②]

顾　城

鸟儿在疾风中
迅速转向

少年去捡拾
一枚分币

葡藤因幻想
而延伸的触丝

海浪因退缩
而耸起的背脊

1980年8月

---

① 顾城：《黑眼睛》，北京，人民文学出版社，1986。

回　答①
北　岛

卑鄙是卑鄙者的通行证，
高尚是高尚者的墓志铭②。
看吧，在那镀金的天空中，
飘满了死者弯曲的倒影。

冰川纪过去了，
为什么到处都是冰凌？
好望角发现了，
为什么死海里千帆相竞？

我来到这个世界上，
只带着纸、绳索和身影，
为了在审判之前，
宣读那些被判决的声音：

告诉你吧，世界
我——不——相——信！
纵使你脚下有一千名挑战者，
那就把我算作第一千零一名。

我不相信天是蓝的；
我不相信雷的回声；
我不相信梦是假的；
我不相信死无报应。

如果海洋注定要决堤，

① 北岛：《北岛诗选》，北京，新世纪出版社，1987。
② 墓志的意思是放在墓里刻有死者生平事迹的石刻，也指墓志上的文字，有的有韵语结尾的铭，也叫墓志铭。

就让所有的苦水都注入我心中；

如果陆地注定要上升，

就让人类重新选择生存的峰顶。

新的转机和闪闪星斗，

正在缀满没有遮拦的天空，

那是五千年的象形文字，

那是未来人们凝视的眼睛。

作家小传

北岛（1949—　　），原名赵振开，祖籍浙江湖州，生于北京。他在《今天》等刊物发表作品时，也用过其他笔名，如艾珊、石默等。文化大革命时期毕业于北京四中，曾当过工人、编辑，是《今天》杂志的创办者之一。他的作品被编入《五人诗选》等诸多选集，另出版有个人诗集《陌生的海滩》、《北岛诗选》、《太阳城札记》等。有小说集、散文集、译作和相关理论随笔若干。北岛于20世纪80年代末旅居欧美数国，直至2007年接受邀请执教于香港中文大学。

20世纪80年代初有一批青年诗人被称为"朦胧诗人"，北岛是这批诗人中的代表人物之一，《今天》杂志是这些诗人集结的阵地。北岛从70年代初开始写诗，早期还写过《波动》、《幸福大街十三号》等中、短篇小说。进入21世纪以后，北岛的诗歌翻译研究论著和散文随笔更多地出现在读者面前。

北岛从生存的境遇出发，以其强烈的批判意识和忧患意识，冷峻的抒情风格，密集的象征符号体系，创作了一系列具有其个人特色的诗歌。他的诗作体现了强烈的英雄主义情怀以及怀疑精神和否定精神。北岛写诗多受益于浪漫派诗人，有著者认为，苏联"第四代"诗人，特别是叶甫图申科20世纪60年代的政治抒情诗与他70年代中后期的写作有一定的联系。他的诗有明显的抒情"骨架"的支撑。①北岛早年从诗人食指的诗作中体会到抒情诗的震撼力，而踏上了诗歌创作的道路。北岛主要表达的是对理想人格的悲怆歌颂，这种理想人格

① 洪子城、刘登翰：《中国当代新诗史》，187~188页，北京，北京大学出版社，2005。

拒绝虚伪选择真实，拒绝谎言选择真相，拒绝怜悯选择承担，拒绝迷惘选择清醒，体现了对理想人格和健康人性的呼唤。

北岛的诗歌思想犀利，节奏分明，在形式上有相对规范的格律，内容上以抒情而冷峻的笔触和密集的意象编织特有的意象群落和对健全人格的呼唤，思想上体现了悲剧的英雄主义情怀和怀疑精神、否定精神，为20世纪70年代末80年代初的诗坛注入了新鲜的血液。

要点评析

《回答》一诗是集中体现诗人诗歌艺术特色和思想深度的代表作。该诗作于1976年4月，最初发表在《今天》创刊号（1978年12月23日），尔后刊载于《诗刊》（1979年第3期）。

《回答》反映了20世纪70年代中后期青年觉醒的心声。向谁"回答"，"回答"什么呢？诗人说："告诉你吧，世界/我——不——相——信！"回答的对象是"世界"。"世界"是现实，是让诗人怀疑的现实生活。诗开篇即是对现实的描写，"卑鄙是卑鄙者的通行证，/高尚是高尚者的墓志铭"，卑鄙是通行证，使得卑鄙者畅通无阻，而高尚的精神却只能存在于墓碑上。诗歌对文化大革命引发的错误进行了批判，"镀金"的"天空"是虚假的美好，"弯曲"的"倒影"给人以非人的错觉，是虚假时代人性扭曲的象征。

第二节提出了两个疑问。为什么在"冰川纪"早已结束的时代还如此寒冷？为什么在"好望角"都已经被发现了的年代还要在一个封闭、压抑的"死海"中做"千帆相竞"的徒劳活动？这说明不该在应该温暖的时节如此寒冷，不该在开放的时代封闭、斗争。

第三节里，诗人塑造的英雄形象跃然纸上。抒情主体"我"来到世界上，带着"纸"（诗歌）、"绳索"（无畏）和"身影"（孤独），拒绝被现实审判，有种不屈的英雄主义和寻求真理的精神。

诗歌在第四节和第五节进入高潮，诗人振聋发聩地喊出了"我不相信"，喊出愿意做"第一千零一名""挑战者"。诗人连用四个"我不相信"铸就了其诗歌的特色：悖谬性。"我不相信"体现的是怀疑精神和对当时社会现实的暗示和侧面抨击。

最后两节体现了正在改变的现状，诗人要承担痛苦，呼吁"重新选择生存的峰顶"，这是对新世界的呼唤。最后一节中，诗人从空间和时间体现出对自由与文明的追求，体现了希望正在缀满天空，文明和传统将得以延续。

北岛从《回答》开始便奠定了其诗歌的风格和特色。冷峻、悲剧感、英雄主义的笔调，否定和怀疑的精神，对现实的介入贯穿于北岛的诗歌创作中。

思考探究

1. 通过阅读、学习北岛的诗歌，你是否掌握了欣赏朦胧诗的技巧？你觉得北岛的《回答》是否朦胧？阅读北岛的诗集《太阳城札记》，谈谈自己对这组诗的看法。

2. 对比阅读北岛和其他朦胧诗人的诗歌，谈谈自己对朦胧诗的总体印象。

知识链接

《今天》

《今天》是一份综合性的刊物，是创刊于1978年12月23日的一本同人性质的刊物，由北岛和芒克等主办。这本刊物主要刊登汉语诗歌、小说、评论和少量的外国文学译介作品，其中诗歌影响最大。共出版9期，1980年9月停刊。在北岛的主持下，《今天》于1990年在挪威复刊，至今仍在世界各地发行，其网络版本和论坛（www.jintian.net）享誉世界各地的汉语文学圈。

一　切①

北　岛

一切都是命运

一切都是烟云

一切都是没有结局的开始

一切都是稍纵即逝的追寻

一切欢乐都没有微笑

一切苦难都没有泪痕

一切语言都是重复

一切交往都是初逢

一切爱情都在心里

一切往事都在梦中

一切希望都带着注释

一切信仰都带着呻吟

一切爆发都有片刻的宁静

一切死亡都有冗长的回声

要点评析

　　北岛的《一切》是一首备受争议的诗歌，部分文章批评该诗表现了一种心如死灰的绝望情绪。20世纪70年代末的青年有太多关于生活、社会和历史的真理性质的东西需要言说，于是有了青年北岛急于言说的判断句式和宣扬的口吻。认识诗歌的优劣，不能从诗作是否悲观、是否全面的问题出发。

　　如果说《回答》体现的是针对所处环境的批判，那么《一切》就是针对涉及人自身命题进行的思索。

　　前四句带有一种强烈的"宿命论"的意味，"一切"是"命运"，是"烟云"，是"没有结局的开始"，是"稍纵即逝的追寻"，这些表述，带有宿命的意味和虚无感，还体现了一种未知性和不确定性。"一切"指的是生活

---

① 北岛：《北岛诗选》，北京，新世纪出版社，1987。

本身。

　　第五句到第八句，诗人以生活中常见的现实活动展开思索，先把同质的词（也就是具有同样的性质和意味的词）放在一起对立呈现，"欢乐"和"微笑"对立，"苦难"和"泪痕"对立，表达一种表象和实质的对立，是个人化的体验；尔后又把"语言"等同于"重复"，"交往"等同于"初逢"，体现的是对对话和交往的意义的反思，是对人与人之间关系的反思和生活的吊诡。

　　第九句到第十二句，诗人以生活中所必要的内心活动展开思索，诗人分别思索"爱情"和"往事"、"希望"和"信仰"的可靠程度。在诗人看来，"爱情"是个人化的，必须服从内心，所以是在"心里"的，"往事"也是个人化的，存在于每个不同生命个体的心灵深处，所以是在"梦中"的。诗人认为，"希望"是带有"注释"的，说明希望并不那么完美无缺，是有附加条件的；"信仰"带着"呻吟"的声音，说明信仰由苦难而生并伴随苦难存在，人的精神生活受到了刀难。

　　最后两句把"爆发"与"片刻的宁静"、"死亡"和"冗长的回声"放在一起，体现了事件的本质和表象、原因和结果、心里现实和生理现实的统一。

　　这首诗以悖谬的写法，以及怀疑和批判的精神，表现了人的悲剧性。

思考探究

　　1. 你认为《一切》是一首好诗吗？为什么？

　　2. 对比阅读北岛的《一切》和舒婷的《这也是一切》，查阅相关资料，了解诗人的写作概况，分别说说这两首诗体现了两位诗人怎样的风格特征。

日 子①
北 岛

用抽屉锁住自己的秘密
在喜爱的书上留下批语
信投进邮箱 默默地站一会儿
风中打量着行人 毫无顾忌
留意着霓虹灯闪烁的橱窗
电话间里投进一枚硬币
问桥下钓鱼的老头要支香烟
河上的轮船拉响了空旷的汽笛
在剧场门口幽暗的穿衣镜前
透过烟雾凝视着自己
当窗帘隔绝了星海的喧嚣
灯下翻开褪色的照片和字迹

---

① 北岛：《北岛诗选》，北京，新世纪出版社，1987。

迷　途①
北　岛

沿着鸽子的哨音

我寻找着你

高高的森林挡住了天空

小路上

一颗迷途的蒲公英

把我引向蓝灰色的湖泊

在微微摇晃的倒影中

我找到了你

那深不可测的眼睛

---

① 北岛：《北岛诗选》，北京，新世纪出版社，1987。

《有乌鸦的麦田》。1890年7月，荷兰印象派画家文森特·梵·高（Vincent Van Gogh，1853—1890）绘。荷兰阿姆斯特丹国立梵·高博物馆藏。

面朝大海，春暖花开[①]

海 子

从明天起，做一个幸福的人

喂马、劈柴，周游世界

从明天起，关心粮食和蔬菜

我有一所房子，面朝大海， 春暖花开

从明天起，和每一个亲人通信

告诉他们我的幸福

那幸福的闪电告诉我的

我将告诉每一个人

给每一条河每一座山取一个温暖的名字

陌生人，我也为你祝福

愿你有一个灿烂的前程

愿你有情人终成眷属

愿你在尘世获的幸福

我只愿面朝大海，春暖花开

1989年1月13日

作家小传

　　海子，原名查海生，1964年3月26日生于安徽省怀宁县高河镇查湾村。小时候的海子在饥饿和半饥饿中度过了天真无邪的童年，随着大弟弟和二弟弟的降生，原本贫困的家庭更加入不敷出。1979年考取北大时，他手拿录取通知书在井边大喊大叫，为自己就要看见真实的火车、实现坐火车的愿望兴奋不已。进北大前，妈妈东借西凑了30元钱给海子，做乡村裁缝的老父亲每晚挑灯

① 海子：《海子的诗》，北京，人民文学出版社，1995。

夜战为乡亲们加工衣物赚钱供海子在北大每月10元的生活费。

海子15岁时考入北京大学法律系，在读期间开始诗歌创作。1983年自北大毕业后分配至中国政法大学哲学教研室工作。1989年3月26日在山海关与龙家营之间的火车慢行道上卧轨自杀。在短暂的生命里，海子保有一颗圣洁的心。他曾长期不被世人理解，但他是20世纪70年代我国新文学史上一位全力冲击文学与生命极限的诗人。他凭借辉煌的才华、奇迹般的创造力、敏锐的直觉和广博的知识，在极端贫困、单调的生活环境中创作了将近200万字的诗歌、小说、戏剧、论文。其主要作品有：长诗《但是水，水》、《土地》、《大扎撒》（未完成），诗剧《太阳》（未完成），第一合唱剧《弥赛亚》、第二合唱剧残稿，话剧《弑》，以及约200首抒情短诗，曾与西川合印过诗集《麦地之瓮》。他曾于1986年获北京大学第一届艺术节五四文学大奖赛特别奖，1988年获第三届《十月》文学奖荣誉奖。2001年4月28日，海子与诗人郭路生（食指）同获第三届人民文学奖诗歌奖。海子的部分作品被收入近20种诗歌选集，但其大部分作品尚待整理出版。海子认为，诗就是把自由和沉默还给人类的东西。海子的第一首诗是《亚洲铜》，最后一首短诗是《春天，十个海子》。海子是中国新诗史上最优秀的诗人之一。

要点评析

海子是当代学院派新诗人的代表，《面朝大海，春暖花开》是他抒情短诗中的佳作之一。

"面朝大海，春暖花开"，诗的题目就是点睛之笔、"诗眼"所在。宏大的画面映照出诗人的内心体验，这种独特的辽阔、明朗、纯洁的抒情方式，只要阅读，就会立刻渗透进你的心灵，没有什么力量可以阻隔。

如果仅仅着眼于大，就有可能失于笼统，情感的抒发会毫无节制，这种洪水般的宣泄过后，留下的则是荒芜。而在诗的开篇，"从明天起，做一个幸福的人"，另有一番景象。谁没有对明天幸福生活的渴望？海子即使在生活面临窘境的时候，这种渴望也从未泯灭。诗人眼中的幸福是那样具体、生动且富于幻想："喂马，劈柴，周游世界/从明天起，关心粮食和蔬菜"这种劳动创造幸福的体验人人都有，而海子用最为简单、自然的语言表达出来，达到了一种纯净的境界。当然对于一位杰出的诗人来说，仅有这样的感触是远远不够的，还需要打开想象的翅膀去憧憬和描绘幸福的蓝图。

海子的诗，语言纯粹、洗练而又富于思考的张力，用空旷的意象启迪联想，达到了以实显虚、以近求远的艺术效果。海子是上帝的孩子，天真烂漫："给每一条河每一座山取一个温暖的名字"。他愿意把上帝赐予人类的所有幸福传达给所有的人："陌生人，我也为你祝福/愿你有一个灿烂的前程/愿你有情人终成眷属/愿你在尘世获的幸福"，最后才是他自己："我只愿面朝大海，春暖花开"，秉承了一个文人君子"先天下之忧而忧，后天下之乐而乐"的情愫。

整首诗采用回环结构，重章叠句，首尾复沓。也许是诗人的思绪比地球的自转速度要快，他想要做的一切都是从明天开始，这是不是在向世人暗示什么？此时，海子的心里装着大海，也只有此时，海子的心里才会春暖花开。惠特曼是孤独的，狄金森是孤独的，海子注定也是孤独的，大海才是安魂之居所。海子，海的儿子。海子向着大海抒情，已无憾事，不久他便永远地"面朝大海"了。他把自己的诗和诗中追求自由的精髓和沉默的思考留给了这个世界。

思考探究

麦子、麦地是海子诗歌中常出现的意象，有人说海子是麦地之子。阅读海子有关麦子、麦地的诗歌，谈谈你的理解。

房 屋①
海 子

你在早上
碰落的第一滴露水
肯定和你的爱人有关
你在中午饮马
在一枝青丫下稍立片刻
也和她有关
你在暮色中
坐在屋子里，不动
也是与她有关

你不要不承认

巨日消隐，泥沙相合，狂风奔起
那雨天雨地哭得有情有义
而爱情房屋温情地坐着
遮蔽母亲也遮蔽孩子

遮蔽你也遮蔽我

1985年

要点评析

这是一首用诗的方式表达爱情哲学的动人诗篇。诗一开始便出现"露水"

---

① 海子：《海子诗全编》，上海，生活·读书·新知三联书店，1977。

这一清澈的意象，而"露水"究竟代表什么呢？是思想，还是爱？我们接着往下看："肯定和你的爱人有关"。至此，似乎明朗了，应该是一种爱，如同爱人之爱。"你在中午饮马/在一枝青丫下稍立片刻"，你可以说"中午"是一种偶然，也可以联想到阳光或者阳光的情义。而这两个取相明显有一种孤独的成分在里边。"我"既不是一个孤零零的"我"，"我"也是一个孤零零的"我"，这是不同事物之间的孤独，事物虽没有什么明显的客观共性，但都带有孤独的共性。两种孤独的靠近，要么更孤独，要么在孤独里感到一丝幸福，这就是疼痛了。而且诗人所选取的是"马"和"树"，将其从取景中剥离开来，其自身也带有很突出的特质。下面又以一个更明显的意象增加了压力感："你在暮色中/坐在屋子里，不动"，"暮色"本身也不需要其他事物与其共同构成单独的风景，它自身就可以让人感觉到孤独的压迫感。而此时，暮色中的小屋是最显眼的，相对屋子，"我"却又成了主体，层层递近，最后还是要回到"房屋"回到"我"。而下一节以一句"你不要不承认"略带天真及问式的语调，无疑增加了"我"看法的坚定性，立场的孤立性不容置疑。

　　"巨日消隐，泥沙相合，狂风奔起"是对现实生活的描摹和暗喻。如此写无非也是增强渲染效果（兴许还带有幻像的成分），说明"我"正处于阴森恐怖的环境之中。而接下来，诗人为何要说"那雨天雨地哭得有情有义"呢？这是反象征手法的运用。以无情道有情，那么因何有情，有情之外毕竟还是无情世界。"而爱情的房屋温情地坐着/遮蔽母亲也遮蔽孩了//遮蔽你也遮蔽我"，全诗到此结束。诗人的情感是超现实的，但也在现实的基础之上，也要回到现实中来。

思考探究

　　海子的《房屋》既表达了他的爱情哲学，也是他人生哲学的缩影。请查阅海子的生平、经历，谈谈你对这首诗的理解。

黎明（之二）①
（二月的雪，二月的雨）
海 子

我把天空和大地打扫干干净净
归还给一个陌不相识的人
我寂寞地等，我阴沉地等
二月的雪，二月的雨

泉水白白流淌
花朵为谁开放
永远是这样美丽负伤的麦子
吐着芳香，站在山岗上

荒凉大地承受着荒凉天空的雷霆
圣书上卷是我的翅膀，无比明亮
有时像一个阴沉沉的今天
圣书下卷肮脏而欢乐
当然也是我受伤的翅膀
荒凉大地承受着更加荒凉的天空

我空空荡荡的大地和天空
是上卷和下卷合成一本
的圣书，是我重又劈开的肢体
流着雨雪、泪水在二月

1989年2月22日

---

① 西川编：《海子诗全编》，上海，生活·读书·新知三联书店，1977。

独　白[①]

翟永明

我，一个狂想，充满深渊的魅力
偶然被你诞生。泥土和天空
二者合一，你把我叫作女人
并强化了我的身体

我是软得像水的白色羽毛体
你把我捧在手上，我就容纳这个世界
穿着肉体凡胎，在阳光下
我是如此眩目，使你难以置信

我是最温柔最懂事的女人
看穿一切却愿分担一切
渴望一个冬天，一个巨大的黑夜
以心为界，我想握住你的手
但在你的面前我的姿态就是一种惨败

当你走时，我的痛苦要把
我的心从口中呕出
用爱杀死你，这是谁的禁忌？
太阳为全世界升起！我只为了你
以最仇恨的柔情蜜意贯注你全身
从脚至顶，我有我的方式

一片呼救声，灵魂也能伸出手？
大海作为我的血液就能把我

---

① 翟永明：《女人》，桂林，漓江出版社，1988。

高举到落日脚下，有谁记得我？
但我所记得的，绝不仅仅是一生

作家小传

　　翟永明（1955—　　），祖籍河南孟县，生于四川成都。20世纪80年代，翟永明的作品关注的是女性个体的生命体验。受美国自白派女诗人西尔维娅·普拉斯的影响较大，她在诗中大胆袒露女性隐秘的内心世界，以与传统规范相悖逆的语言和行为向男权社会挑战，组诗《女人》和长诗《静安庄》是此阶段的代表作。进入90年代，翟永明摆脱了西尔维娅·普拉斯的影响，诗风发生变化，这一时期的代表作有《咖啡馆之歌》、《莉莉和琼》、《小酒馆的现场主题》、《十四首素歌》等。90年代末至今，她多创作短诗，部分诗歌显示出不同于过去的文化批判立场，语言更简练克制，追求"少就是多"的表达效果，代表作有《重阳登高》、《轻伤的人，重伤的城市》、《老家》等。

　　1984年，大型组诗《女人》的发表奠定了翟永明在当代诗坛的地位。她创造的"黑夜意识"引发了中国当代女诗人新的创作意识，80年代中后期，女性诗歌的写作一度繁荣，女诗人们共同抡起"黑夜意识"的大斧狠砸长久束缚自己创作的传统美学标准，实现语词的狂欢。但极强的自省意识使她很快注意到象征女性世界的"黑夜"的巨大局限性，在"完成之后又怎样"的追问声中，她不断调整诗歌风格，每个阶段都有新变化。90年代，她的诗歌仍延续个人体验的主题，但减弱了前期的现代激进倾向，言说方式由过去的自白转向叙述，有的直接取材于传统文化，如《脸谱生涯》；有的采取"并置"手法，将互不相干的成分和场景摆到一起，"轻松自如地穿行于日常生活场景中"[1]，如《小酒馆的现场主题》、《道具与场景的叙说》。2000年以后，由于她对当下现实的关注和所持的文化批判立场，她的叙事游离于纯粹的个人体验，显示出巨大的悲悯情怀，如《老家》、《拿什么来关爱婴儿？》、《关于雏妓的一次报告》。她的诗歌尽管有变化，但一以贯之的仍然是个人化的视角和平等的交流意识。

　　从"黑夜到白昼"，翟永明以其独特的艺术创造力开拓了女性诗歌的新向

---

[1] 陈晓明：《表意的焦虑：历史的建构与解构——当代中国文学的变革流向》，北京，中央编译出版社，2002。

度，显示出中国当代女性诗歌写作的宽度和深度，同时达到了诗艺的高峰，始终站在优秀的现代汉语诗人的行列中。

要点评析

　　《独白》是《女人》组诗中最"女人"的一首诗。首先，诗歌的表达方式是女人式的。全诗以第一人称抒情，有强烈的主观色彩。诗歌一开始即写道："我，一个狂想，充满深渊的魅力"。这个"我"如此特别，邪恶"充满深渊的魅力"，温柔包容是"软得像水的白色羽毛体"，"最温柔最懂事的女人"。"我"以造物主般的自信营造出一个神秘和充满张力的空间，使读者不由自主被这种肯定的、袒露心怀的声音触动、裹挟。全诗共18个"我"字，每一个都直抒胸臆，没有技巧，但正是非理性的表达，使全诗充溢着一股激情。其次，诗歌中的情感体验方式是女人式的。波伏娃说"女人是后天生成的"，男权社会早就为女性预设好了其在社会、家庭中扮演的角色，但女性内心深处隐秘的情感体验无法预设，男性更是无法涂抹，它与女性的自我意识密切相关。整个《女人》组诗即是诗人发现和确立女性自我意识的过程，由于两性关系的紧张和对立，这个过程带着巨大的对抗性与深深的痛苦。男性是诗中抒情者"创造一个黑夜"的最大阻力，二者之间的关系被体验为侵犯与被侵犯、伤害与被伤害、占有与惨败的二元对立。《独白》这首诗通篇表达的都是男性和女性不平等关系产生的复杂情感体验："以心为界，我想握住你的手/但在你的面前我的姿态就是一种惨败"。"我"在"你"的世界中确立自我的愿望无法实现，"我"只好退回内心确立自己的空间。但在诗歌第三节中，当"我"真要将"你"从"我"生命中剥离而去寻求女性自我世界时，"我"的痛苦将"我"对"你"的情感由爱极推向恨极，"用爱杀死你"，"太阳为全世界升起！我只为了你"。在第四节中，"我"又由恨极转为自我怀疑："有谁记得我？"情感过于炽烈，就容易走向极端，但这样却让诗歌获得了一种片面的深刻性。最后，综观全诗，抒情者身上既有美狄亚和沙乐美①的影子，又有曹禺笔下繁漪和花金子的魂灵，但这个"我"又都不同于那个"她"，

---

① 美狄亚为希腊神话故事《金羊毛》中的人物，沙乐美是《圣经·新约》中的人物。

"我"在发现女性必然如此的命运后，最终仍选择了包容命运。从这一点看来，诗中表现的对命运的态度也是最女人的。

思考探究

1. 阅读舒婷的《致橡树》和翟永明的《独白》，分析、比较两首诗歌中的抒情者"我"有何不同？

2. 阅读翟永明的《咖啡馆之歌》，谈谈这一时期诗人创作风格的变化。

知识链接

黑夜意识

"黑夜意识"得名于翟永明为其组诗《女人》所作的序言《黑夜的意识》。在这篇被称为女性主义诗歌宣言的文章中，诗人提出了"黑夜意识"。"黑夜意识"是女性思想、信念与情感的象喻：作为自然现象的另一半，与男性中心秩序的"白昼"相对而存在的精神空间。其意义在于，它表现了中国觉醒女性对命运的反抗与包容，在女性复杂深邃的精神世界内，呈现出现代女性的主体意识。这种意识得到不少女诗人的认同，引发了20世纪80年代中期女性诗歌创作热潮。

女性诗歌

"女性诗歌"主要指20世纪80年代中后期，以翟永明、陆忆敏、唐亚平、伊蕾、海男、林雪等为代表的女性诗人群体创作的诗歌。她们的诗歌追求个性解放，摒弃社会分配给女性的既定角色，深入女性自身，表达独特的生命体验。代表作有翟永明的组诗《女人》、伊蕾的《独身女人的卧室》、海男的《女人垂下手臂》等。

重阳登高①
——遍插茱萸②少一人

翟永明

思亲问题　友爱问题
一切问题中最动人的
全都是登高的问题
都是会当临绝顶时
把盏的问题

今朝一人　我与谁长谈
遥望远处　据称是江北
白练入川是一条　还是两条
汇向何处　都让我喜欢

在江北以远　是无数美人
男人们登高　都想得到她们
尽管千年之内　哺乳动物
和人类　倒一直
保持着生态平衡

今朝我一人把盏　江山变色
青色三春消耗了我
九九这个数字　如今又要
轮回我的血脉
远处一俯一仰的山峰
赤裸着跳入我怀中
我将只有毫无用处地

---

① 翟永明：《终于使我周转不灵》，石家庄，河北教育出版社，2002。
② 茱萸：植物名，有浓烈香味，可入药。古代风俗，夏历九月九日重阳节佩戴茱萸香囊可去邪辟恶。

享受艳阳

思伤脾　醉也伤脾
飒飒风声几万　呼应谁来临
饮酒入喉　它落到身体最深处
情欲和生死问题
离别和健康问题
也入喉即化　也落到最深处
它们变得敏捷　又绵密
它们醉了　也无处不在

1999年重阳登南京栖霞山

要点评析

　　《重阳登高》这一题目直接道出登高的时间是重阳。在中国古代习俗中，逢重阳必登高，如曹丕在《九日与钟繇书》中有"岁往月来忽复九月九日。九为阳数，而日月并应，俗嘉其名，以为宜于长久，故以享宴高会"的诗句，又如杜甫在《九日》诗中有"重阳独酌杯中酒，抱病起登江上台"的名句。副标题引用王维的《九月九日忆山东兄弟》中"遍插茱萸少一人"的诗句，连同诗歌的第一、第二节，为全诗定下了感情基调，表达知音不在的惆怅、孤独、失落，诗歌主题为对亲人、朋友、爱人的思念。

　　行至第三节，诗人笔锋一转，从浓得化不开的思念愁绪中宕开来，"在江北以远　是无数美人/男人们登高　都想得到她们"，从中能看到诗人在谈论人类共同话题时所持的性别差异标准。接下来的几句更让人莞尔："尽管千年之内　哺乳动物/ 和人类　倒一直/保持着生态平衡"。面对两性关系中的征服与被征服，占有与被占有，诗人早已不是《独白》中紧张激烈地对抗，而是戏谑幽默地消解，但却无法消解诗人登高时的浓愁。在诗歌第四节中，诗人把盏借酒浇愁，借助酒力"江山变色"，借助酒力旋转间远处山峰"赤裸着跳入我怀中"，"江山"很美，"青色三春"很美，艳阳也很美，没有你同我分享，它们于我只能是"消耗"，只能是"毫无用处"。接下来的第五节第一句读着更让人动容："思伤脾 醉也伤脾"，诗人似乎在自劝又在劝人，让人想起《古诗十九首·行行重行行》中"弃捐①勿复道，努力加餐饭"一句，情深不寿，君亦珍重。但诗人无法自控地再次把盏，要把一切问题中最动人也最恼人的问题——"情欲和生死问题/离别和健康问题"，连同酒一起饮入喉中，埋入心里，到最后还是"才下眉头却上心头"，它们仍然无处不在。

翟永明的这首诗写出了人类情感的"共相"。思念之情至深，但表达却相当婉转，更显出20世纪90年代末期其诗风的大气和温柔敦厚。

思考探究

翟永明曾说："1998年起我的写作也有很大变化，我更趋向于在语言和表达上以少胜多。"结合她的诗集《终于使我周转不灵》，谈谈你对这句话的理解。

---

① 弃捐：丢开，抛开。

母 亲①

翟永明

无力到达的地方太多了，脚在疼痛，母亲，你没有
教会我在贪婪的朝霞中染上古老的哀愁。我的心只像你

你是我的母亲，我甚至是你的血液在黎明流出的
血泊中使你惊讶地看到你自己，你使我醒来

听到这世界的声音，你让我生下来，你让我与不幸构成
这世界的可怕的双胞胎。多年来，我已记不得今夜的哭声

那使你受孕的光芒，来得多么遥远，多么可疑，站在生与死
之间，你的眼睛拥有黑暗而进入脚底的阴影何等沉重

在你怀抱之中，我曾露出谜底似的笑容，有谁知道
你让我以童贞方式领悟一切，但我却无动于衷

我把这世界当作处女，难道我对着你发出的
爽朗的笑声没有燃烧起足够的夏季吗？没有？

我被遗弃在世上，只身一人，太阳的光线悲哀地
笼罩着我，当你俯身世界时是否知道你遗落了什么？

岁月把我放在磨子里，让我亲眼看见自己被碾碎
呵，母亲，当我终于变得沉默你是否为之欣喜

没有人知道我是怎样不着边际地爱你，这秘密
来自你的一部分，我的眼睛像两个伤口痛苦地望着你

---

① 翟永明：《女人》，桂林，漓江出版社，1988。

活着为了活着，我自取灭亡，以对抗亘古已久的爱
一块石头被抛弃，直到像骨髓一样风干，这世界

有了孤儿，使一切祝福暴露无遗，然而谁最清楚
凡在母亲手上站过的人，终会因诞生而死去

咖啡馆之歌①

翟永明

1. 下午

忧郁　缠绵的咖啡馆
在第五大道②
转角的街头路灯下
小小的铁门

依窗而坐
慢慢啜饮秃头老板的黑咖啡
"多少人走过
上班、回家、不被人留意"

我们在讨论乏味的爱情
"昨天　我愿
回到昨天"
一支怀旧的歌曲飘来飘去

咖啡和真理在他喉中堆积
顾不上清理
舌头变换
晦涩的词藻在房间来回滚动

像进攻的命令
越滚越大的许多男人的名字
像骇人的课堂上的刻板公式
令我生畏

---

① 翟永明:《翟永明诗集》,成都,成都出版社,1994。
② 第五大道: 纽约市曼哈顿区的中央大街。

他侧耳交颈俯身于她
谈着伟大的冒险和奥秘的事物
"哭者逊于笑者……
我们继续行动……"

接着是沉默
接着是又一对夫妇入座
他们来自外州　过惯萎靡不振的
田园生活

"本可成为
一流角色　如今只是
好色之徒的他毛发渐疏"
我低头啜饮咖啡

酒精和变换的交谈者
消磨无精打采的下午
我一再思索
哪些问题?

你还在谈着你那天堂般的社区
你的儿女
高尚的职业
以及你那纯正的当地口音

暮色摇曳　烛光撩人
收音机播出吵死人的音乐:
"外乡人……
外乡人……"

2.晚上

烛光摇曳
金属壳喇叭在舞厅两边
聒噪　好像乐池鼓出来的
两块颧骨

雪白的纯黑的晚礼服……
邻座的美女摄人心魄
如雨秋波
洒向他情爱交织的注视

没人注意到一张临时餐桌
三男两女
幽灵般镇定
讨论着自己的区域性问题

我在追忆
北极圈里的中国餐馆
有人插话："我的妻子在念
国际金融"

出没于各色清洁之躯中的
严肃话题
如变质啤酒
泛起心酸的、失望的颜色

"上哪儿找
一张固定的床?"
带着所有虚无的思考
他严峻的脸落在黑暗的深处

我在细数
满手老茧的掌中纹路带来
预先的幸福
"这是我们共同的症候。"

品尝一杯神秘配制的甜酒
与你共舞
我的身体
展开那将要凋谢的花朵

自言自语：
"拿走吧！
快拿走世上的一切！
像死亡　拿得多么干净。"

3.凌晨

因此男人
用他老一套的赌金在赌
妙龄少女的
新鲜嘴唇　这世界已不再新

凌晨三点
窃贼在自由地行动
邻座的美女已站起身说：
"餐馆打烊"

他站起身
猛扑上去把一切结束
收音机里
还在播放吵死人的音乐

玻璃的表面
制止了我们徒劳的争执
那个妻子
穿着像奶油般动人细腻

我在追忆
七二年的一家破烂旅馆
我站在绣满中国瓢虫的旧窗帘下
抹上口红

不久我们走出人类的大门
天堂在沉睡
我已习惯
与某些人一同步入地狱

"情网恢恢
穿过晚年还能看到什么?"
用光了的爱
在节日里如货轮般浮来浮去

一点点老去
几个朋友
住在偏僻闲散的小乡镇
他们惯于呼我的小名

发动引擎
一伙人比死亡还着急
我在追忆
西北偏北一个破旧的国家

雨在下，你私下对我说：
"去我家？
还是回你家？"
汽车穿过曼哈顿城。

1993年，成都

有关大雁塔①

韩　东

有关大雁塔

我们又能知道些什么

有很多人从远方赶来

为了爬上去

做一次英雄

也有的还来第二次

或者更多

那些不得意的人们

那些发福的人们

统统爬上去

做一次英雄

然后下来

走进下面的大街

转眼不见了

也有有种的往下跳

在台阶上开一朵红花

那就真的成了英雄——

当代英雄

有关大雁塔

我们又能知道些什么

我们爬上去

看看四周的风景

然后再下来

---

① 韩东：《爸爸在天上看我》，10~11页，石家庄，河北教育出版社，2002。

作家小传

　　韩东，1961年生，南京人。韩东的诗歌创作始于20世纪80年代初，早年曾追随朦胧派诗人，写了一些献给张志新、遇罗克的诸如《昂起不屈的头颅》等诗作。1982年大学毕业前后，他有意识地进行诗歌探索，创作出《山民》、《有关大雁塔》、《你见过大海》、《明月降临》等诗作。韩东的诗大致可分为两类：一类是消解文化或诗意，在丰厚的文化底蕴中发现空洞与悖谬；另一类是在庸常的日常生活中发现和书写"诗意"。韩东的作品显示了其诗歌审美倾向：揭示个体生命意识的存在与觉醒，返回生命本原。1982年至1986年是韩东诗歌创作的高潮期。从20世纪90年代初始，韩东把主要精力用于从事小说创作，同时也写了一批很有特色的诗作。

　　韩东的诗歌精神旨趣与传统文化主流意识迥然不同，与郭小川、贺敬之等人的红色诗歌严重"断裂"，也与他最初模仿的北岛、舒婷等人的朦胧诗所表现的精英独白决然断裂，因而被文学界称为"第三代诗人"。韩东是朦胧诗的终结者，他高举反英雄、反崇高的价值观念和反意象、反优雅的形式特征两面大旗，将中国诗歌从朦胧诗的阴影中解放出来，让诗歌从意识形态与虚无的英雄主义情结中完全解脱出来，回归平民，回到日常的写作状态中，个体的意识与人的独立第一次通过诗歌呈现出来，让我们重新认识到了诗歌的价值——诗歌只不过是一种用来表达个人内心世界的语言载体。韩东让诗歌真正独立于文学写作之外，并让诗歌重新回归到它应有的地位，这个地位就是诗。

　　韩东的诗注重语言，他主张回到诗歌本身，回到个人，强调诗歌体现个体的生命形式和日常生活，警惕观念理论干预诗歌语言。他强调口语的直白和意向的淡化，他还认为"诗歌以语言为目的，诗到语言为止。其主旨是把诗人从一切功利目的中解放出来，便其呈现自身"[1]。韩东的诗表面上看平淡如水，语言质朴无华，遣词造句绝不铺陈渲染，但是，"韩东的特异之处是常常以平淡简约的语言和冷静淡漠的叙述唤起读者回味"[2]。韩东在诗歌口语化方面做了大胆尝试，他开创了中国诗歌写作的口语化、凡俗化的道路。

　　韩东的诗开启了潘多拉的盒子，打破了诗坛原来的格局，让当代诗歌走向多元并存的局面。

---

[1] 吴思敬：《从身边的事物中发现需要的诗句——九十年代诗歌印象》，载《中国现代、当代文学研究》，1999（7）。
[2] 金汉、冯云青、李新宇主编：《新编中国当代文学发展史》，62页，杭州，杭州大学出版社，1997。

要点评析

　　韩东的《有关大雁塔》是第三代诗歌的代表作之一，诗人在不动声色中悄然"消解了中心，消解了权威"，抛弃了大雁塔的一切文化价值和文化意味。大雁塔本来是千百年以来神圣和豪情的记忆，是巍然耸立在中国人感情世界里的丰碑，是可歌可泣的英雄赞歌，然而在韩东的《有关大雁塔》里却是另一番景象：大雁塔就是大雁塔，登大雁塔就是为了看风景，而不像很多文人墨客那样抒发感情和寄托抱负。作为几千年中国历史文化象征的大雁塔，作为杨炼笔下目睹了中华民族几千年沧桑历史的大雁塔，在韩东笔下轰然倒塌，韩东在漫不经心中质疑了中华几千年的文明。

　　带着沉重的历史虚无感，面对大雁塔，韩东已不再豪情满怀，相反，更多的是平淡、无奈和冰冷到骨子里的厌倦。"有关大雁塔/我们又能知道些什么"，在诗人笔下，大雁塔仅仅是一个没有生命的建筑而已，不再具有任何意义，不再包含任何仰视与崇敬。仅仅一个"又能知道些什么"的疑问，便割断了"我们"与浩淼历史联系的脐带。"我们"成为了无根的浮萍，成为了现世生活着的芸芸众生，成为"很多人"——消遣的游客、"不得意"者、饱食终日无所事事的"发福"者等。这些人来到大雁塔，有的来一次，有的来多次，他们"统统爬上去/做一次英雄"。之后，有的转眼消失在熙熙攘攘的"大街"，也有的再不愿离去——"也有有种的往下跳/在台阶上开一朵红花/那就真的成了英雄——/当代英雄"。好个"当代英雄"——竟是这般自残生命的无聊透顶者！登大雁塔的举动是那样的可笑，是一切无由头的无聊的表演。

　　在这首诗里，作者以旁观者的身份，用中性的语言，对客观现象做了近乎客观冷静的叙述。有很多人来爬大雁塔，结果是有人下了塔，转过街不见了。当然，"也有有种的往下跳"，就真的成了英雄，"在台阶上开一朵红花"，这一句是诗的关键所在，是平淡中的另一种叙述方式。至于这朵"红花"其内在指称是什么，诗人并没直说，留下一定的空间给我们。这种不确定性，这种空白，使诗歌有了极大的张力。读者在一种心静如水的思绪中平淡地阅读着这平淡无奇的诗句，感受到一种平淡的情感，真正回到了我们自身，真正回到一种平淡而客观的现实。"也有有种的往下跳"，应该算是一种英雄的行为，但这种"红花"式的"英雄"行为在诗人那里得到的却是一种反讽，是把现象还原于生活。所以，在韩东看似平淡客观的叙事中，隐藏着一种平民化的、凡俗化的人的真实、朴素的情怀。

《有关大雁塔》一诗，集中显示了韩东语言的简约质朴，诗人以完全口语化的语言来叙述这种无聊的众生相，尽量缩小语言能指与所指的距离，不再通过意象引导读者进入意境。整首诗表面上语言轻松、平淡，甚至于平庸，但内在却有着深深的反讽、解构意味，读来仿佛有一股现世的庸俗气渗透脊背，令人发冷甚至作呕，让人不得不进入艺术反思的另类感觉里。

思考探究

1. 前面论述了韩东的《有关大雁塔》一诗的思想内容和艺术特点，请了解韩东生活的时代背景，自选角度，谈谈你对这首诗的理解。

2. 查阅相关资料，阅读杨炼的长诗《大雁塔》，仔细对照这两首诗，看看有什么不同。

知识链接

第三代诗人

第三代诗人又称"新生代诗人"、"后新诗潮"。他们的集体亮相是在1986年，《诗歌报》和《深圳青年报》联合以"现代主义诗歌大展"的方式集中介绍了由100多名第三代诗人分别组成的60余家自称诗派及其实验诗歌代表作品，如南京的"他们"，上海的"海上诗群"，四川的"莽汉主义"、"非非主义"、"整体主义"、"新传统主义"等。第三代诗人试图反叛和超越朦胧诗，重建一种诗歌精神，一种建立在普通人平淡无奇的日常生活和世俗人生中的个体的感性生命体验。反英雄、反崇高、平民化成为后新诗潮的总体特征，反意象、反修辞和口语化是后新诗潮在语言实验方面的重要特征。以韩东、于坚为代表的原生态口语化倾向构成了对新诗潮经典性的意象语言规范的颠覆：诗到语言为止，让诗回到语言本身。

大雁塔

　　大雁塔位于陕西省西安市南郊慈恩寺内，又名大慈恩寺塔。此塔是玄奘大师从天竺（今印度及其他印度次大陆国家的统称）取经回来后，专门译经和藏经之处。因仿印度雁塔样式修建，故名雁塔。后世为区别于长安荐福寺内一座较小的雁塔，故人们把大慈恩寺塔叫做大雁塔。大雁塔通高64.5米，共7层，塔体为方形锥体，用砖砌成，造型简洁，气势雄伟，是我国佛教建筑艺术中不可多得的杰作。大雁塔千百年来一直是古城西安的标志和象征，是全国著名的旅游胜地。

陕西西安大雁塔。建于唐永徽三年（652），唐高宗李治为安置玄奘由印度带回的经籍而专门建造。

日　子[1]

韩　东

日子是空的
一些人住在里面
男人和女人
就像在车厢里偶遇
就像日子和日子那样亲密无间

日子摇晃着我们
抱得更紧些吧
到站下车，热泪挥洒
一只蝴蝶飞进来
穿梭无碍

2003年6月4日

要点评析

　　韩东的《日子》是他近期风格日趋成熟、情感日趋平实的诗篇，也是他发扬前期回到平民、回归日常、体验生命本能的诗歌理念的日臻完善之作。他写出了对生活的真切体验——平淡和无聊，以及对日子流逝后那种无可奈何的心境，带有一定哲理味。

　　韩东的创作始终面向自我，以近似旁观者的客观冷静的态度面对现实，用平淡无味甚至平庸的语言，不动声色地书写生活的原生态，在文本和生活的双重建构中揭示他所认为的真实。"日子是空的/一些人住在里面/男人和女人"，生活本是无聊空虚的，但是因为有了男人和女人，才有了乐趣，才有了生活的勇气。每个人都渴望在寂寥的日子里发生点什么，哪怕是一次"车厢里偶遇"，也能给日子带来一点色彩。当然，韩东是智性的，也是感性的，他

---

① 王光明主编：《2005中国诗歌年选》，74页，广州，花城出版社，2006。

用细腻的心去触摸去感受日常生活中人们的悲欢离合与喜怒哀乐，试图用日常生活的细节把握和揭示现实生活中的真实。生活就是如此平淡无奇，日子过得就是如此波澜不惊，当我们试图把摇晃着我们的日子抱得紧一点，不让日子从我们眼前溜走的时候，生活却和我们开了一个不大不小的玩笑，我们已经到站了，纵然是我们热泪盈眶，我们不得不下车，像"一只蝴蝶飞进来/穿梭无碍"。

韩东是一个以自我经验写作的诗人，他用日常体验和心灵感受来写诗。在这首诗里，不再有他早年的那种玩世不恭的反讽，不再有反英雄和反崇高的价值观念，不再有那种语言狂欢的游戏，更多的是平民化、日常化和世俗化倾向。在这里，主体消失了，心灵退隐了，剩下的是一种本我的生命回归，从意念中的生命高处回归到熙熙攘攘的尘世，这个尘世就是诗人心中宁静的自然。

思考探究

1. 韩东的《日子》是近期风格日趋成熟、情感日趋平实的诗篇，也是他发扬前期回到平民、回归日常、体验生命本能的诗歌理念的日臻完善之作。请反复阅读该诗及"要点评析"部分的点评，仔细体会，谈一谈你对这首诗的理解。

2. 阅读韩东近期的诗作，谈谈韩东近期诗歌创作的艺术特色。

下雪了[①]

韩 东

下雪了，又停了
不见雪花飞舞
只是屋顶白了
也没有全白

我在下面走的时候看不见屋顶
碰到一个人，我说：下雪了
他不信
的确不应该相信

2003年12月8日

---

① 选自韩东博客http://blog.sina.com.cn/s/blog_4fe5482201008t91.html#cmt_837537。

作品111号①

于 坚

越过这片空地

世界就隆起成为高原

成为绵亘不绝的山峰

越过这片空地

鹰就要成为帝王

高大的将是森林

坚硬的将是岩石

像是面对着大海

身后是平坦的天空

我和高原互相凝视

越过这块空地

我就要被它的巨影吞没

一叶扁舟

在那永恒的大波浪中

悄无声息

作家小传

于坚（1954——　 ），著名当代诗人、散文家。幼儿时期因注射链霉素致弱听。14岁辍学，在故乡闲居。1980年考入云南大学中文系后开始发表诗作。曾与同学创办银杏文学社。与诗人韩东、丁当等创办《他们》文学杂志。现为云南省文联一级作家，中国作家协会会员，云南省作家协会常务理事。

他被称为"生活流"的代表性诗人，是中国第三代诗人的主要代表之一。1996年发表于《诗刊》的头条组诗《尚义街6号》对当代先锋诗歌口语写作产生了重要影响。从1999年第一本诗集《诗60首》出版以来，他先后出版了诗集《对一只乌鸦的命名》、《一枚穿过天空的钉子》、《于坚的诗》、《诗集与

① 选自《诗歌报月刊》2006年5～6月号（总第11期）。

图像》、《诗歌·便条集》，散文随笔集《人间笔记》、《棕皮手记》、《于坚谢有顺对话录》、《暗盒笔记》以及《于坚集》（5卷本）等，发表长诗《飞行》、《坠落的声音》、《0档案》等，在比利时、美国、日本等国出版和发表的诗作、诗集有《作为事件的诗歌》、《作品39号》、《我的恋爱经历》，组诗《避雨的鸟》等。

从诗歌史来说，于坚被诗歌理论家归为"第三代"（亦被称为新生代、新世代和后新诗潮）诗人。第三代诗人提出了诸如"诗到语言为止"和"回到日常生活"等观念。于坚无疑是这一时期最具叛逆精神的佼佼者，他坚持以口语入诗，关注日常生活，并明确表示过拒绝在诗歌中使用"隐喻"这样一种艺术手法，他所追求的就是明晰的语言。

于坚曾将自己在20世纪80年代至90年代的写作区分为三个阶段：80年代初期，以云南人文地理环境为背景的"高原诗"时期；80年代中期，以日常生活为题材的口语化写作时期；90年代以来，"更注重语言作为存在之现象"的时期。

要点评析

这首《作品111号》就是其高原诗中的一首。于坚的"高原诗"写的是他的故乡云南的自然山川。在这些神秘的高山大河面前，诗的高傲的叙述者也会"显得矮小"（《高山》），但高原似乎也赋予他即使"在没有山岗的地方／我也俯视着世界"（《作品57号》）的习惯。这个时候，诗中会流露出难得的温情和敬畏。在大多数情况下，于坚在处理他所涉及的"人生"、"世界"时，最常见的则是那种"局外人"的"俯视"视角。

越过这片平坦的空地，出现在我们眼前的将不再是一览无余的平和，连绵高耸的山峰将突兀而来。诗人以平静的语调描述出自然地理环境的改变。环境变了，生命的主宰也变成了凶猛的鹰、黑压压的森林和坚硬的岩石，云南高原的粗粝、雄浑顿显眼前。面对这样壮阔的景色，身后却是宽阔、宁静的天空。动、静对峙，一组反差极大的意象构聚在一起，给人一种深深的震撼。我凝视这高原，内心惊讶、胆怯、不平、崇敬……最后一节，诗人的感情顿转沉郁，他终于发现自己在这壮美的自然面前是那么的渺小与无力。越过这块空地，我就要被山峰的巨影吞没；那一叶扁舟，终会在那永恒的波浪中，悄无声息的隐去；我们终将隐没于自然之中。

"人定胜天"的理念指引着许多人盲目自大地去开拓、征服自然界，而无数事实告诉我们，大自然以它那不动声色的坚韧与高尚反击着人类的无知。面对它的神秘、高大，我们的心被深深撼动，内心升腾起一股热情。

或许在于坚的笔下，人类先在的根就是永恒的大自然，他力图重铸此念。在他那里，自然就是自然，它的神奇博大并不依赖于人的图腾才得以树立。一般读者往往忽略于坚这类诗歌，因为它们在审美方式上不够激进和任性，但正是这点表现出于坚的特殊价值，他以平静的诚实的写作态度提供了当时不为多数人所理解的先锋意义。

思考探究

对以韩东、于坚为代表的"第三代"诗歌的大规模出现在诗坛上引起的一次"美丽的混乱"，你是怎样看的？

知识链接

《他们》

《他们》既是一份刊物，也可以说是一个诗歌社团。这个"诗群"在20世纪80年代中后期以至90年代都产生过广泛、深刻影响。它的前身可以追溯到1983年韩东在西安编辑的刊物《老家》。1985年初，《他们》杂志在南京创刊，从1985年到1995年共出版9期，主要发表诗歌，也有小说、评论作品刊载，主要作者有韩东、于坚、普珉、翟永明、丁当、小海、小君、吕德安、于小韦、封新成等。

阳光只抵达河流的表面①
于 坚

阳光只抵达河流的表面

只抵达上面的水

它无法再往下　它缺乏石头的重量

可靠的实体　介入事物

从来不停留在表层

要么把对方击碎　要么一沉到底

在那儿　下面的水处于黑暗中

像沉底的石头那样处于水中

就是这些下面的水　这些黑脚丫

抬着河流的身躯向前　就是这些脚

在时间看不见的地方

改变着世界的地形

阳光只抵达河流的表面

这头镀金的空心鳄鱼

在河水急速变化的脸上　缓缓爬过

要点评析

捷克诗人扬·斯卡采尔有一首四行诗:

诗人没有创作出诗

诗在那后边的某个地方

很久以来它就在那里

诗人只是将它发现

诗人的存在是为了发现,发现存在的本真,发现语言的本真。

① 于坚:《于坚的诗》,北京,人民文学出版社,2001。

于坚诗歌的基本立场就是其身份的在场性和当下性，立足生存经验，发现那些被遗忘的常识以及经验和真理，以此达到一种"诗意的栖居"和对于本真、原初的认识。

"阳光只抵达河流的表面/只抵达上面的水/它无法再往下"。阳光在许多诗人的笔下是光辉的、理想的象征，代表着无上的权威，而于坚反对这东西，阳光远远没有一块石头重要，"它缺乏石头的重量"。"可靠的实体　介入事物/从来不停留在表层/要么把对方击碎／要么一沉到底"。这就是石头，这就是生活，它是实实在在的，看得见，摸得着。于坚反对那些飘着的东西，拒绝想象，他说："我是一个用眼睛来观察事物的诗人，我不喜欢在想象中虚构世界。"　阳光对于深处的东西一无所知，它不知道"在那儿 / 下面的水处于黑暗中/像沉底的石头那样处于水中"。据说，上帝是居住在黑暗的正中央的，他主宰一切。这生活之"水"，"石头"一样实在的人，不正是这句诗的最好注解吗？

"就是这些下面的水　这些黑脚丫/抬着河流的身躯向前　就是这些脚/在时间看不见的地方/改变着世界的地形"。在于坚看来，世界不是上帝创造的，而是人居住的。上帝的意志对世界没有作用。生活是世界唯一的君主，生活驱使着世界前进。

"阳光只抵达河流的表面/这头镀金的空心鳄鱼/在河水急速变化的脸上　缓缓爬过"。于坚反对那些乌托邦式的写作，那些高高在上的理想主义，因为它们是"镀金的空心鳄鱼"。看，"鳄鱼"、"空心鳄鱼"、"镀金的空心鳄鱼"，即使是鳄鱼，也是没有力量的"空心鳄鱼"，即使美丽，也是"镀金的空心鳄鱼"。在他眼里，生活和现时是那么重要，他要的是细节，是实；是存在，是真。

思考探究

我国最早的诗歌《诗经》用口语表达日常生活、世俗生活，当下的诗歌在去掉了朦胧诗那些深度模式、意象和隐喻后，以于坚为代表的"第三代诗人"开始直接以最简单的口语表达世俗的日常生活。你觉得这种对原初的传统回归的写法，它的生命力主要体现在哪里？

那时我正骑车回家①

于 坚

那时我正骑车回家

那时我正骑车在明晃晃的大路

忽然间　一阵大风裹住了世界

太阳摇晃　城市一片乱响

人们全都停下　闭上眼睛

仿佛被卷入某种不可预知的命运

在昏暗中站立　一动不动

像是一块远古的石头　彼此隔绝

又像一种真相

暗示着我们如此热爱的人生

我没有穿风衣

也没有戴墨镜

我无法预测任何一个明天

我也不能万事具备再出家门

城市像是被卷进了天空

我和沙粒一起滚动

刚才我还以为风很遥远

或在远方的海上

或在外省的山中

刚才我还以为

它是在长安

在某个年代吹着渭水

风小的时候

有人揉了揉眼睛

说是秋天来了

我偶听到此话

---

① 于坚：《一枚穿过天空的钉子·诗集1975—2000》，1版，昆明，云南人民出版社，2004。

就看见满目秋天

刚才我正骑车回家

刚才我正骑在明晃晃的大路

只是一瞬　树叶就落满了路面

只是一瞬　我已进入秋天

1986年10月，北京

狼之独步①

纪 弦

我乃旷野里独来独往的一匹狼。

不是先知，没有半个字的叹息。

而恒以数声凄厉已极之长嗥②

摇撼彼空无一物之天地，

使天地战栗如同发了疟疾③；

并刮起凉风飒飒的，飒飒飒飒的：

这就是一种过瘾。

作家小传

　　纪弦（1913—　　），当代诗人本名路逾，另外还有笔名路易士、青空律等。原籍陕西周至，出生于河北清苑。他的诗歌创作大体分为三个时期：第一个时期（1929～1948）也称为"大陆时期"，代表作有《易士诗集》和《火灾的城》；第二个时期（1948～1976）也称为"台湾时期"，这是纪弦诗歌生涯的辉煌阶段，他写诗、办《现代诗》杂志、立"现代派"诗社，鼓吹现代派诗学，成为公认的20世纪50年代台湾诗坛"祭酒"，代表作有《槟榔树》（分甲、乙、丙、丁、戊五集）；第三个时期（1976～　　），这个时期诗人仍笔耕不辍，但创作渐少，由于1976年诗人移居美国，因此也被称为"美西时期"。

　　纪弦是一位具有超越气质的诗人，是喜欢标新立异的艺术探险者。他认为技巧决定一切，因而要在表现上下功夫。他写诗时，注意手法的含蓄、丰富与多变，移植象征主义手法，讲究思想知觉化。

　　纪弦在几十年的文学生涯中共出版了十数部诗集、诗论集。无论在怎样的情势下，他都不断地提高自己，一方面是自我诗歌实践，一方面是对诗歌规

---

① 纪弦：《纪弦自选集》，台湾，黎明文化事业股份有限公司，1978。
② 嗥：野兽的吼叫。
③ 疟疾：是由疟原虫引起的寄生虫病，典型的疟疾多呈周期性发作，表现为间歇性寒热发作。一般在发作时先有明显的寒战，全身发抖，寒战持续约10分钟至2小时，因此有些地方称为"打摆子"。

律、理论的不倦探索。他对现代汉语诗歌有着持久的热情，写出"全新的"现代派诗歌，创作出真正属于"现代"——体现科学和理性精神的"主智"的汉语思维方式和表现方式的新诗，是他终其一生的不渝追求。

要点评析

　　台湾诗坛认为纪弦是"中国诗坛上具有极端个性的独来独往的诗人"（《六十年代诗选》），这首诗鲜明地表现出了他的这种极端的个性。人们大多将这首诗视作纪弦的代表作，是认识和理解纪弦的钥匙，流沙河则更是直接称纪弦为"独步的狼"[1]。

孤独的狼

　　诗人自喻为狼，一条"独步"，漠视集体，漠视传统习俗，漠视一切的狼。狼本是一种合群的野兽，而且具有明确的尊卑等级观念，然而这条狼却是不合群的，"独来独往"的，独步在旷野中，毫无顾忌，毫无畏怯。它不以先智自诩，也不沮丧叹息，而经常以自己的"长嗥"摇撼天地，让天地为它的声音所战栗，它便感到满足、"过瘾"。

　　诗末一句是神来之笔，口吻冰冷且带戏谑。狼之所以嗥叫，虽然是出自天性，但天地却因为这嗥叫而战栗，狼在这天地的战栗中感到了"过瘾"和满足，似乎这头狼和天地之间存在某种对立，于是就再嗥叫、再战栗、再过瘾……如此反复。狼的这一行为似乎充满了疯狂和恶作剧，却又充满了顽童般的俏皮与戏谑。孤独之狼，野性之狼，疯狂之狼，顽皮之狼，集于一身。诗人以嘲人和自嘲的方式与天地斗，与社会斗，与他人斗，狼其实是诗人的自喻，而狼性确乎是诗人的个性。

　　在这首诗中，"乃"、"恒以"、"已极"、"之"等是文言词，"这

① 流沙河：《台湾诗人十二家》，重庆，重庆出版社，1983。

就是一种过瘾"则是纯粹地道的口语。文白相间，既易懂，又将白热化的愤怒之情表现得很有诗味。

思考探究

1. 二十世纪八九十年代有一首流行歌曲叫《我是一匹来自北方的狼》。有人说，那首歌的歌词和这首诗有很多相似之处，你也这样认为吗？把那首歌的歌词找出来，和这首诗仔细比较一下，谈谈你的看法。

2. 纪弦曾把新诗比做"移植之花"，主张"新诗乃是横的移植，而非纵的继承"，他认为中国新诗要改变体质，一定要大量移植欧美自象征主义（波德莱尔）以后的各种新思潮与新技法。他的这一"唯移植理论"在当时引起不少争议，很多人指责他"重外轻中"。对这种移植论，你能谈谈自己的想法吗？

知识链接

艺术形象与作家

文学作品中的艺术形象由作家创造，但艺术形象并不等于作家本人。以此诗为例，诗中的狼虽然是诗人的自喻，但并不完全等同于诗人，而只是诗人所创造的一个成功的艺术形象，尽管诗中的狼和狼性可以从纪弦身上找到萌生的原因。这首诗作于1964年，当时纪弦倾心筹组的现代诗社早已经于两年前解散，而由他主持的《现代诗》杂志也在该年2月份停刊了。这两件事对诗人的打击很大，再加上当时台湾诗坛上反对他的声音不绝于耳，于是，诗人通过狼的形象来表达心中的愤懑、孤绝、不屈和抗争之情，但如果就此将诗中的狼等同于纪弦本人，却是不正确的。

吃板烟①的精神分析学②

纪 弦

从我的烟斗里冉冉上升的
是一朵蕈③状的云，
一条蛇，
一只救生圈，
和一个女人的裸体。
她舞着，而且歌着；
她唱的是一道干涸了的河流的泛滥，
和一个梦的联队的覆灭。

---

① 板烟：指压成块状或片状的烟丝，用于供吸烟斗者使用。
② 纪弦：《纪弦精品》，北京，人民文学出版社，1995。
③ 蕈（xùn）：高等菌类，生长在树林里或草地上。种类很多，有的可以吃，如香菇；有的有毒，如毒蝇蕈。

乡　愁[①]

余光中

小时候
乡愁是一枚小小的邮票
我在这头
母亲在那头

长大后
乡愁是一张窄窄的船票
我在这头
新娘在那头

后来啊
乡愁是一方矮矮的坟墓
我在外头
母亲在里头

而现在
乡愁是一湾浅浅的海峡
我在这头
大陆在那头

1972年1月21日

作家小传

　　余光中（1928—　　），台湾著名诗人、散文家、教育家。祖籍福建永春，1928年出生于江苏南京。1947年入金陵大学外语系（后转入厦门大

① 刘登翰、陈圣生选编：《余光中诗选》，北京，中国青年出版社，2000。

学），1949年随父母迁香港，次年赴台，就读于台湾大学外文系。1954年，与覃子豪、钟鼎文等共创蓝星诗社。后赴美进修，获得爱荷华大学艺术硕士学位。返台后任师大、政大、台大及香港中文大学教授，现任台湾中山大学文学院院长。著有诗集《舟子的悲歌》、《蓝色的羽毛》、《钟乳石》、《万圣节》、《白玉苦瓜》等十四种，还有散文、评论等作品。

余光中早期的作品和诗歌理论都强烈地显示出一种"主张西化、无视读者和脱离现实"的倾向。20世纪80年代后，他逐渐意识到自己居住的地域和民族元素对诗歌创作的重要性，于是他把诗歌的笔触"伸回那块大陆"，创作了很多著名的乡愁诗。他对乡土文学的态度也由反对转变为亲切，昭示了他从西方回归东方的转变。

余光中的诗风是因题材而异的，展现意志和理想的诗歌都显出一种壮阔、铿锵，而描写乡愁和爱情的诗歌却显得细腻而柔绵。

要点评析

20世纪60年代起，余光中创作了许多怀乡诗，其中便有"当我死时，葬我在长江与黄河之间，枕我的头颅，白发盖着黑土，在中国，最美最母亲的国土"等。70年代初创作《乡愁》时，余光中时而低首沉思，时而抬头远眺。他说："随着日子的流失愈多，我的怀乡之情便日重，在离开大陆整整20年的时候，我在台北厦门街的旧居内一挥而就，仅用了20分钟便写出了《乡愁》。"

不难看出，诗的每一小节实际上都对应着人生的某个阶段。作者以空间上的阻隔作为这四个阶段的共同特征，即：小时候的母子分离，长大后的夫妻分离，后来的母子死别，现在的游子与大陆的分离。诗人为每个阶段的乡愁找了一个具体的对应物：邮票、船票、坟墓、海峡。时空的隔离与变化推进了诗情的层层深化。少小离家，与母亲书信往来，乡愁寄托在小小的邮票上。成年后，为生活而奔波，与爱人聚聚离离，船票成了寄托乡愁的媒介。到后来，一方矮矮的坟墓，将"我"与母亲永远分开了！诗至此处，读者不禁会想，世间还有什么样的离情比死别更令人断肠？有，那就是乡愁！一湾浅浅的海峡将"我"与祖国大陆隔开，个人的故乡之思上升到了家国之思。全诗在此戛然而止，留下长长的余味。

　　《乡愁》这首诗，无论是内容还是形式，都映射出中国古典诗词的神韵和魅力。从内容上说，"乡愁"是中国传统文学经久不衰的主题，余光中虽曾接受过现代主义的浸染，但骨子里深受中国古典文学的熏陶，诗歌内容触及思想深处的"中国意识"时，自然而然地摄取了"乡愁"这一主题。历代爱国知识分子有借诗词歌赋流露家国之思的传统，本诗在这一点上可谓传承了民族的历史文化。从形式上说，这首诗恰到好处地运用现代汉语，使之带上了古典诗词的格律美和音韵美的特点。诗的节与节、句与句均衡对称，但整齐中又有参差，长句短句变化错落，同一位置上词语的重复和叠词的运用造成了一种类似音乐的回环往复、一唱三叹的旋律，给全诗营造了一种低回怅惘的基调。

思考探究

　　1. 这首诗除了在整体上具有结构美和音乐美的特征，在细节上也有许多细致精妙的地方。请你任选一个角度，用这样的句式写几句话："余光中的《乡愁》诗美在……例如……"。

　　2. 请你从古诗词中找出除"知识链接"外的另外几句抒写乡愁的诗句，并注明作者及题目，读一读，并试着背下来。

知识链接

关于"乡愁"的古代名诗句

静夜思（李白）

床前明月光，疑是地上霜。

举头望明月，低头思故乡。

九月九日忆山东兄弟（王维）

独在异乡为异客，每逢佳节倍思亲。

遥知兄弟登高处，便插茱萸少一人。

杂诗（王维）

君从故乡来，应知故乡事。

来日绮窗前，寒梅著花未？

秋思（张籍）

洛阳城里见秋风，欲作家书意万重。

复恐匆匆说不尽，行人临发又开封。

枫桥夜泊（张继）

月落乌啼霜满天，江枫渔火对愁眠。

姑苏城外寒山寺，夜半钟声到客船。

泊船瓜州（王安石）

京口瓜州一水间，钟山只隔数重山。

春风又绿江南岸，明月何时照我还。

春天，遂想起①
余光中

春天，遂想起
江南，唐诗里的江南，九岁时
采桑叶于其中，捉蜻蜓于其中
（可以从基隆港回去的）
江南
　　小杜的江南
　　苏小小的江南
遂想起多莲的湖，多菱的湖
多螃蟹的湖，多湖的江南
吴王和越王的小战场
那场战争是够美的
　　逃了西施
　　失踪了范蠡
失踪在酒旗招展的
（从松山飞三个小时就到的）
乾隆皇帝的江南

春天，遂想起遍地垂柳
　　的江南，想起
太湖滨一渔港，想起
那么多的表妹，走过柳堤
　（我只能娶其中的一朵！）
走过柳堤，那许多表妹
　　就那么任伊老了
　　任伊老了，在江南
　　（喷射云三小时的江南）

---

① 余光中：《乡愁四韵》，南京，南京大学出版社，2009。

即使见面，她们也不会陪我

陪我去采莲，陪我去采菱

即使见面，见面在江南

　　在杏花春雨的江南

　　在江南的杏花村

　　（借问酒家何处）

　　何处有我的母亲

复活节，不复活的是我的母亲

一个江南小女孩变成的母亲

清明节，母亲在喊我，在圆通寺^①

喊我，在海峡这边

喊我，在海峡那边

喊，在江南，在江南

　　多寺的江南，多亭的

　　江南，多风筝的

　　江南啊，钟声里

　　的江南

　　（站在基隆港，想——想

想回也回不去的）

　　多燕子的江南

　　　　　　　　　　　　　　1962年4月29日午夜

---

① 圆通寺：在台北县中和市，1926年建，是一所日式风格的仿唐庙宇。诗人多次以圆通寺为题作诗表达对母亲的怀念和乡愁。

典型的江南风光

要点评析

　　《春天，遂想起》以江南美景作为背景，意境优美。开篇从江南的风光景物、乡土人情以及历史文化起笔，到中段开始忆及江南的故旧亲友，最后推出象征祖国大陆的母亲形象，形成三个依次递进的抒情层次，体现了浓浓乡愁和深深的爱国情怀。第一节，作者从江南的风光景物、乡土人情以及历史文化起笔，描述了一位九岁少年生活在江南的情景。这少年似乎就是童年的作者，在描绘他对家乡——位于江南的南京的朦胧的向往。随着知识的积累，诗中的少年对江南产生了更多的联想，如第二节中"吴王和越王的小战场"、"乾隆皇帝的江南"。作者对家乡的向往也在这诗中进一步加深了。少年长大了，思念起了"那么多的表妹"，但"就那么任伊老了"，"即使见面，她们也不会陪我"，这反而使"我"的思乡之情更浓了。而这一切又都在最后两节升华到了一个新的高度："母亲在喊我"、"喊我，在海峡这边／喊我，在海峡那边"。作者的思乡之情与祖国之爱、民族之恋交融在一起，得到了升华。

　　这首诗形成了三个依次递进的抒情层次。诗中的江南不仅珍藏着他的少年时代，而且也象征着母亲，象征着祖国，象征着中华民族悠久的文化。诗人由怀旧而怀古，抒发的是一种以民族灿烂古文化为精神背景的文化乡愁，尤其是在"江南"这个中心意象前加了许多修饰语，如有关景物、风物的，如"酒旗招展的"、"遍地垂柳的"、"杏花春雨的"、"多湖的"、"多寺的"、"多亭的"、"多风筝的"、"多燕子的"、"钟声里的"等，这些主要是从声、色、自然与人文等多种角度渲染出江南水乡物产富饶、风光旖旎，繁华又不失温情与可人的独特魅力。而有关人物、人情的，如"小杜的"、"苏小小的"、"乾隆皇帝的"等，则着重强调了江南厚实的文化底蕴和历史积淀。两者交织在一起营造出一种地地道道的氤氲着江南水乡旖旎气息的意境。

思考探究

　　1. 本诗描绘了几处优美动人的场景，请用自己的话将其描述出来。

　　2. 谈谈你对"复活节，不复活的是我的母亲"和"母亲在喊我"这两句话的理解。

错　误①

郑愁予

我打江南走过
那等在季节里的容颜如莲花的开落

东风不来，三月的柳絮不飞
你底心如小小寂寞的城
恰若青石的街道向晚
跫②音不响，三月的春帷不揭
你底心是小小的窗扉紧掩

我达达的马蹄是美丽的错误
我不是归人，是个过客……

作家小传

　　郑愁予（1933—　　），现代诗人，原名郑文韬，出生于山东济南。"愁予"二字源于屈原《九歌·湘夫人》里的句子："帝子降兮北渚，目眇眇兮愁予"，是"使我忧愁"的意思。

　　郑愁予是一位极具中国古典情韵的现代诗人，创作风格奇特多样，以1968年为界，可分为前后两期。前期的诗作因错开主流诗潮，保持个性本真，把中国传统意识和西方现代派的表现技巧结合得浑然一体，在台湾诗坛上显示出自己独特的风格，形成朦胧迷离的美学特征，人称"愁予诗风"。早期出版有《梦土上》、《衣钵》、《窗外的女奴》等诗集。1968年后，郑愁予旅居美国，文化语境的转变使他由一位纯诗人转变成为学者诗人，诗风亦随之一变，出版诗集《郑愁予诗选集》、《郑愁予诗集Ⅰ》等。

　　在对郑愁予的各种评论中，"浪子诗人"和"婉约派"（或"抒情诗

① 郑愁予：《郑愁予诗选》，北京，中国友谊出版公司，1984。
② 跫（qióng）：形容脚步声。

人"）最为突出。少年漂泊，青年流落，以及海上的浪游，这些体验促成了他的浪子情怀，后来和余光中一道成为新诗运动以来最善于把握浪子意识和乡愁题材的歌者。流沙河在《台湾诗人十二家》一书中，分别用十二种动物对应喻指十二位诗人，称纪弦为"独步的狼"，余光中为"浴火的凤"，郑愁予为"浪游的鱼"。然而，郑氏自认为其诗的核心精神为"仁侠"精神（虚无感）和生命的"无常观"，其精神源于中国文化传统的儒家思想，但在特定的历史语境中，诗人不可避免地体验到历史的大孤独。

要点评析

《错误》纯净利落，代表了"愁予诗风"的主要特点。有人称它为"现代抒情诗的绝唱"，也有评论家说它"堪与宋词小令相提并论"，它不仅具有古典诗歌的神韵，同时拥有西方现代派朦胧模糊的美学特质。

这首小诗共三节，九十七个字。第一节是结局的倒叙，这样避免了平铺直叙的平淡和色调过于灰冷。诗中第一句短促有力，暗示过客的来去匆匆，第二句是节拍多顿的长句，暗指思妇等待的漫长。"莲花"这个古典意象非常符合"三月的江南"这一广阔的时空背景，"莲花的开落"一是暗示相思时间之长，二也说明她的容颜在等待中憔悴。

第二节共五行，写"我"对她的想象：时节是阳春，但"归人"未归，她感觉不到柳絮飘飞的春意，"窗扉紧掩"和"寂寞的城"这两个比喻，在特定的时空中突出了女子内心的孤寂与封闭，而"青石"、"向晚"更暗示了她内心的灰暗、低沉，"小小"两次重复，舒缓、清幽，把哀怨情绪细腻地表达出来。"不来"、"不飞"、"不响"、"不揭"这一系列否定形式的反复呼应，不仅音韵和谐，而且生动地表现出女子内心的寂寞哀怨。后两句的倒装，使结构参差错落，诗意盎然。

第三节写"我"从想象回到现实，不仅句式倒转，而且"达达"与"马蹄"，听与视觉意象违反逻辑的组合，"美丽"与"错误"这种不可调和的平淡词语的错接，将闺妇愁绪渲染到极致。听到马蹄声，女子笑脸绽放，但过门不入加剧了失落感。诗人把这种飘忽的内心活动浓缩在"美丽的错误"几字中，故事情节随着主人公的情感变化一波三折，忽喜旋忧，这种喜后之忧的烈度要远远超出那种一直很绝望的等待，巨大的心理落差形成了强烈的艺术张力。联系中国古典诗词，又似王翰的"葡萄美酒夜光杯，欲饮琵琶马上催"的意境。

整体来看，该诗结构巧妙，匀称和谐。全诗共三节，第一节和第三节都是两句，结构对称，遥相呼应。第二节五句，第一、第二句和第四、第五句字数相同，结构相似。从视觉上看，开头两句以广阔的江南为背景，再将镜头推移到小城，然后到街道、帷幕、窗扉，最后到打破寂静的马蹄声，诗情达到高潮。其实，意象由大到小的层递就是人和马由远到近的路程，也是心的接近和疏离的过程。

作者在原诗《后记》中写了一段话做说明，这首诗主要是怀念母亲，它的主题可理解为"母盼子归"。这首诗也表达了闺怨的主题，但它达到了古代闺怨诗难以企及的高度，一方面它是中国古典诗韵与现代技法的完美结合，另一方面作为现代朦胧诗的代表，诗中包含两个相互矛盾的世界，一个是现实世界，它受到实际存在的制约，另一个是想象的世界。"容颜"与"过客"所指不确定，使人物泛化，情感的针对性也随之扩大，这就突破了闺怨诗中只有两个主人公的传统，诗中"我"和"女子"的情感都在漂泊，都无所归依，传达出一种旅人意识、浪人情怀和过客心理，并把这种流浪的情感方式抽象化、外物化。而"美丽的错误"并不是真正意义上具体的错误，无论是谁，都可以在不确定的时空中遇见这种不确定的"错误"。而"过客"则更抽象，可以理解为从哲学层面探问生命的奥秘，追寻生命存在的价值。

思考探究

1. 前面结合《错误》的艺术特色，论述了这首现代朦胧诗多义的主题，她既有传统闺怨诗的美学传统，又具有鲜明的现代派诗歌特征。在查阅资料的基础上，谈谈你的理解。

2. 《错误》是郑愁予前期诗歌创作的代表，也是"愁予诗风"的典型代表。对比阅读《如雾起时》，体会郑愁予"浪子情怀"的诗歌创作风格。

水　巷①

郑愁予

四围的青山太高了，显得晴空
如一描蓝的窗……
我们常常拉上云的窗帷
那是阴了，而且飘著雨的流苏

我原是爱听磬声与铎②声的
今却为你戚戚于小院的阴晴
算了吧
管他一世的缘份是否相值于年慧根
谁让你我相逢
且相逢于这小小的水巷如两条鱼

1955年

要点评析

　　《水巷》的结构与宋词的布局相类，全诗分前后两节，第一节写景（写景中蕴含记事），第二节抒情（呈现诗歌主题）。

　　第一节中，诗人把天空喻为一个窗子（描蓝的窗），云是窗帷，下雨时，水滴就像是窗帷的流苏。在这里，诗人把一个无限大的天空想象成一个窗子，加上以云作窗帷，雨作流苏，给人一种有趣的感觉，而"四围的青山"却有一种封闭的空间感。

　　第二节中，"我原是爱听磬声与铎声的"，指我内心原本平静如水，但现在你的出现使我的心慌乱不安，"小院的阴晴"指你的世界的欢喜哀乐，与四周高大的青山相比，你的世界当然是一个"小院"。作者受到情

---

① 郑愁予：《郑愁予诗选》，北京，中国友谊出版社，1984。
② 铎：古代宣布政教法令时或有战事时用的大铃。

感的困扰，不得解脱，"算了吧"，诗人表达内心"管他一世的缘份是否相值于千年慧根"，不管世俗的眼光怎么看，千年的修行相比于今世的真爱，不算什么，这里除了爱情的表白，也可看成是诗人对人生选择的态度。"谁让你我相逢/且相逢于这小小的水巷如两条鱼"，"两条鱼"有着很深的文化积淀，想到我们这"两条鱼"曾患难相逢于"小小的水巷"，我觉得青山外面的世界也不算什么了。

整首诗不仅诗情婉约飘逸，透着一股清纯，而且意境营造、内在人文精神、优美的旋律达成了完美谐和。杨牧称郑愁予是"中国的中国诗人，用良好的中国文字写作，形象准确，声籁华美，而且绝对地现代的"①。

"窗帷"、"流苏"、"馨"、"水巷"都是古典诗歌中高频率运用的意象，使诗具有一种古典意蕴，同时作者用这些最传统的意象表现了最现代的情感，"青山"、"水巷"不仅有着丰富的内涵，而且使诗的意象既安静又跳跃，这是山与水的二重奏，既有山的刚气，又有水的柔情；既有山的豪放，又有水的婉约。诗人用传统的意象传达了个人与环境的冲突、个人内心的冲突这种极具现代意识的主题。这首诗安静、简练，与他不喜哗众取宠的性格有关，更与他参禅悟道对佛教的喜爱有关系，诗中"馨声与铎声"、"千年慧根"这些佛禅意象入诗，传达了禅的妙义，使整首诗显得禅味十足，而"雨"这一意象在中国现代文学史上是个常见的意象，如李金发的《微雨》、戴望舒的《雨巷》，这些细雨从古典的堡垒走向现代诗歌的殿堂。但郑愁予这首诗的独特之处在于，诗人借雨营造意境，来传达禅的妙义，通过谈禅感悟人生，把诗人引向泯灭痛苦与忧患的沉思中，实践了对孤独、飘零、苦难的消解与超越。

思考探究

1. 朗读郑愁予的《错误》和《水巷》，感受台湾现代派的创作特征，自选角度，分组讨论。

2. 结合戴望舒的《雨巷》，试比较两首诗，感受郑愁予诗歌中的禅味。

---

① 杨牧：《郑愁予传奇》，见刘登翰、朱双一《彼岸的缪斯——台湾诗歌论》，南昌，百花洲文艺出版社，1996。

阅读拓展

名家赏析

冯至是"中国最为杰出的抒情诗人"，他的诗是"幽婉的名篇"。[1]

——鲁迅

冯先生的诗之所以能够得到包括鲁迅先生在内的新文化界毫无异议的高度评价是有原因的。"五四"开始的中国新诗，带着草创期的简单、粗糙、浅白以及互相仿效的痕迹。冯至先生一开始就以成熟的姿态、以鲜明的个人风格出现在中国诗坛。他的诗没有初期白话诗那种语言空疏结构散漫的毛病，意象的密集、诗句的锤炼、章法的谨严，都造出了当日中国诗界的新生面。

在叙事诗的创作方面，冯至的功绩甚至超过了一向受到赞誉的抒情诗……冯至的这些叙事诗，每首总在百行上下，以罕见的精炼而包容了丰富的内涵。它们的超凡脱俗之处，在于所有的内容都指向永恒的思考：人与物、爱情与生命、这边的圆满伴随着那边的缺憾，当一个人获得生机而另一个人又无奈地面对着死亡……冯先生的诗，以它的奇幻和瑰丽传达的是一个长长的、深深的人生悲剧感。哲学和美学的综合，构成了一个至今无法企及的诗美的高峰。

《十四行集》显示了冯至先生艺术实践的前卫立场。他在沟通中国和西方，融汇中国知识分子传统心态与面向西方现代哲学、诗学的现代立场方面，走出了更为坚定、也更为成熟的一步。

——谢冕

在望舒的这些最早期诗作里，感伤情调的泛滥，易令人想起"世纪末"英国唯美派（例如陶孙—ErnestDowson）甚于法国的同属类。然后，随了"新月"注意形式问题的影响的日益消除，他的诗才开始奏出了一种比诸外国其他诗人多少更接近魏尔伦的调子，虽然魏尔伦不写自由诗。这个时期的代表作《雨巷》这首他的最流行的抒情诗，就应运而生。这里，在回响着中国传统诗词的一种题材和意境的同时，也多少实践了魏尔伦"绞死"、"雄辩"、"音乐先于一切"的主张。到此高度，也就结束了戴望舒艺术发展的第一个阶段。[2]

——卞之琳

[1] 鲁迅：《中国新文学大系·小说二集·导言》，影印本，上海，上海文艺出版社，1980。
[2] 卞之琳：《人与诗：忆旧说新》，北京，生活·读书·新知三联书店，1984。

二十世纪是个悲哀与兴奋底世纪。二十世纪是黑暗的世界，但这黑暗是先导黎明的黑暗。二十世纪是死的世界，但这死是语言更生的死。这样便是二十世纪，尤其是二十世纪底中国……只有现在的中国青年——"五四"后之中国青年，他们的烦恼悲哀真象火一样烧着，潮一样涌着……他们厌这世界，也厌他们自己。于是急躁者归于自杀，忍耐者力图革新。革新者又觉得意志总敌不住冲动，则抖擞起来，又跌到下去了……他们决不肯逃脱，也不肯降伏。他们的心里只塞满了叫不出的苦，喊不尽的哀。他们的心快塞破了，忽地一个人用海涛底音调，雷霆底声响替他们全盘唱出来了。这个人便是郭沫若，他所唱的就是《女神》……现代的青年是血与泪的青年，忏悔与奋兴的青年。《女神》是血与泪的诗，忏悔与奋兴的诗。[1]

——闻一多

从前于新诗始终不懈怠，以柔美流丽的抒情诗最为许多人喜欢并赞美的，那位投身于新诗园里耕耘最长久最勤快的，是徐志摩。他的诗，永远是愉快的空气，不曾有一些儿伤感或颓废的调子，他的眼泪也闪耀着欢喜的圆光。这自我解放与空灵的飘忽，安放在他柔丽清爽的诗句中，给人总怎是那舒快的感悟。好像一只聪明玲珑的鸟，是欢喜，是怨，她唱的皆是美妙的歌。山，海，小河，马来人，诗家，穷孩子，都有着他对他们的同情的回响。《我等候你》是他一首最好的抒情诗。《再别康桥》和《沙扬娜拉》是两首写离别的诗，情感是澄清的。《季候》一类诗是他最近常写的小诗，是清，是飘忽，却又是美！但是"不知道风是在哪一个方向吹"，志摩的诗也正如此呢！[2]

——陈梦家

他（李金发）要表现的是"对于生命挪揄的神秘及悲哀的美丽"。讲究用比喻，有"诗怪"之称；但不将那些比喻放在明白的间架里。他的诗没有寻常的章法，一部分一部分可以懂，合起来却没有意思。他要表现的不是意思而是感觉或情感；仿佛大大小小红红绿绿底一串珠子，他却藏起那串儿，你得自己穿着瞧。这就是法国象征诗人的手法；李氏是第一个介绍它的中国诗里。许多人抱怨看不懂，许多人却在模仿着。[3]

——朱自清

艾青，就正是这样的一个诗人：他的诗外表自然是极知识分子式的，但他的

---

① 闻一多：《〈女神〉之时代精神》，载《创造周报》，1923（6）。
② 陈梦家：《〈新月诗选〉序言》，载《新月诗选》，上海，新月书店，1931。
③ 朱自清：《中国新文学大系·诗集·导言》，影印本，上海，上海文艺出版社，1935年。

本质和力量却建筑在农村青年式的真挚、深沉，和爱的固执上，艾青的根是深深地植在土地上。我想，使艾青成为诗人者，怕不是别的原因，而显然是土地的受难，农村的不安，农民大众的战斗与痛苦等原因罢……我们从艾青最初的诗（《大堰河》）已经读到他对于土地，大野，农民和农民的伟大的爱的歌咏，最近又读到他特别对于北方的原野，北方的农民大众生活，以及农民受难者和农村出身的战士的歌咏；而在这些诗篇上又一贯地充满着诗人的真实的爱及反映着农民大众的姿态和精神。①

——冯雪峰

　　三十年代新诗由浪漫派向象征派的转变中，卞之琳是在借鉴西诗方面卓有成就的一位诗人。

　　卞之琳在《雕虫纪历》自序中提到对他有过影响的西方现代派诗人有艾略特、叶芝、里尔克、瓦雷里和奥登。由于他巧妙地融合了中西诗、古今诗的艺术，我们有时可以感到这种外来影响，但很难具体指出。《距离的组织》很有艾略特早期短诗（如《晨曲》）的特色：以大力运用想像逻辑来扩展诗境，渲染气氛。

——袁可嘉

　　新诗潮最重要的诗人是北岛(1949—　)，他著有《太阳城札记》、《北岛诗选》、《旧雪》等。北岛以怀疑精神构成他的严峻深邃的风格。他以旧时代和"旧"诗的挑战者的姿态出现在人们的视野中，他的具有经典意义的作品是《回答》。《回答》展现了悲愤之极的冷峻，它以坚定的口吻表达了对暴力世界的怀疑。诗中那种不妥协的决绝，面对着希望的被无情扼制。他看到"镀金的天空中，飘满了死者弯曲的倒影"。这诗句意在揭示：虚假的辉煌乃是以死亡为代价。北岛此诗以当时让人震惊的警句开头：

　　　　卑鄙是卑鄙者的通行证，
　　　　高尚是高尚者的墓志铭。

　　这是对这个受扭曲并被异化时代的精缩的浮雕。在盛行一览无余的叙写的风气下，这里展现的无视惯例的概括，有着鲜明的艺术反抗性。

　　后新诗潮最后消解了诗的群体代言性质，它以更为个人化的姿态，仅仅以个

① 冯雪峰：《雪峰文集》，第2卷，北京，人民文学出版社，1983。

体的方式面对世界。后新诗潮宣称它们拒绝新诗潮的社会使命感，宣称它们不代表社会，甚至不代表一代人，而只是他们自己。他们不愿使诗有更多的社会历史以及意义的承载，愿意恢复诗的平常状态。最典型的是韩东的《有关大雁塔》——有关大雁塔/我们又能知道些什么/我们爬上去/看看四周的风景/然后再下来。这首诗几乎就是针对着杨炼的《大雁塔》做另一种文章，在杨炼那里精心构筑的"智力的空间"，它的立体的历史内涵被平面化了。韩东几乎消解了杨炼赋予大雁塔的所有意义。

——谢冕

对大地的形而上的感恩
孙绍振

　　海子的诗是最前卫的，又是最具传统价值的，是朦胧诗以后最高成就的代表。一般印象中，他最有名的作品是《面朝大海，春暖花开》，但是，从艺术的独创来说，大海，春暖花开这样的话语，并不是他的独创。他完全独创的意象最有深度的是"麦地"和"月亮"系列。不但有独特的观念，而且有独创的意象系统，正是一个大诗人的标志。

　　海子的话语，或者意象，不但独特，而且很单纯又很丰厚。其中有浪漫主义性质的，也有现代主义的，甚至后现代的成分。一般来说，不管浪漫派还是象征派的作品，意象的内涵，或象征意义，是比较固定的，比如港口、海洋、火焰、原野、小路、雨巷等。而海子诗中的意象是比较个人化的，自己发明的，有他自由的规定性，内涵不太确定，阅读这样的作品，就要有思想准备，那就是迎接难度。首先，要把它读懂。

　　"吃麦子长大的"，可能写的是北方，提供一个农村出身的背景，强调麦子是生存的根本物质保证。"在月亮下端着大碗"。月亮，和麦地连在一起，给读者的感觉是原野的空旷、明静、优美，虽然粗犷，但有月光，显得柔和、优美了。农民，尤其是陕北老农，常常端着碗串门。"碗内的月亮"，可能是说比较穷困，喝的是稀的，月亮才会照在碗里。这种联想，渗透着空灵。不管是麦子还是人的生命，在传统的诗歌中，是和什么联系得比较多呢？应该是和太阳。太阳蕴含着辉煌的、给万物以生命的联想。可是，海子，却逃避了太阳的意象，而把月亮的意象和活命的粮食并列在一起，特别提醒读者，月亮和麦子一样，是没有多少声音的。一声不吭的（一直没有声响）。意思是，麦子对生命有多么重要，月亮就有多么重要。但，没有被重视。而麦子和月亮，也没有张扬。这一点很重要，一般说歌颂的对象，都要有些夸张和形容，而这里，没有。诗人也没有用夸张的语言。正是因为这样，所以才说，"和你俩不一样"。"你俩"指的是谁呢？应该是月亮和麦子，因为前边就提到月亮和麦子。他们一声不响，没有自我表扬，但"我"要歌颂他们。怎么歌颂呢？麦地是粗犷的，而月亮的美，是精神的，柔和的。二者的统一，构成了海子这首诗的风格。以柔和的情调，而不是慷慨激昂的声调，来歌颂和平的，宁静的，平凡的劳动，而不是沸腾的斗争。

父亲"身上像流动金子"，本来，在太阳底下流汗，才显得艰辛。太阳照耀着的汗珠，才像金子。但，这里却说，月光下面的汗珠像金子。这里可以有两种解释。第一，月光下的劳动，是"连夜播种"，是更加辛劳的，比之阳光下的辛劳。第二，更加辛劳的，却是很少得到诗歌的赞美的，所以我要歌颂。第三，这是一种劳动之美，生命之美，却不一定有阳光下的辉煌。劳动的美，辉煌的美，已经有了现成的经典，优雅、温和、平凡的劳动之美，则是海子的追求的新的境界。

"十二只鸟/飞过麦田"，十二，与月联系在一起，好像毫无联想依据，可是，十二与月有联系的，就是每年有十二个月，说十二只鸟，就是十二个月都在地里，这样成年累月在麦田操劳。"衔起一颗麦粒"，意思是收成，也许并不十分丰硕罢，下面是"矢口否认"，否认什么？可能否认的是麦子。"迎风飞舞"，好像是很轻松的样子，不在乎月亮下面的麦地里的艰辛。

"月亮照我如照一口井"，井者，有水而深也。这是心灵，对麦子的感情，深不可测。风、云、翅膀，"睡在我的双肩"，和月亮联系在一起，显然是抒写"我"对麦地的感觉：宁静、明净、自然、自在、自由。

"麦浪——/天堂的桌子"，是很浪漫的语言。是麦地养育了人，饭桌，在上面吃饭，意思庄稼养育着生命。有麦子的地方，就是人间的天堂了。最平凡的，也是最伟大的。月光"洗着快镰刀"，月亮洗着刀，把月光暗喻为水，这是对收割的歌颂。同时营造一种婉约的情调。

这首诗，以月亮为纲，所展开的意象系列，在性状上，在情趣上，都带着一种柔和的情调。月亮、十二只鸟、家乡的风、收拢的翅膀，安睡，月光如水，性质上都是美好、平凡的，在程度上，是不强烈的，优雅的。二者结合体现了海子的抒情格调。"月亮知道我/有时比泥土还要累"。只有月亮知道，只有大自然知道，一般人不知道。就是情人也只能看到麦秸晃，就是谈恋爱，情人收获感情，也是在秋收的（麦秸）季节。

"我们是麦地的心上人"，这里不说"我爱"麦地，而说麦地爱"我"。不是一般的爱，而是恋爱，心上人，情人。"命中注定的一切"是指死亡，只要有麦子收获就是死亡也心满意足了（海子在《死亡之诗》中说，他的骨头埋在麦地中，"如一束芦花"）。收获带来了欢乐，日常的、家族的兴奋，是抽象的，有了妻子的"白围裙"，新的，是洗干净的，节日的氛围就出来了。海子善于以平常的语言显示强大的功能。

他思想的特点，他艺术的特点，只有通过语言、意象才能真正触摸到。

他的语言的简朴，单纯，表现了他情感的单纯，心灵的天真，许多现代诗人的痛苦、悲壮感和他是绝缘的。他很热情，挺浪漫，天真地赞美大地上朴素的生活，这种生活，集中在劳动，感恩上面。在红色文学中衰微以后，劳动的主题早已销声匿迹，海子居然对劳动放声歌唱。但是，红色文学的劳动是一种社会功利价值的劳动，是对革命和社会改造的奉献，而海子的劳动，是自由的，他的内心发出对于简朴的物质生活的感恩。诗人在本诗的最后说：梦到"城市外面的麦地……健康的麦地/健康的麦子"，什么是健康的？就是非城市的，与麦地相亲的。这一点和许多后朦胧诗人很不一样，他不是冷峻的，更不是充满了欲望的，只是把热情纯朴化的。他对单纯、简朴的生活的向往，就是对单纯的精神生活的向往。也许在一些理论家看来，逃离城市，歌颂农业劳动，这不是反现代性了，在他们看来，只有北岛、韩东的冷峻才是现代性的精神坐标。但是，海子的出现恰恰是对现代性对现代城市生活对人性、人情过分压抑的反抗。

海子的诗之所以如此风靡一时，不仅由于他的思想，而且由于他的语言，以这首为例，以"月亮""麦地"为代表，是最概括的，一方面，没有地点，没有具体时间限定，好像在天空与大地之间，一片空灵，其他什么东西也没有，只有月亮麦地，联想的弹性空间是很大的，形象单纯而又高度概括。另一方面，这组意象，丰富得超越了单调和贫乏，因为它具有母题的性质，具有不断派生为系列的功能，"碗内的月亮/和麦子/一直没有声响"，月光下劳动，"身上像流动金子"，"月亮照我如照一口井""月亮知道我/有时比泥土还要累""麦浪——/天堂的桌子"，"我们是麦地的心上人"特别是

收麦这天我和仇人

握手言和

正是在这种派生中，不但月亮和麦地的意象丰富了，而且其内涵也在向形而上方面升华了：人与人之间的仇恨，在麦子的收获中才能得到消解。这是天真的理想，又是纯洁的抒情。

这时正当月光普照大地。
我们各自领着
尼罗河，巴比伦或黄河
的孩子
在河流两岸
在群蜂飞舞的岛屿或平原
洗了手
准备吃饭

把视野拓展到全人类，麦子，粮食，农业劳动，不只是对于我们，对于中国，而且对于全世界都一样，尼罗河、巴比伦河、黄河的孩子在一起吃饭，用今天的话来讲，世界各民族之间实现和谐。农业劳动给各民族带来了幸福和安宁。在这里，本来是极其普通的词语"月光"，充其量是中国北方的月亮，升上了世界的高空，带上了形而上学的内涵。这就是超越了国界的和平和友好，享受生命：

月亮下
一共有两个人
穷人和富人
纽约和耶路撒冷
还有我
我们三个人
一同梦到了城市外面的麦地

"穷人和富人"指的是超越了阶级，"纽约和耶路撒冷"说的是超越了物质

(纽约)和宗教(耶路撒冷)的。从这里，我们可以看到，这个高度概括的意象，转化为高度概括的理念。但是，这个意象和理念，又是和最为具体、最为经验化的感性生活细节(围裙、洗手、吃饭)交融的。

正是这种内在丰富和自由升华和降落，海子不用追求繁复的修辞，仅凭名词和动词，以及通用的形容词，就能把最形而上的理想和最形而下的生活经验水乳交融地结合起来。他可以赋予麦地以天鹅的性质："五月的麦地上天鹅的村庄，沉默孤独的村庄，一个在前一个在后，这就是普希金和我？诞生的地方……"又可以"站在痛苦质问的中心"，被麦地灼伤。意象的统一性与意味的丰富性结合得如此有机，其中蕴含着海子奇妙的情智交融的深邃逻辑。

（摘自孙绍振《对大地以形而上的感恩》，《名作欣赏》2008年第11期）

一束绚烂的无果花
——冯至《十四行集》的本事与风格新解
蓝棣之

冯至是一位遵循生命体验来创作的诗人。他的诗数量不多，但体验深切，表现独特，能给人留下深刻印象。正是由于这种体验型的创作方式，使得他在现代诗歌史上有着重要地位。冯至写诗总是写写停停，而且一停就是十年、二十年。比如，1920年代写诗，1930年代停下来；四五十年代写了一些，六七十年代又停了下来。这里的原因就是岁月还没有把冯至的经验处理好。冯至一再说过，如果没有直接感受，他不会写诗；如果没有兴趣，硬叫他写，他一句也写不出来。即使是翻译诗歌，也要在某种程度上是他有同感的，要与他的爱好没有距离。因此，他说他不是那种掌握了熟练翻译技巧的翻译家。他说他的经验是靠岁月来处理的，这倒是呼应了闻一多对于卞之琳是技巧专家的说法。卞之琳的写作的确是知性写作，这与冯至的体验性、感性写作很不相同。这种区别并不存在褒贬抑扬，只是两种不同的方式罢了。

1920年代，冯至出版了两部诗集——《昨日之歌》和《北游及其他》。同辈诗人方敬阐述说：它们的主题是"对爱情热切的渴望，感受同时代青年的苦闷"，说它在艺术表现上的特征是"浑朴的语言，沉郁的气氛"，是"年青的生命在熏蒸"的结果，因而不仅动人，而且像是那浓郁的感情"本身"。

诗人自己也曾说："诗里抒写的是狭窄的情感，个人的哀愁，如果说它们还有一点意义，那就是从中可以看出五四以后一部分青年的苦闷。这些诗里的名篇，如《残余的酒》、《我是一条小河》、《蛇》、《无花果》、《南方之夜》、《蚕马》等，今天读来仍然那样地打动人心，其艺术秘密在于，诗人并不直接诉说自己的感情，所选择的意象又都很普遍，但包含在诗中的诗人的体验以及表达体验的简洁又热切的方式，却十分特别。这些诗对于我们显得很新鲜，还有一个原因是，它蕴涵着德国民歌体的谣曲那种浪漫，文字简洁又语调自然，其中几首叙事诗《吹箫人》、《帷幔》、《蚕马》、《寺门之前》，在形式和风格上都受到歌德从民歌里加工改写的叙事谣曲《魔王》和《渔夫》的影响。

此后，整个1930年代冯至几乎没有写过诗。1941年冯至在抗战大后方的昆明西南联大教书，又开始拿起了诗笔。是什么触发了他的创作灵感呢?据冯至说，是一个冬日的下午，望着几架银色的飞机在蓝天飞翔，想到古人的鹏鸟梦，于是就随着脚步的节奏，信口说出一首有韵的诗，回家写在纸上，正巧是一首变体的十四行诗。这就是诗集里的第八首《一个冬日的梦想》。作者说写这些十四行诗是为了"留下一些感谢的纪念"，而所写的内容，则是"和我生命发生深切的关连"的体验和人事自然现象等。虽然这些诗没有直接地写抗日战争，但有几首诗似乎有时代的"讯息"。作者没有遵循文学为政治服务的理念而直接写与抗战相关的题材，他只写"和我生命发生深切的关连"的体验，而这里的"我的生命"即存在主义所说的"生命个体"。比如，写战士，作者的角度是"生命的超越"；写空袭，作者意在个体生命之间的连接；写歌德，主要写对歌德"蜕变"论的体验：生命永不停息，随时演化出新的生机；写初生的动物，意在写出经验对于生命的重要；写深夜里的深山，意在写出生命对于"狭窄"宇宙的体验。

与生命发生"深切感情"相关联的人和事，是这些十四行诗的一个重要内容。冯至在1920年代的诗里有关爱情的诗句，想必读者很难遗忘："我的寂寞是一条长蛇，/它冰冷地没有言语"，"只要你听着我的歌声落了泪，就不必打开窗门问我：你是谁"，"正如我思念你，写出许多诗句，/我们却不曾花一般地爱过"，"燕子说，南方有一种珍奇的花朵，/经过二十年的寂寞才开一次"等等。鲁迅大概主要是因为这些诗句，在《〈中国新文学大系〉小说二集导言》中称冯至为"中国最杰出的抒情诗人"。这样一个抒情传统，在《十四行集》里也继承下来了，而且一脉相承，在艺术上有新的发展。第1首《我们准备着》，开头说"准备着"经受奇迹，结尾又说"我们整个的生命在承受/狂风乍起，彗星的出现"。试问，是什么样的奇迹呢?作者告诉我们说是意想不到的，是在漫长岁月里忽然出现的，它如彗星样灿烂，如狂风般猛烈。第18首《一个亲密的夜》，不妨也可以看成一件浪漫事：我们在"黄昏"时来到这"生疏"的房里，度过了一个"亲密"的夜晚，原野一望无际地在我们窗外展开，不过，可以在朦胧之中认出来一棵树，还有一闪湖光(请读者注意，当年冯至教书的西南联合大学就坐落在滇池的湖畔)。明天走后，我们不会再回来；然而，从此以后，我们的生命就不复从前的生命了，它如这一望无际的原野一样，藏着忘却的过去，隐约的将来。就是说，它有了秘密，有了承诺。重要的是，在这些狂风乍起、彗星出现的浪漫奇事里，我们经历了，体验了，成长了："你无时不脱你的躯壳，/凋零里只看着你生长"(《第3首：尤加利树》)，"当你向我拉一拉手，/便像一座水上的桥；/当你向我笑一笑/便像是对面岛上/忽然开了一扇楼窗"(《第5首：威尼斯》)。在一次接受采访时，冯至说他的诗里没有什么宗教情绪，他说他似乎在与对面的一个"生命"对话，在向这个"生命"申诉他的内心世界。

细读冯至的诗，可以发现，这个"生命"并非抽象的哲学概念，并不完全是想像或虚构的，这个"生命"是有生命的，因为有时候这个"生命"会开口说话："你说，你最爱看这原野里/一条条充满生命的小路，是多少无名行人的步履/踏出来这些活泼的道路"(《原野的小路》)。能够说出原野的小路充满生命这样智慧又活泼的话来，自然这位"你"是既有丰盈的生命激情而又天性活泼的。我们只有设想这里的"你"是真实的生命，才能理解冯至在《〈十四行集〉序》里所说：1941年陆续写成27首诗之后，"到秋天生了一场大病，病后孑然一身，好像一无所有"。20世纪八九十年代曾经有一句流行歌曲的歌词广泛流行："不求天长地久，只要曾经拥有"，正是这话泄露了存在主义的天机。冯至所写"狂风乍起，彗星出现"，正是对于短暂而热烈的感情生活的渴望。尽管这些十四行诗里的故事没有结局，最终作者仍然是"孑然一身"，但重要的是，经历过，体验过，20年代对于爱的那种渴望，曾经得以实现，一向以"无花果"自喻的作者，终于开出了灿烂的20年才开一次的珍奇花朵。

冯至的诗是体验的诗，他所书写的皆是亲自经历或体察，获得经验，提供灵感，所写都是与他的生命发生深切关联的人和事，与生命发生深切关联的情感是他写诗的动因，因此，他的诗不是哲学的或沉思的。李广田先生著名论文《沉思的诗》说冯至的诗是"沉思的诗"，这种说法虽然未经冯至公开否认，但我坚决认为是很不确切的。从源头上来说，无论是十四行诗所宗法的奥地利诗人里尔克，还是德国大诗人歌德，都不是沉思的。在世界诗坛上，可以说玄学派艾略特、瓦雷里是"沉思的诗"，而不可以说歌德、里尔克是"沉思的诗"。里尔克的《杜依诺哀歌》、《致俄耳甫斯的十四行体组诗》等，是有些沉思意味了，不过，这已经是后期，而里尔克的《图像集》、《新诗集》时期，他正当盛年，这时他写的是"咏物诗"（一译"观察诗"）。《十四行集》所受到的影响，也就是这个时期。李广田先生为"沉思的诗"这个说法提出两个论据，一是说冯至"把他在宇宙人生中所体验出来的印证于日常印象"，二是说冯至"看出那真实的诗或哲学于我们所看不到的地方"。这两句话应修改为：(1)他体验日常生活中那些与生命发生深切关联的人和事，(2)他对生命有深刻的体验，但只是诚实地写出个人的感受。冯至本人说过，他是"最不哲学的人"，他的思想"不大逻辑"。冯至还说，里尔克的许多关于"诗与生活"的言论，对于五四时代成长起来的中国青年，像是对症下药。与里尔克不同，艾略特提出，思想融注了感情，间接地通过一系列象征传达给读者。建造一组组相应的象征模式，向读者提示某种感情或思想状态。他尤其强调组合与模式，这就是他的诗晦涩之症结。瓦雷里所重视的思维与建筑，也就是创造过程与结构模式。他说一首诗是错综复杂的智力问题，不向读者明白说出，只从事创造一系列意象以提示繁复的思想感情状态。里尔克的诗带有含蓄性或隐蔽性，但这里所体现的是体验的深度，而不是思想或智力的深度。体验的诗所着重的是观看、静听、分担和发现。"学习观察"意味着将世界的可感性提高到最大限度的自觉性，使里尔克本性里的肖邦式敏感彻底理智化和实体化。咏物诗不仅是"移情"和"本能"，而且是自我和对象的同一化，感情的客观化。但是，在这里，"理智是围绕着感情而起始或形成的"，它试图"用心灵来思想"。因为传统的说法认为，"头"管理理智，"心"管理感情，所以"用心灵来思想"就是用感情来思想。里尔克所做的是放弃如无缰之马的感情陶醉，最大限度地浓缩素材，使轮廓固定化，将注意力凝聚在形式不断提高的要求上。冯至也是这样做的。所以不可以用"沉思的诗"来概括冯至，确切的说法应该是"体验的诗"。至于歌德，他把自己的诗称为"大告白的片断"，"全部都是应景即兴"，更不会是"沉思的诗"了。

"十四行诗"这种诗体的写作，在西方是很有讲究的，规矩多得很，并不见得比我国近体诗的格律简单。李广田先生在评论冯至《十四行集》的文章里，对于"这一外来的形式"作了这样的描述："由于它的层层上升而又下降，渐渐集中而又渐渐解开，以及它的错综而又整齐，它的韵法之穿来又插去……它本来是最宜于表现沉思的诗的"。接着又赞赏冯至将这外来形式运用得妥帖、自然、委婉而尽致，在限制中显出身手。李广田先生在这里诗意地描述了"十四行体"的结构和句式、韵法，但说十四行诗体"最宜于"表现"沉思的诗"，却缺乏根据。他说这话是根据他行文的逻辑随意推导出来的，但却容易造成种种误解。

事实上，"十四行诗体"，原是一种流行在民间的为歌唱而作的抒情诗体裁。最初诞生在意大利，不久就为文人所采用，彼特拉克是最早的作者。在16世纪初被介绍到英国之后，"十四行诗体"逐渐风行起来。莎士比亚、弥尔顿、华兹华斯、雪莱、济慈、勃朗宁夫人都先后写过十四行诗。现代的欧洲诗人，如英国的奥登、奥国的里尔克、法国的瓦雷里等，都用彼特拉克式的变体写过十四行诗。就结构讲，英语的十四行诗有两大类，即彼特拉克式和莎士比亚式，弥尔顿的十四行诗实质上属于彼特拉克式。彼特拉克式比较精雕细刻，它是由八行一节和六行一节两个部分组成，两节之间必须保持思想和节奏的某种平衡。第一行与第八行的韵将两者联结在一起，使八行诗句成一节奏，只是在第四行末尾稍作停顿。在第八行末尾这一节结束的地方明显停住而必然形成高潮，诗的思想与节奏都达到顶峰，然后逐渐落潮。接着是六行这一诗节，并不带来新的思想因素，其节奏也比较简单，让人得出印象，诗行即将终结，最后两行可以不形成押韵的偶句。莎士比亚十四行诗就不那么复杂了，它包括隔句押韵的三个四行组，最后干净利落地以押韵的格言式偶句结束，道出全诗的主旨。它没有相当于彼特拉克八行节内部延展的节奏，以及八行与六行节之间的配合。三个四行组的意义可以同样重要，因而诗的高潮推迟到末尾，出现在最后的偶句里。偶句就地位和脚韵说，都是全诗强调的重点。总而言之，莎士比亚十四行诗所追求的特质是亲切甜美，而彼特拉克十四行诗则在于复杂而又和谐。

西方十四行诗在形式上的这些要求，与我国古代文学里的格律诗在形式上的要求，从根本上是相通的。以七言律诗或五言律诗为例，除平仄与韵脚（平仄在西方为音步、音尺）之外，在结构上往往有一个"起承转合"的过程。第一二句为"起"，第三四句为"承"，第五、六句为"转"，第七、八句为"合"。但也有第三、四、五、六句为"承"，而第七、八句将"转"、"合"同时出现。通常的模式相当于彼特拉克式，而结句出现高潮则为莎士比亚式。总之，在两种情况下，"转"都是最重要的，这个转也就是亚里士多德在《诗学》里讲的"转折"，在这里，诗人将叙述他的"发现"。剧情也急转直下。无论是从西方的十四行诗看，还是从中国的近体诗看，都不能说格律诗是最适宜表现沉思的诗。同是七律或五律，在唐代为抒情诗，而在宋代则可以用来议论和说理，在晚唐还负载了象征主义诗风。同为十四行诗，莎士比亚用来写爱情，弥尔顿用来写悼亡，里尔克用来抒诉对存在的思考，奥登甚至用来写社会。可见，一种优秀的格律诗体，它的适用性和生命力是很强的。卞之琳先生说冯至《十四行集》的写作是受"里尔克著名的十四行变体式的启发"。里尔克《致俄耳甫斯的十四行体组诗》即用的是彼特拉克式，不过，略有变化。彼特拉克用拉丁文来写，由两个四行组和两个三行组构成，其韵脚排列为：12212332454545。里尔克和冯至都用两个四行组和两个三行组来构成，但韵脚就不一定了。冯至的十四行，正是在这种"变体"的过程中，展示了自己的创造性。比如，第1首《我们准备着》的节奏与韵脚为：12123434513613，这种排列最重要的含义是：诗人把从第二节开始的韵脚贯穿到底，而以第三节为转折或者说高潮。又比如第27首"从一片泛滥无形的水里"，其节奏与韵脚为：12211111345511，这样说来，诗人冯至处理得相当灵活。李广田先生所说"层层上升而又下降，渐渐集中而又解开"是从结构所体现的意义方面来分析的。从这个角度分析几首冯至的诗，第1首可谓层层上升而又下降，只不过，在这最后两行的下降里，实际上是更升高了：第一节说"我们准备着"，而最后一节却说"在承受"，意谓正在经历。第2首的高潮仍然在最后三行。第3、4、5首是典型的层层上升而又下降，第9、13、18、19首则是典型的"渐渐集中而又解开"。经过冯至的改造和处理，西方十四行诗在我们读来，觉得比我国的近体律诗更舒展、更充分，同时又保存了十四行诗这种形式必须避免的直截了当、显而易见的特点。

（摘自蓝棣之《一束绚烂的无花果——冯至〈十四行集〉的本事与风格新解》，《社会科学战线》2008年第6期）

同龄感悟

过客，归人
——读郑愁予《错误》有感
成都七中高2001级四班 张梦影

我打江南走过
那等在季节里的容颜如莲花的开落

东风不来，三月的柳絮不飞
你底心如小小寂寞的城
恰若青石的街道向晚
跫音不响，三月的春帷不揭
你底心是小小的窗扉紧掩

我达达的马蹄是美丽的错误
我不是归人，是个过客……

　　如果我汇成一缕香，我可从水乡杉木扇檀香炉中，袅袅千年氤氲前世的他？如果我静成一场梦，我可否在尘世蹉跎沉入他的思绪，洒下那千年来等不住贵人的丁香一样般幽怨……

　　这是我初读完《错误》后，随着"达达的马蹄"淼散的忧思。我常常忍不住地念着带着忧愁的江南，那儿千百年来多少名伶的悲歌冷舞，那儿下不完的雨，淌不完的泪，停不了的过客，等不回的归人。

　　我是生在秀丽温婉的江南，混合着濡湿的浅浅的想起，总让人忍不住恍然出一丝缠绵缱绻。盛放又褶皱的出水莲，寂寞的斜阳向晚，青石板伶仃的街道，镂空的窗扉，以及，达达的马蹄由模糊淅沥成清晰，又由清晰悠远而去。这如同打在秋字上心头的骤雨，滴滴答答，落在燕巢的屋檐，落在女子泪下的眼睑，失望后停歇成一段燃尽的香，迷茫向未知的方向。

　　这首缥缈了中国古典韵味的短诗，仿佛沉睡了多少个朝代，是宫愁是闺怨结下的果。它的忧愁连绵到数世纪前的南国，弥漫如同"过尽千帆皆不是"，怅惘如同"一川烟草，满城飞絮，梅子黄时雨"。

　　我们可以想象，在依偎着柔软和温存的江南，曾生出多少的喟叹。小小的，小小的有着水眸的姑娘，等候在小小的城，透过小小的窗扉，期盼小小心中俊秀的郎君从城的那边骑着马儿携着微笑而来。美丽的姑娘做着美梦，化着淡淡的妆，趴在窗台望向城口。马蹄声近了远去，她总是扬起幸福的却开始浮现时间褶皱的面容飞奔，只愿那过客是等候在这水乡无数个日夜的人儿。然而过客依旧是过客。带那抹寂寥的残阳，如血如泪临近彷徨的城门，希望转成失望，眼角稍上又一次无奈和悲凉，如同一柱又一柱燃尽成灰的檀香。只是薄幸郎啊，在章台街寻花问柳，温香暖被，或是凤池上锦衣玉食，忘却了家乡日益衰老的青梅竹马呵。

江南啊，残破的江南呵，向来是，来去的皆是打马的过客，从不会惦记着，江南的姑娘惦记着的归人。雨奈何的下，燕奈何的去，过客达达而来达达而去，携来腼腆的希望带走深院的失望。庭院深深深几许，归人盼盼盼几时……而那儿的爱情，随着胭脂画舫，吴侬软语，早已被遗忘在历史的缝隙，淹没于杨柳飘飞的三月，犹如青铜上年轮般的锈。

莲花开了又谢的时代里，少女梦中如丝的情怀，那随着马蹄趋近的过客，却成为早已枯竭的心灵的归人。过客茫然的容颜，重新拼组为昔日梦寐的俊俏的熟悉。可是，当马蹄跶跶地如淌水流去，归人的温存又消逝为过客，离去后，不带走一抹纤尘。

过客和归人，在衰老的女子瞳中，已分得不那么明确。也许，对于她自己来说，美丽的错误，错误在，明知归人不归却一厢情愿，过客打马而过却心存蹊跷。也许，对于她来说，美丽的错误，美丽在，每一次过客从寂寞城中路过，在窗前的一个仰望，都可以让她小小的干渴心扉，流过一份琉璃一样的温柔。

只盼望每一个过客，能让马儿在城里奏响归人一般的跫音，让东风不来的三月，柳絮可以轻轻飞扬。只盼望每一个过客，能踏上归人的故乡向晚的青石的街道，让春闱不揭的三月，紧掩的窗扉，可以悄悄开启，一个小小的悸动的缝隙。

我不是个归人，是个过客；我亦不仅只是过客，我也是个归人……

过客，归人，不重要，不重要。我达达的马蹄是最好的证明，只为证明这只是一场美丽的错误……

（指导老师：邹旭）

那片海蓝色的天空
——读《面朝大海，春暖花开》有感
成都七中高2011级三班 谢思岚

我们为什么要活着？活，是个什么样的概念？

世界，有两个？我们在这个世界里死去，又在哪个世界里诞生？

还是说，只有一个世界，只有无尽的轮回？

这个世界是魔术师从空空的礼帽里拉出的兔子，我们是兔子身上的寄生虫。谁是魔术师？礼帽会重新把兔子吞吃回去吗？我沿着兔毛，努力往上爬，终于爬

到了毛尖。很冷，很孤单。我抬起头，看见海蓝色的天空。我低下头，"他们，很幸福"。

我像个小孩，不谙世事的小孩。他们的幸福，很远，又很近。

我像个老者，洞穿一切的老者。他们的幸福，很近，又很远。

"从明天起，做个幸福的人"——那一刻，我像个单纯的少年，信心满满地定下对明天的期许。"喂马，劈柴，周游世界"，还要"关心粮食和蔬菜"。在他们的幸福里，也不能忘记曾经映在眼里的那片海蓝色的天空——所以我想要"有一所房"，但要"面朝大海"，才能"春暖花开"。

我在房子里住下，开始想要融入他们的幸福中去。其实，我是深爱着他们的吧？！我迫不及待地想要将那片海蓝色的天空舒展在他们的头顶——将"那幸福的闪电告诉我的"，"告诉每一个人"。

我希望那片海蓝色的天空能真正呵护着他们的幸福，美化这世界的所有所有。所以我要给"每一条河每一座山取一个温暖的名字"，所以"陌生人，我也为你祝福"。

可是，那幸福终究是他们的，就像那片海蓝色的天空终究只存在于我的眼中。

我是个小孩，背转身，向来路走回。

我是个老者，背转身，向前路走去。

"我只愿"，只愿——"面朝大海，春暖花开"。至于那所"房子"，就让它留在他们的幸福里罢——它属于那里，不属于我。

我走不进这个世界，就让我死去罢——或许另一个世界的天空，都是海蓝色的。

我走不回这个世界，就让我死去罢——或许下一个轮回的入口，我是个不会爬树的乖孩子。

我深爱着这个世界，但我现在站在你面前，我很痛苦。

不想活了，我想无牵无挂地走。可是，"当我痛苦地站在你的面前，你不能说我一无所有，你不能说我两手空空"。所以，请让我转过身去，"面朝大海，春暖花开"——我眼里，是那片海蓝色的天空。

（指导老师：邹旭）

阅读训练

子曰："诗可以兴，可以观，可以群，可以怨。"

亲爱的同学们，读完这本书，你有何感受？是否被诗中流淌的真情所打动？是否为诗中蕴含的哲思所迷醉？写一篇读书心得，把你的所思所感写出来。可以是写给作者的一封信，也可以是推荐自己最喜欢的诗作，也可以是一篇读后感或书评……

下面这些题目或问题也许能给大家的写作带来一点灵感：

1．结合胡适的《希望》和由它改编的《兰花草》，谈谈现代诗与歌曲的关系。

2．徐志摩的《再别康桥》，你最喜欢哪一个主题侧面？请谈谈你的感受。

3．卞之琳的知性诗是哲理诗吗？请谈谈两者的异同。

4．艾青对农民的爱是深沉的，请结合他的诗作谈谈你的体会。

5．殷夫作为青年革命诗人，最打动我们的是他对革命深切真挚的个性体验，你能展开谈谈这种体验吗？

6．请谈谈何其芳诗歌中的精致感与梦幻感。

7．郭小川《望星空》有怎样的思想？

8．你喜欢舒婷的《双桅船》吗？在你看来这首诗体现了怎样的一种爱情观？

9．北岛的诗歌有一种理性主义的英雄感与悲剧感，请谈谈你的感受。

10．你能谈谈顾城诗歌的存在主义思想吗？

建议大家自选角度，自拟题目。

后　记

新诗选本多矣哉，精选乎？撒胡椒面，全则全矣，精则难言。

这本诗选，对近百年汉诗，选了27家，96首，算是苛选。这个选法，是我的一个尝试，向精的方向努力，愿闯一条路。

本选采用现代汉语诗概念，一则已为诗歌创作界运用日久，二则更为准确。

正文助读为我所撰，力图为现代汉语好诗疏一历史脉络。参加诗歌助读撰写者为编者或我的学生，分工罗列如后：黄波写胡适，王方写郭沫若，任双写康白情，胡倩一写冯至，张志云写李金发，靳彤写戴望舒、徐志摩，徐江写闻一多，黄梅写卞之琳，陈啸写艾青，卞艳坤写朱湘，肖乃田写何其芳，程丽君写殷夫，唐丽君写臧克家，曹阳写阿垅，邱雪松写穆旦，赵超写纪弦，雷秀强写余光中，阳海洪写郭小川，肖渝写顾城，冯鑫写于坚，王兰写舒婷，李俊杰写北岛，刘莉写翟永明，张磊写韩东，尹海燕写海子，赵丽蓉写郑愁予。

是为记。

编者

2009年深秋，成都双楠草堂